# 小説と〈歴史的時間〉

井伏鱒二・中野重治・小林多喜二・太宰治

金ヨンロン
KIM, Younglong

世織書房

小説と〈歴史的時間〉◆目次

## 【凡例】

一、引用の仮名遣いは原文のままとするが、旧字は新字に、旧漢字は新漢字に改めた。またルビは必要に応じて付している。
二、引用文における差別的表現や数字表記の不揃い、誤植など、すべて原文のままとする。
三、引用の最後に引用文献の頁数を記している。
四、引用箇所には「　」を用いているが、分析概念として扱う場合は〈　〉を用いている。
五、断りがない限り引用文中、引用者の強調には傍点を付し、議論の箇所には傍線を付している。
六、敬称は略す。

# 小説と〈歴史的時間〉◆井伏鱒二・中野重治・小林多喜二・太宰治

序章

# 小説、時間、歴史

## 1. 方法論の現在

本書は、近代日本の小説の表現方法から〈歴史的時間〉を見出す試みである。〈歴史的時間〉とは何か、なぜこのような概念が必要なのか。

周知のように、いままで小説と時間、そして歴史の問題は、様々な角度から議論されてきた。ジェラール・ジュネットの『物語のディスクール』(1)を筆頭に、物語論における「物語内容の時間」と「物語言説の時間」との関係が詳細に検討される一方で、小説におけるフィクショナルな時間と小説を囲む現実の時間〈それが過去のものなら、歴史〉とを結びつける方法——カルチュラル・スタディーズ、ポストコロニアリズム、ニューヒストリシズムなど——が展開された。

そしてこれらの理論の影響〈もしくは同時発生〉は、日本近代文学研究の領域に「同時代のコンテクスト」をはじめとするいくつかの用語を根づかせ、方法論として確固たる地位を得た。しかし、それもいまや行き詰まりを見せている。

現状を象徴的に物語ってくれるのが、『日本近代文学』の第九〇集（二〇一四年五月）で企画された「フォーラム方法論の現在Ⅱ」である(2)。瀬崎圭二による「カルチュラル・スタディーズ」の項目では、カルチュラル・スタディーズとほぼ同時期に始まっていた日本の「文化研究」との共通認識が見出され、後者の代表的な例として明治三〇年代研究会(3)が挙げられている。瀬崎は、明治期を中心に「文学テクストを周辺の諸言説との関係の中で捉え直し、近代国民国家を形成していく言説編成を批判的に捉え、分析者を取り巻く教育・研究上の環境、制度に対して自己言及を行ってい」たことをこの研究会の成果として記す。だが、「周辺諸言説との関係から文学テクストを分析するという方法としてのみ、日本近代文学の「文化研究」が認識されてしま」い、「当初のその問題意識が脱色され、単に同時代の資料を参照しつつ文学テクストを読解するオーソドックスな方法として定着してしまったきらい」があると厳しく現状を指摘している。

このような認識は、「ポストコロニアリズム」を担当した中根隆行にも共有されている。中根は、一九九〇年代に注目を集めたこれらの理論が、日本において「カルスタ」「ポスコロ」という略称と併称による「矮小化」の傾向にあったことを指摘する。そのうえで、「「ポスコロ」という語には、知的な衣装として流行していることへの揶揄」と「アクチュアリティを強調するあまり対話へと開かれていかないのではないかという懸念」とがあったのではないかと慎重な推測が述べられている。

以上の検討からもわかるように、現在、日本近代文学研究においてカルチュラル・スタディーズやポストコロニアリズムといった理論は、すでに流行のピークを過ぎており、当初の問題意識が薄れたまま、同時代の資料からテクストを読む方法として定着し、型にはまった批評性（ある正しい読み）を強要しかねないと認識されている。

無論、当初の問題意識と実践（アクチュアリティ）から隔てられ、一人歩きする方法論の問題は、日本近代文学研究に限られるものではなく、むしろ、それが提出された時点においてすでに予言されていたとさえいえる。

たとえば、カルチュラル・スタディーズを説明するグレアム・ターナー(4)は、「大衆文化とは、日常生活の構築のプロセスが分析される場」であり、「分析の目的は、たんにプロセスや実践を理解するアカデミックな試みではなく、日常生活の形態を構築する権力関係を分析し、その構築の利害関係の輪郭をあきらかにする政治的(ポリティカル)な試みでもある」ことを強調していた。ここに「政治的(ポリティカル)な試みでもある」ことを忘れてしまい、「アカデミックな試み」に収まることへの警戒を読み取るのは難しくない。ターナーは次のようにつづける。「カルチュラル・スタディーズが自身を定義してきたのは学問分野の境界を崩壊させ、「自然」なカテゴリーを破壊する力によって、中立的な進化のプロセスの産物とみなされている社会関係の背後にある歴史をあきらかにすること」であり、「それ自体が「自然な」学問分野になってしまうことを恐れる」。この「恐れ」が現実化したいま、カルチュラル・スタディーズは、「学問分野の境界」を破壊し得ずにその内部に閉じこもり、「中立的な進化のプロセスの産物」であるかのように「社会関係」を捉えている。

英文学者の富山太佳夫(5)は、「ニューヒストリシズム」を「すべての資料はネットワーク状の連鎖を構成し、それに参加するひとつの項となる」という考えに基づいていると紹介しながら、なおこの方法が問うべきことがあると主張した。それは、「ネットワークのどの部分を選択すればいいのだろうか」ということ、「選択のしくみ」、「作品をネットトワークに接ぎ穂するさいの選択の妥当性、そのイデオロギー性」にほかならない。そして鵜飼哲(6)が、「ポストコロニアリズム」における「ポスト」の時間性を、「過去とみなされていながら現代のわれわれの社会性や意識を深く規定している構造」と定義した際、「過去」は常に「現代」に及ぶ問題として強い理論の地盤になっていたはずだ。

これらの指摘は、方法論の流行を経たいまなお注目すべき現状批判として注意を喚起する。いまや、政治性を喪失した「アカデミックな試み」、「イデオロギー性」を問わなくなった「資料」の「選択」、「現代」から切り離されてしまった植民地的「過去」によって、方法論の化石化が行われつつあるからである。

## 2. 「同時代のコンテクスト」という陥穽

しかし、第1節で俯瞰した問題は、いままでの研究実践を否定するために提起されたのではなく、また理論の放棄によって解決されるようなものでもない(7)。課題は、テクスト内部の精緻な構造分析がそのテクストをめぐる諸言説のあり方とともに議論されてきた研究成果を踏まえながら、現在の問題を打開する糸口を探ることにある。そこで本書では、これらの理論が実践される過程で繰り返し使用されてきた用語とその用語が容認してしまう曖昧さに着目する。

最初に注目するのは、政治的、経済的、社会的、歴史的、文化的等々の状況を含む「同時代のコンテクスト」という言葉である。

「同時代のコンテクスト」のなかでテクストを読むといった際、少なくとも三つの問いが浮上することに注意せねばならない。第一に、「同時代」とはいつをさすのか。第二に、それは如何に構成されるのか。第三に、それは誰によってなぜ構成されるのか。これらを明確にしないまま用語が通用される際、呼応して三つのことが覆い隠されかねない。第一に、「同時代のコンテクスト」(「現実」、「歴史」が代用される場合もある)というのが自明なものではなく、読者によって選択され、構成されたものでしかないこと、第二に、「同時代」を構成する主体としての読者の歴史認識、第三に、構成の理由として読む現在における必要性(必然性)である。この相互的問題が分析概念としての「同時代のコンテクスト」に深く結びついているのである。

「同時代の作者」、「同時代の読者」となると議論はさらなる曖昧さのなかに巻き込まれる。実証による分析でない限り、読む現在時において読者が文学テクストを媒介にして行うのは、(一)作者が「同時代」(文学テクストが書かれた、発表された時期を基準にしてその前後)の読者を想定して創造したはずの表現方法を探り、(二)それによって読者が「同時代」において読んだであろう読みを再現し、㈢その再現と異なる読みの歴史を検討し（研究史の整理）、㈣㈠から㈢までの過程が読む現在時の私（読者）の必要性によって行われたことを自覚しながら自らの読みを位置づけることである。

ここで本書の問題を提起する。テクストを媒介に「同時代の作者」や「同時代の読者」に出会い、「同時代」を想像する、私と私に迫ってくる読む時間を記述するためには、新たな分析概念と定義が必要なのではないか。歴史資料を参照してテクストを読む一手法、多様な読みを排除した正しさの主張という批判に耐えうるような理論の整備のためにも、再び現在の読者の必要に応じて構成された過去、その構成の仕方（読者の、過去と現在の重ね合わせ方）を議論していくことが要請されるのだ。「政治的（ポリティカル）な試み」として、その「イデオロギー性」を露わにする形で、である。

このような背景と問題意識をもって本書では、代案としての概念、〈歴史的時間〉を提出する。

## 3. バフチンと「歴史的時間」

本書で用いる〈歴史的時間〉は、小説と時間に関するバフチンの議論(8)から「歴史的時間」（翻訳語）という言葉そのものとそれが意味する多くを借りている。

バフチンが「歴史的時間」という言葉を使ったのは、小説というジャンルの歴史的変種をたどる試みにおいてであった。主人公の形象を構築する原理として時間を考え、それによって、遍歴小説、試練小説、伝記的（自伝的）小説、教養小説を順に辿っていく過程で、「歴史的時間」は、小説の発達史の最後に位置づけられ、獲得すべき時間と見做されたのである。そしてバフチンは「ゲーテの作品における時間と空間」(9)という論考のなかで「文学が現実の歴史的時間を獲得してゆく歩みの最も重要な段階の一つ」をゲーテに見出している。

そもそもゲーテはどのようにして「歴史的時間」を獲得したというのか。まず、作者が備えねばならないのは、空間のなかに、具体的（視覚的に認知可能）な時間を読み取る能力である。ゲーテにとっては、自然ですら所与のもの、不動（不変）の背景などではなく、時間的な意味が模索可能な対象であった。

> 自然の時間、日常生活の時間、一生の時間、程度の差はあれいまだ循環的なこれらの時間を背景として、ゲーテの前には、これらの時間とからみあう歴史的時間のさまざまな徴候――自然を改変してゆく人間の手と知恵の本質的な痕跡、および人間の活動とその創造全体の、人間の習慣や見解への反映――がみずからの姿をあらわす。ゲーテがまず第一にさがし求めてみいだすのは、自然環境（Lokalität）ならびに人間の創造になるさまざまな物体（それらは自然環境と本質的にむすびついている）の総和と不可分な、**歴史的時間の眼にみえる運動**である。ここでもゲーテは比類のない眼力の鋭さと**具体性**とを発揮する。（一〇〇頁、強調原文）

「眼力の鋭さと**具体性と**」をもってゲーテが行ったのは、「自然の時間、日常生活の時間、一生の時間」といった「循環的」な時間と絡み合う「歴史的時間」を見抜き、「**歴史的時間の眼にみえる運動**」を探ることであったのである。「循環的時間」を見て取るのはそう難しくない。バフチンが説明するように、「時間はなによりもまず自然のなかに姿をあらわす」からだ。「太陽のうごき、星のうごき、鶏鳴、肌に感じられ眼に映ずる四季おりおりの徴候」のすべては、「人間の生活、風俗習慣、活動（労働）における相応の諸要因と不可分の関係」にあり、この背景となる時間が「循環的時間」である。だが、問題になるのは、「循環的時間」に「歴史的時間」を呼び込むような「眼」の獲得である。

ゲーテがこの「眼」の所有者であることを表す顕著な例として挙げられているのが、「ピルモントにいたる街道沿いにアイムベックーの町を通り過ぎようとしていた」ゲーテが「**一目**でただちに、この町はおよそ三十年ほど前にすぐれた町長をもっていたことを見てとった」（『年代記』）ことである。そこでゲーテは、眼の前に現れた整然とした草木と木立のなかに「**一個の人間意志の計画的な営為の痕跡**」を読み取り、「一目見て概算した木々の**年齢**によって」「この計画的な意志のいとなみが成就された時代を見てとった」。もはや木々は循環する時間のなかの自然であることをやめ、「三十年ほど前」という一回きりの過去における行政の結果としてみなおされたのだ。ここで指摘されている「歴史的時間」の特徴を、〈循環的時間〉に召喚される〈歴史的時間〉とひとまずまとめておこう。

つづけて注目すべき「歴史的時間」の特質は、ゲーテの捉えた時間が「過去のさまざまな段階ならびに発展形態の残存物として、また多かれ少なかれ遠い未来の萌芽として」あったことに関わっている。「過去」の「残存物」と「未来の萌芽」とを同時に含まねばならない時間のあり方は、「現在のうちにある過去の**本質的にして生きた**痕跡」や「現在において**創造的、活動的**でなくてはならない」「過去」、そしてそのような「過去」が「この現在と相まって、未来に対してもしかるべき方向づけを行ない、幾分かは未来をあらかじめ決定づける」ものとして繰り返し強調されていく。過去、現在、未来を、決して切断せず、互いに緊密につながった連続体として認識したとゲーテが評価されるのは、彼が獲得した時間が以下のような時間に対抗し得るものとして導かれているからである。

**環境と隔絶した**過去、そのものとしての自足した過去、まさしくロマン主義者たちには親しいものとなるそうした過去にたいする、ゲーテに特有の嫌悪が顔をみせている。彼はこの過去と生きた現在との**必然的な結びつき**を見ようとし、この過去が**歴史的発展の不断の連続**のうちにしめる**必然的な位置**を理解しようとする。(一〇二頁、強調原文)

ウォルター・スコットが廃墟やスコットランドの風景の細々とした事物のなかに読みとったこの過去は、現在にあって創造的な活力を発揮するものではなかった。それは独立的で他に依存しないもの、特殊な過去の孤立した世界だった。眼に見える現在とは、そうした過去にまつわる**思い出**を呼びさますものにすぎず、〔この現在は〕

過去そのものをそのいまだ生きて活力を発揮している形相において保持するのではなくて、過去にまつわる思い出を保持するものだった。（一三四頁、強調原文）

「ロマン主義者たち」の「**環境と隔絶した**過去、そのものとしての自足した過去」のような時間や、ウオルター・スコットの限界として示された「独立的で他に依存しないもの、特殊な過去の孤立した世界」は、ゲーテの「歴史的時間」と対照されている。「隔絶した」、「独立的」、「孤立した」と形容されるような時間に対して、「**必然的な結びつき**」、「**不断の連続**」のうちに位置づけられるような時間が提出されたのである。

ここで断絶的時間が問題とされるのは、そのような時間において現在は「過去にまつわる**思い出**を呼びさま」し、その「過去にまつわる思い出を保持するもの」でしかないためである。この「思い出」としての過去をもつ現在の特徴は、「小説における時間と時空間の諸形式」(10)においてさらに具体的なイメージをもって現れる。そこで行われているのは、「本来は未来にのみありうるもの・あるはずのもの、つまり、実際には目標・当為であり決して過去の現実ではないものを、すでに過去に実在していたものとして描く」ことである。「未来を犠牲にして、現在、とりわけ過去が、豊かなものに変えられ」、「未来を空虚に、稀薄にする。未来から血の気をうしなわせる」「**歴史のさかしま**」をバフチンは警戒したのである。

ラブレーの課題は、（中世の世界観の崩壊の結果）分解し崩れかけている世界を、新たな物質的な基盤の上に据えて、まとめ直すことであった。（中略）現実の生（歴史）を現実の大地にむすびつけることのできる、新たな時空間が必要であった。終末論にたいして、生産的で創造的な時間を対置する必要があった。破滅によってではなく、創造・発展によって測定される時間を対置する必要があった。こうした創造的な時間の基盤は、フォークロアのイメージやモチーフのうちに素描されていた。（三二八〜三二九頁）

「歴史のさかしま」に対抗する「歴史的時間」の役割が今度は「ラブレーの課題」として語られている。小説が獲得すべき「歴史的時間」の背景には、常に「終末論」的時間、「破壊」によって測定されるような時間への闘争という側面が横たわっていたのである。「歴史的時間」は、現在における過去が「思い出」としてではなく、常に未来を志向するものとして、「生産的で創造的な時間」でなければならない。ここから〈断絶的時間〉に対する〈連続的時間〉の可能性としてかけられた希望を〈歴史的時間〉の含意に付け加えよう。

以上、バフチンから借用する〈歴史的時間〉の内容は、〈循環的時間〉から呼び込まれるもの、そして〈断絶的時間〉に対抗するもの（=〈連続的時間〉）としてまとめられる。

## 4. 概念の整備 ①——国民国家の観点から

しかし、バフチンの「歴史的時間」という概念が、様々な誤解に巻き込まれやすいことは否めない。この造語に「歴史」と「時間」という言葉がはらまれた時点においてそうである。しかも、それが「小説」というジャンル史を記述するために用いられたことが拍車をかける。

バフチンのゲーテ論における「歴史的時間」という用語を取り上げ、疑問をつきつけたのは、ホミ・バーバ(11)であった。「歴史的時間」が国民国家の創出に伴うものである限り、「この国民的時間—空間は、バフチンが主張するような固定化された、または直接目に見えるものでありうるのだろうか?」という問い、「国民という想像の共同体をめぐる均質で水平な見方には異議を唱えざるをえない」という批判は避けられなくなるのである。

バーバの指摘に、国民の（もしくは、国民という）物語が出現される過程を論じたベネディクト・アンダーソン(12)の議論が踏まえられていることはいうまでもない。アンダーソンは、「想像の様式」として「小説と新聞」を検討し、そこに刻まれている日付が、如何に同時性を創出していくのかを明らかにした。暦の時間にそって共同体が創造される過程は、小説において作者と読者とが空虚な同時性へ導かれる過程と並行する。バーバは、このような同時性の導かれ方、その均一的見方に問題を提起したのであり、同じ脈絡でバフチンの「歴史的時間」の可視性を疑問視したのである。

小説というジャンルそのものが空虚な同時性への亀裂を常に有することを論じていく本書では[13]、バーバの意見に同意する。しかし、バフチンのいう「歴史的時間」に国民国家の空虚で均質的な時間とは異なる含意と可能性があることも強調したい。第3節で確認したような〈連続的時間〉としての〈歴史的時間〉は、国民国家という固定された境界を侵犯する可能性に充ちた時間認識であるからである。そしてこの時間認識の指向するところは、国民国家の「歴史」の創出過程とともに検討した際にさらに鮮明になる。

フーコー[14]は、二〇世紀までの歴史的分析を「国家単位の総体の過去を再構成することを目的にしていた」と概観し、その歴史の機能を「資本主義にとって必要なこれらの国家という大単位が、時間のなかでどれほど遠い深淵をもっているか、そしてそれらが、さまざまな革命を通してどのようにその統一性を強め、保持してきたかを明示すること」と見なす。そしてそれが成し遂げたことを次のように整理する。

歴史学という学問のおかげでブルジョワジーはまず第一に、この階級による支配は緩慢な成熟の結果であり産物でありり結実なのであって、そのかぎりにおいて、この支配は大昔に起因する以上、完璧な根拠をもつことを示すことができたのです。次にブルジョワジーが誇示したのは、この支配が時間の奥底に由来する以上、新しい革命によってそれを脅かすことはできないということでした。ブルジョワジーは権力を占める自分の権利に根拠をあたえると同時に、盛り上がる革命の脅威を払いのけたのです。歴史はまさにミシュレーのいう「過去の復活」でした。（三三―三四頁）

ミシュレーの「過去の復活」の内容は、バフチンの強調した「歴史のさかしま」の状況と響き合う。つまり、国民国家が「ブルジョワジー」の欲望に即して「革命」を封じ込め、権力を維持する根拠としてきた過去の創造は、バフチンの最も警戒した断絶的時間の認識に基づいた行為なのだ。このことを見逃してはならない。

本書では、バフチンの「歴史的時間」が批判にさらされる素地を理解したうえで、なお可能性の方に注目することで分析概念として用いることをここで断っておく。そして次節では、バフチンは展開しきれなかったが、本書では最も重要な側面とみなす読者の問題を取り入れ、さらなる概念の整備を行いたい。

## 5. 概念の整備 ②――読者の観点から

バフチンの「歴史的時間」は、作者の時間に対する認識と、それが現れたものとしての作品を中心に議論されてきた(15)。そこから抜け落ちていたのは、読者の身の上を流れる時間にほかならない。ゲーテやラブレーの作品から「歴史的時間」の契機を読み、それを評価したのは、いうまでもなく、バフチンという読者と彼を包み込む時間であったのである。

実際、「小説における時間と時空間の諸形式」(本論は一九三七～三八年、追記は一九七三年)において、バフチンも「歴史的時間」に読者の問題を追記している。それは、テクストが書かれてからほぼ四〇年ほどの時間を経てのことであった。

作品も、作品のうちに描き出された世界も、現実の世界のうちに組み込まれ、現実の世界を豊かにする。いっぽう現実の世界も、作品と作品のうちに描き出された世界のうちに組み込まれる。作品が創り出される過程でもそうだし、聴き手・読者の創造的な受容の過程（つまり創り出されたあと）、作品がたえず新たに解釈される過程でもそうである。この交換の過程そのものも、むろん時空間的である。それは、何よりもまず、歴史的に発展する社会的な世界でおこなわれる。しかし、変化する歴史的空間から切り離されることもなくおこなわれる。作品と実生活のあいだでこうした交換がおこなわれ、作品の独自な生がいとなまれる、その特殊な、**創造**の時空間について語ることさえも可能である。（四〇三頁、強調原文）

作品が創造され、「聴き手・読者」によって「創造的」に「受容」されていく過程において、「作品」と「現実の世界」とは互いに組み込み、組み込まれる「交換の過程」を経由する。この「交換の過程そのもの」が「時空間的」で「歴史的」であり、作品が生きられるそのような「**創造**の時空間」が議論の対象になり得ることが言及されている。しかし、それが如何にして記述可能な議論になるのかは明確に提示されていない。バフチン自身、「聴き手・読者にかかわる複雑な問題、聴き手・読者の時空間上の位置や作品を新たにする役割（作品を生きる過程で）については、本書ではふれない。ここではただ、あらゆる文学作品が**みずからの外部**を、聴き手・読者のほうを**向いている**ということ、程度の差はあれ、聴き手・読者の予想される反応を先取りしているということを指摘するにとどめる」（強調原文）と述べており、それ以上議論を展開することはない。

ここで注目したいのは、「作品」が「読者の予想される反応を先取りしている」というバフチンの言葉がイーザーの「内包された読者」の概念を思い起こすような指摘になっているということである。一九七三年に書かれたこの「結びの言葉」は、それまで文学批評の場で疎外されてきた読者に注目を集めるように立ち上がった、同時期の批評家たち——ブース、イーザー、ヤウス、フィッシュなどの言葉と響き合っているのである。しかし、「読者反応論」として整理されるこの批評家たちは、小説における読者を理論化する過程において、如何にして読む「私」（個別性、主観性）を処理するかを中心的課題に置いていた(16)。そこでバフチンのいう作品を読む読者の時空間とそこで行われる創造的読書の過程が記述される可能性は閉ざされていたといってよい。

たとえば、イーザー(17)は、「内包された読者」という概念を提示する際、「文学作品によってひき起こされる作用や受容を解明しようというのであれば、読者の性格とか歴史的な立場に対する一切の予断をもたずに、読者概念を導入しなければならない」と考えた。「内包された読者」は、「読者の性格」と「歴史的な立場」とを一旦斥けて、「経験的な外界の現実に拘束されておらず、テクストそのものが内包している」、「受容者の存在を予期しているテクスト構造」を信じるところで成立したものであったのである。また、イーザーのキー概念の一つである「空所」は、「テクストという包括的なシステム内部の空白を指し、その補填はテクストがもつさまざまなパターン相互の結合によって行われる」と見なされた。テクスト内部で「結合可能性を合図する」「空所」は、「読者に対しては、想像力によって、どのようにセグメント相互を結合しうるかという条件を示し」、「読者がこの結合をなし遂げれば、空所は〈消滅〉する」(18)というのである。

しかし、このように「読者の性格と歴史的な立場」、「経験的な外界の現実」を括弧に括った読者の概念をもって、読者の時空間上の位置やその創造的役割(バフチン)を記述することは不可能である。イーザーの読者の概念に修正が必要になる。そもそも「受容者の存在を予期しているテクスト構造」そのものが、純粋に見出されるものなどではなく、受容者の性格によって、また受容者をめぐる時空間、まさに「経験的な外界の現実」によって異なる様相を帯びざるを得ないことを考えねばならない。テクスト内部に限定して定義された「空所」の範囲も、常にその外部へ向かって拡張する。むしろ、「聴き手・読者の時空間上の位置」(バフチン)こそ、小説の言葉、表現、方法をすべて「空所」にするとさえいえる。このことを踏まえて、小説の「空所」を発見し、埋める読者の創造的受容の時空間を記述していかねばならない。

「対話化された言語的多様性」を明らかにしたバフチンの『小説の言葉』(19)からの次の引用は、間接的でありながら読者の時空間を考えるうえで極めて重要なヒントを与えてくれる。

> 時にトルストイの論争の対象である矛盾にみちた社会・言語的意識がごく身近な、ある時代だけではなく、ある日付を共有している同時代人の意識にまで狭められ、その結果、対話性（ほとんど常に論争の）が極端な具体化によって実現されることがある。それゆえにこそ、トルストイの文体の表情に富む相貌の中に我々がきわめて明瞭に聞きとれる対話性は、時に、特殊な文学史的註釈を必要とする。（五〇～五一頁）
>
> どんな時にも相異なる時代や時期の社会・イデオロギー的生活の諸言語が共存している。ある日付に固有な言語さえも存在する。というのも、今日と昨日という日さえも、社会・イデオロギー的、政治的な観点からするなら、ある意味で共通の言語を共有してはいないからである。毎日毎日が、固有の社会・イデオロギー的、意味的状況を持ち、毎日が自分の語彙を、自分のアクセント体系を、自分の標語（スローガン）を、自分の罵言と賛辞とを持っているのだ。（六三頁）

芸術的散文における「対話性」が極限に狭められた例として言及されている「ある日付を共有している同時代人の意識」、「ある日付に固有な言語」は、それらが同時代から時間を隔てられた現在の読者によって「空所」として発見されねばならないものとしてあることを教えてくれる。それが発見されなければ、「対話性」が読まれることもない。したがって本書では、読者が小説を読む際、「空所」を露わにすると同時にそこを補填しながら「対話性」へ導くような時間を〈歴史的時間〉の特徴として付け加えることを提案する。

## 6. 〈歴史的時間〉の導入と実践に際して

バフチンの「歴史的時間」という用語に読者の時間を取り入れたうえで、改めて本書で導入する〈歴史的時間〉の概念を確認しよう。

本書では、バフチンのいうところの「作品」と「現実」との「交換の過程」によって作品が生き続ける「創造の時空間」を記述するため、読む行為を〈歴史的時間〉の獲得と捉える。バフチンが作品から作者が獲得した時間として「歴史的時間」を導いたように、読者が「歴史的時間」を獲得する過程として読書行為を考えるのである。その過程を三つに分けてまとめる。

第一に、ゲーテやラブレーを読んだバフチンと同様に、小説を読む読者は、〈循環的時間〉から〈歴史的時間〉を呼び込まねばならない。小説を流れる時間が一見循環する自然な背景のように見えたとしても、そのフィクショナルな時間には一回きりの〈歴史的時間〉が刻まれているはずである。それを見て取る眼の獲得が読者に要求される。

第二に、この時間を読み取ってはじめて小説の空所が新たに見出される。発見された空所を補填し、意味をもたせる役目もまた読者にある。

第三に、読者が小説から一回きりの時間を導き出し、空所をめぐる対話を行うのは、読者の現在における必要性によるものである。一回きりの時間は、決して断絶した過去ではなく、現在、そして未来へとつながる〈連続的時間〉として存在するのだ。

以下、本文では、一九二五年前後から一九四五年前後までの約二〇年の間に書かれた日本の小説を研究対象に、この読みの実践を行う。近代日本の小説に刻まれた様々な時間（物語内容の時間、物語言説の時間、初出時、改稿の時間、再収録の時間）を手掛かりに、テクストを媒介に想像される同時代の（作者と読者の）時間、それを読む現在の時間を考える。実際に〈歴史的時間〉という概念の導入が「同時代のコンテクスト」という既存の用語と方法論の問題を打開することになるかどうか、個別の小説の読みを通してのみ証明されよう。

本文の構成に入る前に、四つの注意点を明記したい。

一つ目に、本書では、〈歴史的時間〉の位相のなかでもとりわけ重点のおかれている部分を各部のタイトルにしている。それは、あくまでも便宜上のことであり、〈歴史的時間〉を獲得する過程においてそれらの位相は互いに絡み合い、重なり合って現れる。

二つ目に、本書は、全体を通して一つの読みの実践を行っており、一九二五年前後から一九四五年前後までの小説を読む読者（＝筆者の私）の現在が明らかになるのは、終章においてである。いままで定義してきたように、〈歴史的時間〉がいまの時空間から導かれて再現され、捉えられた過去の時間であることはいうまでもない。だが、各章で提示される〈歴史的時間〉は、小説が発表された前後の過去の時間に比重がおかれているように読み取れよう。しかし、それは、常に現在へつながる契機として、未来を想像させる予兆として位置づけられている。論文の構成上、過去と現在との交換過程としての読み、未来を指向する読書の全貌は、本書を貫いてみられるはずだ。

三つ目に、研究対象の任意性と戦略性である。一九二〇年代から四十五年前後という時期もそうだが、井伏鱒二、中野重治、小林多喜二、太宰治という四人の作者も〈歴史的時間〉という概念を導入し、小説を読む実践を行うために任意的に選択された対象にすぎない。むろん、これら四人の作者を並べること自体、日本近代文学研究の場において異例なことである。それゆえ、〈歴史的時間〉の導入によってこの配置の有効性が証明できれば、文学史そのものをはじめとする既存の制度の再検討に迫ることになり、最終的には危機に瀕した方法論――カルチュラル・スタディーズ、ポストコロニアリズム――の新たな展開に寄与するであろう。このことが本書でめざされている。それにもかかわらず、ここで強調したいのは、研究対象の必然性ではなく、任意性の方である。いつどこの小説を読むにも、〈歴史的時間〉の獲得としての読書過程を露わにせねばならないことを最終的に主張するためである。

四つ目に断るのは、各章で整理している単独テクストの研究史が研究史以上の意味をもつことである。それは、小説テクストを媒介にしてそれぞれの筆者（読者）たちがそれぞれの時空間において獲得した時間（歴史）認識として詳細に検討されねばならない。その批判的継承としてテクストを読む私（読者）の現在が位置づけられるからである。

## 7. 本書の構成

本文は、三部一二章からなっている。各章で扱う具体的テクストについては、各部の冒頭で説明することにし、ここでは各部の大きな枠組みのみを提示する。

第Ⅰ部では、戦時体制が形成されつつあった日本で書かれた井伏鱒二の小説を主な対象にする。井伏文学の初期に該当するこの時期、代表作である「山椒魚」をはじめ、数多くの小説が発表されており、研究史では、ここですでに後の井伏文学へつながるような文体が成立したと評価されている。そうしたなかで井伏文学を特徴づける時間は、〈循環的時間〉として捉えられ、それが半世紀以上の創作の時間を経てもなお変わらぬ、作者の資質として発見された。近年、このような井伏像を新たにするため、小説テクストの表現方法を同時代に位置づけようとする試みが行われている。新たな研究史の動向を見据えながら、ここでは治安維持法が成立（一九二五年）してから「満州事変」が勃発（一九三一年）するまでの間に書かれた小説を中心に、井伏文学における〈循環的時間〉から召喚される〈歴史的時間〉を考察する。

第Ⅱ部では、いわゆる「十五年戦争」の最中に書かれた小説を対象にする。戦時中、書くことに対する厳しい制約のなかで、作者は読者の積極的参与を頼りにすることで創作をつづけることができた。直接に書くことのできなかった部分を、読まれる形で提示するために工夫された小説の方法は、それを小説の空所として発見し、補填していく読者の創作の過程によって発揮される。ここでは、多くの伏字と削除箇所で知られている小林多喜二の『党生活者』や、自己検閲という意味において同じく伏字的である中野重治の「小説の書けぬ小説家」などを読み、小説の空所をめぐって露わになる〈歴史的時間〉を考察する。

第Ⅲ部では、敗戦直後の日本で書かれた太宰治の小説を中心に分析する。敗戦を契機に、戦時中の過去を切り捨て、現在を戦後という未来へ直結しようとする時間に対する認識が顕著になる。過去を忘却するよう促すこの〈断絶的時間〉は、その過去がいつでも「思い出」となって呼び戻されることを強く予感させる。この時期、読者に〈連続的時間〉を喚起するように駆使された様々な表現方法を太宰治の小説テクストから読み取ることで、〈断絶的時間〉に対抗し得る〈歴史的時間〉を模索する。

# 第Ⅰ部 〈歴史的時間〉を召喚する〈循環的時間〉

## 初期井伏文学における時間

井伏鱒二の文学を時系列で辿り、まさに「井伏鱒二という姿勢」というべき作品を貫く作者の資質を抽出してみせたのは、東郷克美(1)であった。「井伏文学の原風景」を探るため、最初の小説である「幽閉」(一九二三)から井伏文学が辿られた際、時間は如何に理解されていたか。

東郷は、山椒魚が幽閉された岩屋を流れる時間が「ほとんど自然と同義語であった」と述べる。そして「幽閉」から「山椒魚」への改稿に表れる「時間の延長」に「井伏鱒二の上に訪れた孤独と失意」を読み取る。幽閉された山椒魚の状況に当時の作者のそれが重ね合わせられた際、井伏文学における時間は「井伏鱒二の作家的自己形成の物語」の背景になるのである。

さらに井伏文学における時間の特質は、『川』（一九三二）の分析において具体化された。『川』にみられる、「いかなる人事の深刻な悲劇も川の流れのごとき自然現象としてみようとする作者の姿勢」が「自然からの視点」と見なされ、「この作品の人物たちの上を流れる時間は、いわゆる人間的時間ではな」く、「むしろ永劫回帰する自然の循環的時間に近い」と認識された。そしてこのような時間を基調にして「谷間から川へ、川から海へと注ぐ「大河」に成長して行」き、「都会から田舎へ、「くつたく」した個の世界から共同体と自然の中へ遁走して行く」と井伏文学は素描されたのである。このような空間のイメージを伴った時間の表象を、東郷の批評と本書の序章の概念にしたがって〈循環的時間〉と呼んでよいだろう。作者の成長とともに獲得された井伏文学の特質として〈循環的時間〉は提示されたのだ。

「「山川草木」と「天変地異」という二つの相貌が共存している」「井伏鱒二的自然」と井伏の「身にしみついている」「農耕民の自然イデオロギー」を井伏文学に見出す井口時男[2]も〈循環的時間〉に近いものを述べているように思われる。だが、次のような文章にもう一つの時間の相が垣間見られていることを見逃してはなるまい。

> 山川草木と天変地異、あるいは和む自然と荒ぶる自然という対立を、自然の示す日常性と非日常性、または正常と異常という対立にいいかえてみる。このとき、農耕民的自然イデオロギーとは、非常時のさなかに日常性への信頼を失わないこと、異常なもの、過剰なものを穏やかで正常な秩序の中に差し戻すために根気強い労働をいとわぬ態度を意味している。ちょうど、国家規模の「非常時」に際して村の平常な秩序を保つために奮闘する「多甚古村」のあの巡査のように、といってもよい。（一二一頁）

ここで「農耕民的自然イデオロギー」は、「国家規模の「非常時」」を契機に問い直される可能性に開かれる。〈循環的時間〉のなかに含み込まれている、一回きりの反復しないこの時間こそ、〈歴史的時間〉と呼ぶに値する。この時間が見えてはじめて「共同体と自然の中へ遁走して行く」（東郷）井伏の姿も再検討にさらされるであろう。この時間によって読者が「共同体」の語から戦時共同体を思い起こすならば、もはやそれは作者の成長を表す言葉として機能しなくなるからである。井伏文学における〈循環的時間〉と絡み合っている〈歴史的時間〉を明らかにすることが第Ⅰ部の課題である(3)。

## 戦略としての初期井伏文学

本書では、全体を通して、井伏鱒二（一八九八～一九九三）、中野重治（一九〇二～一九七九）、小林多喜二（一九〇三～一九三三）、太宰治（一九〇九～一九四八）の四人の作者の小説テクストを中心に検討する。とはいえ、この四人がひとしく文学史の主要な流れを代表するような位置を占めているというわけではない。とりわけ、井伏鱒二の場合、作者を中心に記述する文学史において主役として扱われることはないといってよい。たとえば、小田切秀雄の『近代日本の作家たち』(4)の目次には、「小林多喜二」、「中野重治」、「太宰治」の項目はあるが、「井伏鱒二」は見当たらない。

周知のように、文壇を中心に記述された文学史において昭和初期は、横光利一や川端康成を中心とした新感覚派とプロレタリア文学が主流として描かれ、既成のリアリズム文学とともに「三派鼎立」として捉えられている(5)。そうしたなかで、一九三〇年、井伏鱒二は、新潮社の〈新興藝術派叢書〉に最初の作品集である『夜ふけと梅の花』を、改造社の〈新鋭文学叢書〉に『なつかしき現実』を発表している。文学史は、「井伏鱒二」を新感覚派以降、プロレタリア文学に対抗する「新興藝術派」に属しながら、特異な位置を占める作者の一人として記述していくことになる。

たとえば、市古貞次の『日本文学史概説』(6)は、「昭和文学の展開」を説明しながら、一九三〇年、「芸術派の交流という形をとった反マルクス主義文学の大同団結」が試みられ、「新興芸術派倶楽部の設立へ発展した」ことを記しながら、その内部で「異端と目された」作者として「井伏鱒二」の名を示し、「庶民的な哀感の中に瓢逸なユーモアを漂わせる作風の完成に向か」うと評価している。

麻生磯次の『日本文学史概論』(7)でも三派鼎立の構図を説明したうえで「新興芸術派以降」という項目を設け、一九二九年に結成された一三人倶楽部のなかで「井伏鱒二」の名前を連ねる。「新興藝術派」は、「プロレタリア文学に対抗して」「文学の芸術性を守ろうとした」と説明され、「その中には多分に異質的なものをふくんでいた」と述べながら「井伏鱒二」に言及するのである。「末期的な苦悩を、笑いによって救おうとするナンセンス文学の一派」として「中村正常」と並べられた「井伏鱒二」は、「ユーモアとペーソスを持った風格のある作品を発表した」と評価される。

「新感覚派及びそれ以後」を述べる佐々木基一(8)は、「この新文学の運動に直接間接に関与し、相互に影響し合いながら大正末、昭和初頭に文学的発足をなした作家のうち、一時の流行をこえて、よく自らの文学を日本の国土に定着させえた作家の多くは、運動の中心部に位置した作家でなく、いわば文壇的にはその周辺において、独自な文学的方法と自己の資格を統一的に完成しえた作家であった」と述べるなかで、そうした作家の一人として「井伏鱒二」を挙げている。だが、このような文学史の記述そのものに対して、次のように慎重な態度をとっていることにも注目せねばならない。

> わたしは今日、もっぱら孤立した個々の周辺作家に昭和の芸術派文学の成熟を認め、たとえば新感覚派の運動と、それに続くさまざまな形に分化してモダーニズムの運動自体にたいしては否定的評価を行うことが、はたして正しい文学史的評価をもたらしうるかどうかに疑問を懐くようになった。それは、この運動によってきりひら

> かれた現代文学の方法を、実践的に今日に生かす（もし生かすものがあるとすれば）道を遮断し、文学史を個々の完成した傑作の連鎖に還元してしまい、傑作を残したのはいつの時代においても個性的な作家だった、だから文学の質を決定するものはつねに作家の個性的成熟にあるという、それ自体不毛な教科書的定義の繰返し、一種の超歴史的文学観につながってゆく危険を感じさせる。
>
> これはプロレタリア文学についても同じことであって、プロレタリア文学運動が挫折し、モダーニズムの文学運動もまた挫折を余儀なくされた後に、完成された個性的作品に対して、わたしたちは無条件にそれを作家的完成とか成熟としてたたえることが出来るかどうか、大いに疑問とせざるをえない。それは、それぞれの作品のもつ芸術的価値とは一応別個の問題であるが、しかし、必ずしも無縁な問題ではない。いいかえれば、それらの作品の完成は、非常に多くの可能性を犠牲として切り捨てた上に成就されたものではないか。（四～五頁、傍点原文）

長い引用をしたのは、ここに現れている文学史観というべきものに、第I部の研究対象を選定した理由、その問題意識が強く共鳴しているためである。昭和初期のモダニズム文学運動を否定的に評価し、またプロレタリア文学運動の挫折を記述した後に文学史が向かったのは、個人の作家と個別の作品の評価であった。「傑作を残した」「個性的な作家」、「作家の個性的成熟」、「完成された個性的作品」、「作家的完成」に還元されるような文学史が「超歴史的文学観」に基づいていることに、佐々木は危機感を表明しているのである。このような文学史の記述がはらむ、見逃してはならない問題は、「それらの作品の完成は、非常に多くの可能性を犠牲として切り捨てた上に成就されたもの」でもあったという点を見えなくしたことである。

まさに、プロレタリア文学運動に関わらなかったこと、新感覚派や新文学運動のなかでも特異な位置であったことが、「井伏鱒二」という作者と作品を評価する基軸になってきていることが第I部を通して批判的に検討されよう。文壇の対立的構図を際立たせるように作られた「三派鼎立」の構図が、そのどちらからも「井伏鱒二」を分離し、井伏文学を評価する研究史の土台になっている。後に作者自身が一九三〇年頃を回想しながら「私は左傾することなしに作家としての道をつけたいと思つてゐた」（『雞肋集』）と述べたことも助けて、独自な作者像が立ち上がるのである(9)。その際、佐々木が憂慮したようなことが度々起こる。「井伏鱒二」の「個性的な作家」の「完成された個性的作品」を強調するがために、それが「多くの可能性を犠牲として切り捨てた上に成就されたもの」であったことが議論から封じられ、「超歴史的文学観」の上に「井伏鱒二」を立たせてしまうということである。

犠牲になった可能性も含めた文学的成就を記述するため、文学史の中心に読者の場を据えようとしたヤウス(10)の次のような考察は、参考になる。

〔テーゼⅥ〕言語学において、通時的分析と共時的分析を弁別し両者を方法的に結びつけることによって達成された諸成果は、文学史においても、これまで通常は通時的のみであった観察を克服する手がかりを与えてくれる。受容史的なパースペクティヴは、美的な見方が変化するところでは、幾度も新しい作品の理解とそれ以前の作品の意味づけとの機能的な連関に直面するのではあるが、発展の任意の動機をとらえて共時的断面を作り、同時に存在するさまざまな作品の異質な多様性を、等価構造、対立構造、そして階層（ヒエラルヒー）構造に分類し、このようにして、ある歴史的瞬間における文学の包括的な基準系を明らかにすることも可能でなければならない。この点から、新しい文学史の叙述原理を展開することができるであろうが、そのためには、さらに通時態的に前と後にいくつかの断面を設け、文学上の構造変化を歴史的にそのエポックメーキングな諸動因において分節化しなければならない。（六〇頁）

「通時的」であった既存の文学史に対して「共時的」文学史を創ること、「発展の任意の動機をとらえて共時的断面を作り、同時に存在するさまざまな作品の異質な多様性を、等価構造、対立構造、そして階層（ヒエラルヒー）構造」

を探ること、「ある歴史的瞬間における文学の包括的な基準系」を考えることは、まさに読者の〈歴史的時間〉による新たな文学史の創造といわねばならない。読者が小説を読むことを通して「共時的断面」、「歴史的瞬間」を捉え、それによって文学テクストを再配列するのである。第I部で「井伏鱒二」を中心に置くのも、彼の文学が〈循環的時間〉のなかに〈歴史的時間〉を読み取り、そこから読者の〈歴史的時間〉による新たな文学史を構想するよい戦略となるからである。具体的には、初期井伏文学から捉えた〈歴史的時間〉を契機に、小林多喜二や中野重治を中心にプロレタリア文学との「共時的断面」、「歴史的瞬間」を導出し、そのような文学史の観点から井伏文学が何を成就し、如何なる可能性を切り捨てたのかを考える。

## 第I部の順序

第1章では、動物を主人公にした童話として広く読まれてきた「山椒魚」(一九三〇)とその原型として知られている「幽閉」(一九二三)を扱う。時間を隔てて行われた小説の改稿に〈歴史的時間〉を発見し、「幽閉」から「山椒魚」にいたる過程で失われた可能性を考える。それは、改稿から作品の発展と作者の成熟を捉えてきた研究史に対する、読む現在における一つの応答である。

第2章と第3章では、井伏文学をプロレタリア文学とともに読ませる「共時的断面」を治安維持法体制と捉えることで「三派鼎立」とは異なる文学史を構想し、井伏文学の表現方法を位置づけ直す。第2章では、一九二九年に発表された井伏鱒二の「谷間」と中野重治の「鉄の話」を取り上げ、両作の背景にある治安維持法体制を浮き彫りにし、さらにその暴力的構造を暴き出す「谷間」の表現方法を新たに評価する。第3章では、小林多喜二の「蟹工船」(一九二九)と、その後に発表された井伏鱒二の「炭鉱地帯病院——その訪問記——」(一九二九)を扱う。前者を先行するテクストとし、そこから治安維持法体制における持続可能な抵抗のあり方を受け継ぐものとして後者を位置づける。

第4章では、井伏文学における〈循環的時間〉を表す代表作である『川』(一九三二)に〈歴史的時間〉を見出すため、単行本『川』の一部である「洪水前後」に焦点を合わせる。その際、「洪水前後」がある特定の時間にしか捉えることのできない言葉や表現をもって「アレゴリー」として読まれていたことに注目する。小説を「アレゴリー」として読ませるものをつきつけると、結局〈歴史的時間〉と読者の問題へ辿り着くことが明らかになる。

第1章

# 小説が書き直される間（あいだ）

## 井伏鱒二「幽閉」（一九二三）から「山椒魚」（一九三〇）への改稿問題を中心に

### 1. 改稿はいかに捉えられてきたか

井伏鱒二の「幽閉」（『世紀』一九二三年）は、「山椒魚」[1]（『夜ふけと梅の花』一九三〇年）の「原型」[2]として知られており、多くの先行研究では、「幽閉」が改稿されたものとして「山椒魚」を捉え、その内容の変化を検討している。

関良一[3]は、「幽閉」の山椒魚が「詩人＝哲学者風」であるのに対し、「山椒魚」の山椒魚は「行動的であり「悪党」である」と述べ、前者を「一人称の世界」と見なした。熊谷孝[4]は、両作の「発想が決定的に変わって来てる（ママ）」と指摘し、伴悦[5]は、とりわけ「被害者蛙の出現の構想」を「幽閉」との「決定的なちがい」とし、「約六年の歳月が流れている」両作の間から「発展過程」と「推移発展」を見出している。佐藤嗣男[6]も、両作を「主題的発想（――主題へ向けての発想）を異にする全く異質の文体を持った作品」とし、「幽閉」を「自然主義的小説の方法」から「未だ抜け出してはいな」いものと評価したうえで、「幽閉」の細部を挙げながら「習作時代のなせるわざ」と指摘した。内容の面においても「幽閉」における「現実との緊張関係を欠いた観念的考究にうまい進展があるわけではない」と批判的に述べ、「山椒魚に仮託されたわが身を語るという寓話小説」（傍点原文）として捉えた。両作の削除及び追加情報を詳細に検討している中村明(7)は、「顕著な差異」を指摘し、「幽閉」から「山椒魚」への移行を「童話じみた習作から成熟した風刺作品へと向かう線に沿った改稿」として評価し、松本鶴雄(8)も前者から後者へ「個人的体験をのりこえ」、「普遍化」したとし、そこに「作者の成長の軌跡」を見出した。その際に「蛙の登場」は、重要な問題としてありつづけた。

まとめると、「幽閉」から「山椒魚」へ、形式の面では、「幽閉」における統一されない人称や齟齬する記述、語り手の位置の問題などが習作時代の問題として指摘され、これらが「山椒魚」に至って改められたとされた。内容の面では、倦怠という主題と観念的な自然主義的な文体のモノローグの世界から、行動的で普遍的なダイアローグの世界へと主題の深化が評価されたが、そのような評価の根拠として「山椒魚」において追加された「蛙の出現」と最後の場面（「和解」）が言及された。このような内容と形式の両面から小説テクストの発展と作者の成熟が見出されたのである。

以上の先行研究を踏まえつつ、本章では、発展的思考で改稿を捉えることに留保をつけ、改稿の内容に〈歴史的時間〉を呼び込む。そのことによって、むしろ「幽閉」から「山椒魚」へ改稿される過程でどのような可能性が閉ざされているのかを明らかにしたい。だが、動物を主題とした童話風のテクストに〈歴史的時間〉を読み取ることは容易ではない。佐藤嗣男(9)は、「山椒魚」改稿の前後、日本が「一九二七（昭和二）年の第一次山東出兵以来、戦争状態に突入し」、「翌二八年の三・一五事件に代表される言論・思想弾圧事件の相次いでいた時代」であったと重要な指摘をしているが、「山椒魚」の具体的な内容との関連は言及していない。そこで本章では、「山椒魚」が収録された『夜ふけと梅の花』（〈新興芸術派叢書〉、新潮社、一九三〇年）を視野に入れることで、改稿問題から〈歴史的時間〉を捉える手掛かりを探りたい。

「山椒魚」を含めて一六篇の短編から成り立っている『夜ふけと梅の花』は、一九二五（大正一四）年から一九三〇（昭和五）年の間に書かれた短篇が改稿を経て収められている。この期間は「幽閉」と「山椒魚」の間に属しており、その意味で『夜ふけと梅の花』から一九三〇年前後の〈歴史的時間〉を捉えることは、「山椒魚」の位置づけを明らかにするうえでも初期井伏文学を捉え直すうえでも重要な作業であると思われる。

「山椒魚」と『夜ふけと梅の花』、ひいては初期井伏文学との表現的な類似にはすでに多くの指摘がある。とりわけ、これらテクスト群を総括して「「くつたく」した「夜更け」の物語」と述べ、そこに当時の作者の姿を読み取った東郷克美(10)の議論はいまもなお繰り返し引用される重要なものである。以降、日高昭二(11)が初期井伏文学から「同時代的な痕跡」を引き出す必要性を主張したことを契機に、近年にいたっては、初期井伏文学の評価史そのものの再検討が盛んに行われている。平浩一(12)は、「一九三〇年前後における、井伏の「ナンセンス作家」としての位置付け」を考察し、滝口明祥(13)は、井伏文学に貼られた様々なレッテルを「同時代のコンテクスト」との関わりから丁寧に検討し、単行本に収めている。だが、依然として「幽閉」から「山椒魚」への改稿の内容に文壇を越えた〈歴史的時間〉を読み取り、初期井伏文学のなかで位置づけることが充分に検討されたとはいい難い。

本章では、「幽閉」から「山椒魚」への改稿問題を「山椒魚」が収録された『夜ふけと梅の花』とともに検討し、そこに〈歴史的時間〉を読み取るため、以下のような順序で議論を進めたい。まず、「幽閉」から「山椒魚」への改稿の内容を他者との関係を中心にまとめたうえで、次に、「山椒魚」と『夜ふけと梅の花』との類似性を確認し、それが書かれた時間を再構成する。最後に、再び「山椒魚」から「幽閉」へ戻り、「幽閉」の可能性を探る。

## 2. 「幽閉」から「山椒魚」へ

多くの先行研究で指摘されているように、「幽閉」と「山椒魚」は、同じく岩屋に幽閉された山椒魚を描いていても、形式と内容の面で大きく異なる。とりわけ、本章で注目するのは、内容の面における他者との関係の変化である。いままで他者に関する議論の大半が、「山椒魚」の蛙に傾いていたことはすでに述べた通りであるが、そこには、「山椒魚」に初めて蛙という他者が登場し、ダイアローグの世界が開かれたというストーリーとプロットの進化を見出そうとする欲望が内在している。しかし、蛙が登場する前、見逃してはならないのは、「幽閉」と「山椒魚」の共通の他者、「岩屋」の内部に入り込んだ蝦の存在である。次に、「幽閉」において「えび」が出現した後の場面を引用する。

> 山椒魚はこの小さな動物が一生懸命物おもひに耽つてゐるやうな様子を見ると、それを一呑みに食つてしまふのも惨酷らしく思はれて、ぢつと眺めた。だがおそらく物思ひに耽つてゐるのではなく、よく寝込んでゐるのであらう。〔中略〕――寝てゐるのではないな。物おもひに耽つてゐるのだな。小さいこの肉片が何の物思ひに耽つてゐるのだらうと思ふと、滑稽でもある。〔中略〕えびはえびで物思ひに耽つてゐるのであらうが、〔中略〕
> ――兄弟、静かぢやないか?
> えびは返事をしなかつた。物思ひに耽るような風をして、（「幽閉」九頁）

「小さな動物」と形容される「えび」を観察する山椒魚が描かれている。この場面において、目を引くのは、傍線で示したように、「物思ひに耽つてゐる」という表現の繰り返しである。「えび」が「岩屋」に入ってから一頁に当たる部分において「物思ひに耽」るという表現は六回も現れているのである。

実のところ、「えび」が入ってくる前も、「幽閉」には、とりわけ「考」える・「物思ひに耽」るという表現が頻出していることを指摘せねばならない。「幽閉」の山椒魚は、「幽閉」によって制限された「自由」の内容を「考へ」（六頁）、「幽閉」されてもなお自己充足的に生きることができると「観念」（六〜七頁）し、閉じ込められた岩屋の内部を眺めながらその意味を「考究」（八頁）していた。「観念」と「考究」という言葉に牽引され、「幽閉」の世界そのものが観念的であると評価された所以がここにあろう。しかし、同時に見逃されてきたのは、それまで「幽閉」における「考」えることの重視が、「えび」という他者との接し方へつながっていることだ。

山椒魚が、「えび」という弱い他者の存在を見守り、親近感を覚えて声をかけ続けるのは、「えび」が「物おもひに耽」る存在として捉えられているからである。それは、「山椒魚」にいたって「考」える・「物思ひに耽」ることに対する山椒魚の態度の変化が、「蝦」との関係に影響を及ぼしていることをみれば、明らかである。

彼は岩屋のなかを許されるかぎり広く泳ぎまはつてみようとした。人々は思ひぞ屈した場合、部屋のなかを屢々こんな具合にあるきまはるものである。（三七五頁）

「だが、このみもちの虫けら同然のやつは、一たいこゝで何をしてゐるのだらう?」〔中略〕何か一生懸命に物思ひに耽つてゐたのであらう。山椒魚は得意げに言つた。

「くつたくしたり物思ひに耽つたりするやつは莫迦だよ。」（三七七頁、傍点原文）

彼はどうしても岩屋の外に出なくてはならないと決心した。いつまでも考へ込んでゐるほど愚かなことはないではないか。（「山椒魚」三七八頁）

「山椒魚」の山椒魚は「思ひぞ屈し」ており、山椒魚は、「物思ひに耽」る「蝦」を「莫迦」だといい、考えることを「愚かなこと」として批判する。「幽閉」で「えび」は「兄弟」、「懐かしい友達」と呼ばれたが、「山椒魚」の「蝦」は「このみもちの虫けら同然のやつ」として一蹴される。考えることの否定が弱者の否定へとつながることが確認できよう。

「山椒魚」において否定された「蝦」の場面の次は、「幽閉」にはなく、「山椒魚」において追加された蛙の登場である。だが、蛙の出現の前に設けられていた重要な場面を指摘せねばなるまい。「山椒魚」の山椒魚が「岩屋」からの脱出を試み、失敗した後、「岩屋の外」から「目を反け」、「目を閉ぢる」ことがそれである。

> 岩屋の外では、〔中略〕山椒魚はこれ等の活潑な動作と光景とを感動の瞳で眺めてゐたが、やがて彼は自分を感動させるものから寧ろ目を反むけた方がいゝといふことに気がついた。彼は目を閉ぢてみた。悲しかつた。〔中略〕山椒魚は閉ぢた目蓋を開かうとしなかつた。何となれば、彼には目蓋を開いたり閉ぢたりする自由とその可能とが与へられてゐたゞけであつたからなのだ。
>
> その結果、彼の目蓋のなかではいかに合点のゆかないことが生じたではなかつたか！　目を閉ぢるといふ単なる形式が巨大な暗やみを決定してみせたのである。（「山椒魚」三七九頁）

東郷克美(14)は、「初期井伏の不幸な主人公たちは、悲嘆にくれるとしばしば外界に対して目を閉じて自己の暗い内側をのぞきこもうとする」と指摘した。ここで「目を閉ぢる」行為が、山椒魚が感じている制限された「自由」と閉塞感に起因していることがさらに問題になろう。「幽閉」の山椒魚は、限定された「自由」を認識しつつも、「生きてだけは居られる」空間が確保されているがゆえに、岩屋の内部で生き続けることができた。それに対して「山椒魚」における「岩屋のなか」は、「体を前後左右に動かすことができたゞけ」で、「目蓋を開いたり閉ぢたりする自由」のみが保障される。このように徹底した「幽閉」的な状況のなか、「山椒魚」の山椒魚は体に「つひに苔が生えてしまつたと信じ」るなど、強迫観念にさいなまれており、やがて「岩屋の外」を眺めることを止め、「目を閉ぢ」てしまうのである。

また、中村明(15)が、改稿において「蛍と星そのものの削除」が、「外界の上方への視野をふさぐことで、山椒魚の置かれた限界状況を際立たせ」たと的確に指摘しているように、外界からの断絶をもたらす「目を閉ぢるといふ単なる形式」は、「幽閉」という状況を徹底し、「巨大な暗やみ」をもたらすことになる。以降の展開の暗示にもなっているこの表現につづく場面が、まさに外界で活発に動いていて「山椒魚を羨しがらせたところの蛙」を自分と同様な「幽閉」的な状況に「閉ぢ込め」るところであるからだ。「相手の動物を自分と同じ状態に置くことのできるのが痛快であつた」という山椒魚が蛙に向かって暴力の連鎖、抑圧の転移を試みていることはいうまでもない。

これまでの「幽閉」と異なる「山椒魚」のプロットをまとめると、「幽閉」という状況を考えることを否定し、「物思ひに耽」る弱者をも否定し、「幽閉」から逃れられない山椒魚が「目を閉ぢ」ることによって「外界」を拒絶し、進んで他者を「幽閉」する状況を作り出したということになろう。次節では、このような展開が『夜ふけと梅の花』の他のテクストにも繰り返されていることを確認したうえで、そこに垣間見られる〈歴史的時間〉を再構成する。

## 3.「山椒魚」と〈歴史的時間〉

「山椒魚」が収録された『夜ふけと梅の花』を補助線にして〈歴史的時間〉を読み取る際、とりわけ注目すべきテクストは、「朽助のゐる谷間」(16)である。

「朽助のゐる谷間」の語り手は「東京に住んで不遇な文学青年の暮らしをしてゐる」「私」である。ある日、昔から「交友」をもっている老人、朽助の孫娘であるタエトから手紙を受け取る。そこには、堤防の建設によって「谷間」に住んでいる朽助とタエトに退去が命じられたこと、朽助がそれを拒否していることが書かれており、「私」は朽助を説得するように頼まれる。

「私」は朽助を説得し、退去は進められる。だが、退去の後、再びそこに戻って朽助は、「物思ひに耽」ってみるが、「嘆息」するしかない。それから、水没する家の前に立たされた朽助は、「目を閉ぢ」、「思ひにくつたくした思想を棄てようとしてゐる」。そこに同じく住屋を失った小鳥が、堤防によって池になってしまった谷間の上を飛びまわり、タエトは小鳥に石ころを投げる。このような展開が第2節で確認した「山椒魚」のそれと酷似していることは明らかであろう。次は、「私」に送られてきたタエトの手紙の引用である。

さて一昨年以来、毎日々々池の工事が続いてまゐりまして、今日では漸く堤防も出来上りました。大きな堤防であります。山と山との間の谷をせきとめたのでございます。水がたまると周回二里半の池になる由であります。それで私どもは立ちのかなくてはならないのでございます。池は日本政府が許可し命令してつくつてゐるのであります故、私どもは立ち退きに反対することを許されないのですけれど、祖父は如何なることがあつても立ちのかないと反対いたします。しかし池が出来上つて水が池にたまつてしまへば、私どもの家は水の底の一ばん深いところに沈んでしまひませう。〔中略〕日本は私の祖国でございます。私は日本人の心を真似て、この谷間で暮すのがいゝのだと思つてをります。（「朽助のゐる谷間」三二九～三三〇頁）

タエトによると、この工事は、「日本政府が許可し命令してつくつてゐるのであ」るため、「立ち退きに反対することを許されない」し、さらに、それに反対する場合、「谷間」にある「私どもの家」は「沈んでしま」うので事実上選択は不可能である。また、「母（日本人）」と「父（アメリカ人）との仲に」生れたタエトは、「日本」を「祖国」とし、「日本人の心を真似て、谷間で暮らす」ことを決めており、退去が「日本政府」の「許可」、「命令」によるものである以上、それは絶対的な現実を意味することになる。同時に、「日本人の心を真似て」という表現は、彼女が「日本人」の内部に属しながらも外部のような存在、つまり境界にいるものとして描かれていることを窺わせる。このように彼女にとって「祖国」とはそもそも不動なものではなかったはずだが、彼女は「日本政府」の命令に従うことで「日本人」の内部に参入しようとするのである。だが、「祖父」は選挙の公約を守らない「代議士」を批判し、立ち退きに反対する。

先日も当地から出られた代議士の人が参られまして、今度の選挙のとき自分の名誉にも関することであるから、横ぐるまを押さないで立ち退いてくれと申されました。祖父の申しますには、選挙民を買収しようとたくらんで池をつくつて（中略）（ママ）と申します。この前の選挙の時にも、赤と白とのだんだら染めの棒を持つた測量師を派遣して測量さしたりして、やれ鉄道を敷設してやるのだと演説されましたが、今では沙汰がございません。祖父はそのことを今更申し立てまして、人々を困らせます。祖父が若し気まぐれから（中略）（ママ）を申しますのならば、私は（中略）（ママ）を軽蔑する気持ちから敗けるやうに思はれます。（「朽助のゐる谷間」三二九～三三〇頁）

発行時から考えて「この前の選挙の時」が、一九二五年普通選挙制が成立した後、初の総選挙である一九二八年二月のことをさすとするならば、普通選挙法によって急増した「選挙民を買収しようとたくらんで」「代議士」が堤防をつくろうとするという朽助の推測はおそらく正しいであろう。「帝国臣民タル男子ニシテ年齢二十五年以上ノ者ハ選挙権及被選挙権ヲ有ス」(17)とする普通選挙制度によって有権者は、三二八万人から一二四〇万人に増えた(18)。納税要件が撤廃され、被選挙権も五年切り下げられた普通選挙制は、内部に「帝国臣民タル」ものの範囲を広げることで国民統合を図ろうとすると同時に、「帝国臣民」たらないもの、即ち貧困者や女性、植民地の人々などは外部として排除したものでもあった(19)。

さらに注目したいのは、右の引用における「（中略）」である。工事が「日本政府」によるものであるため、「反対」が「許されない」というタエトは、この手紙においておそらく朽助が具体的な政治批判を行っている部分を、「（中略）」という形で処理している。伏字の役割を果たしているこのような表現は、住屋から立ち退かなければ水没してしまうという、選択権を奪う一方的な「代議士」・「日本政府」の暴力、そしてその暴力を語る言論の自由までも塞がれている状況を強調するのである。だが、自分の「祖国」として「日本」側に身を置こうとする際、「日本」の内部と外部を定める法制度によって選ばれた「代議士」／「日本政府」の暴力は、絶対的な現実、まさに「幽閉」的状況となり、そこから朽助は水没する旧家の前で「目を閉ぢ」、タエトはさらなる弱者である小鳥に暴力を転移するのである。

このように「帝国臣民」の内部と外部の境界を定める法制度が整備され、実行されていく時期、「朽助のゐる谷間」の他にも、『夜ふけと梅の花』に収められたテクストには、帝国日本の内部にいながらも外部として暴力的に排除されている人々が多く描かれている。たとえば、「埋憂記」(20)では「文学青年」である「私」が「尾行つきの主義者」とのエピソードを展開する前に、彼とは「深い知り合ひ」ではないことを強調し、それが「警察の目」を意識して「言い逃れ」をするためでないことを繰り返す。ここに治安維持法体制の現実が色濃く反映されていることはいうまでもない。

初の総選挙によって無産政党系の代議士が八名誕生したという結果は、当時の政府に危機感を抱かせ、左翼勢力の大弾圧である「三・一五事件」が起こった。帝国臣民たるものを内部に統合しつつ、徹底的に外部を排除するという面で普通選挙制とセットになっている治安維持法の実行である。つづいて六月の張作霖爆殺事件の後、緊急勅令によって最高刑が死刑に改悪された治安維持法をもって行われた一九二九年の「四・一六事件」までの一連の政治的事態が、『夜ふけと梅の花』が刊行されるまで日本国内で行われた抑圧と暴力をともなう帝国日本の臣民の創出の過程であったのである。

結局、「埋憂記」において、日本の社会運動と革命に耽っていた「主義者」は、「私」に「遠慮したり考へたりしてゐては駄目」と忠告し、交際していた「女中」を「なぐつたりした」と告げた後、すべてをあきらめた者の「自殺」のような「田舎」帰りをする。「休憩時間」(21)にも、芸術家を夢見る学生が集まっている教室が「暴力」と「弾圧」の場に代わる瞬間が描かれている。貧困故に、下駄を履いていた「若き芸術家」は、「免職された軍人あがりの人間達であらう」「学生監」によって「規則違反者」、さらに「不幸なる囚人」とされていく(22)。

このように〈歴史的時間〉を刻印しているテクストが「山椒魚」と類似した表現や展開を見せることは、「幽閉」から「山椒魚」へ書き直される間を想像する契機になる。つまり、「山椒魚」にみられる徹底的な「自由」の制限、「幽閉」という状況の深化、抑圧の転移は、帝国臣民の内部と外部を暴力的に定める同時代の閉塞感と無関係であるはずがないのである。ここで再び山椒魚が「幽閉」を嘆く場面に戻り、「幽閉」と「山椒魚」の間における語彙の変化に注目したい。

> これまではまるで終身懲役だ。ほんの少しの年月をうつかりしてゐた罪の罰としては、これはあまり重過ぎはしまいか。
>
> ——神様、あゝ貴方はなさけないことをなさいます。（「幽閉」七頁）

> 「あゝ神様！　あなたはなさけないことをなさいます。たつた二年間ほど私がうつかりしてゐたのに、その罰として、一生涯私を窖（あなぐら）に閉ぢこめてしまうとは横暴であります。私は今にも気が狂ひさうです。」
>
> 諸君は、発狂した山椒魚を見たことはないであらうが、この山椒魚に幾らかその傾向がなかつたとは誰がいへよう。諸君は、この山椒魚を嘲笑してはいけない。すでに彼が飽きるほど闇黒の浴槽につかりすぎて、最早がまんがならないでゐるのを、了解してやらなければならない。いかなる瘋癲病者も、自分の幽閉されてゐる部屋から解放してほしいと絶えず願つてゐるではないか。最も人間嫌ひな囚人でさへも、これと同じことを欲してゐるではないか。（「山椒魚」三七八頁）

「幽閉」の山椒魚が「神様」を呼び出し、現状を「まるで終身懲役」、「罪の罰」として抽象的な言葉で表現しているのに対し、「山椒魚」の山椒魚は「幽閉」を執行する主体として「神様」を明確に認識し、「一生涯私を窖(あなぐら)に閉ぢこめてしまう」ことの「横暴」を批判している。そして、「山椒魚」の語り手が、「諸君」と読者を呼び、「発狂した山椒魚」を、「解放」を希求する「瘋癲病者」や「囚人」に喩えるにいたって、山椒魚を取り巻く状況が自然現象などではなく、社会システムによるものであることが浮き彫りにされるのである。そして本書では、この社会システムを一九二五年に成立した普通選挙・治安維持法体制と見なすわけである。

ここまで「山椒魚」における閉塞感と暴力の連鎖に〈歴史的時間〉を見出したうえで、次節では「幽閉」から「山椒魚」への改稿の内容を再評価する。

## 4. 閉ざされていく「幽閉」の可能性

「幽閉」から「山椒魚」へ、「岩屋」の内部における山椒魚の主体の変遷に〈歴史的時間〉を見出した後、両作を通して暴力の連鎖と抑圧の転移が行われる寸前を捉えるために注目せねばならないのは、「入口」という場所である。「幽閉」の山椒魚は、「入口」に身を置き、「岩屋」の内部と外部を眺めながら絶たれてしまった「自由」と「幽閉」という状況を考えつづけていた。

この棲家、最早彼にとつては永遠の棲家は、入口はさういふ具合に小さかつたが、内側は可成の広さである。（それで彼もうつかりしてゐたのであるが。）（六頁）

さう見れば、まんざら棄てた境涯でもないらしい。第一我々の生活は、わざわざ岩屋から出て行つて暮すほどの価値あるものであるだらうか、何うであらう。といつても、それはあきらめまぎれの、といふよりあきらめか

ねた気持をたぐつて行つての言葉で、彼にとつてこの観念が慰めになる道理はなかつた。（六〜七頁）

岩屋の外は、さういふ活動の世界であるのに、岩屋の内は、また何と惨めでほの暗い闇の世界であることか。（中略）散つた花粉は水面にも岩の面にも、肉眼では見えないものになつて、岩屋の中はもとの静寂の状態に返つた。（八頁）

岩屋の口から外界の空に瞳を凝らせば、蛍の火が流れてゐる。向ふの遠いところには、星が輝いてゐる。（「幽閉」一〇頁）

山椒魚は、「入口」から「内側」を眺め、生活が保障されている「幽閉」という状況が果たしてそこまで絶望的なものか、自問自答している。だが、それは、自らの処された状況を直視することから逃避しようとする「観念」にすぎず、「岩屋の外」の「活動の世界」と比べたら「岩屋の内」は「暗い闇の世界」でしかないと山椒魚は直ちに認める。ここで内部にも外部にも属さない「入口」は、その内部と外部を相対化し、「幽閉」という状況と、そこで許容されている「自由」とを「考」える場所である。同時に、山椒魚より小さな生物が行き来する場所（そもそも山椒魚が「岩屋」の内部に入ってきた当初、山椒魚も小動物であったはずである）、蝦が入り込む通路でもあり、他者との対話可能性が潜んでいる場所でもある。

このような「入口」は、「山椒魚」にいたって抑圧の転移を行う暴力の場所に化していた。山椒魚は、蛙を閉じ込めるために、その頭を「岩屋の窓にコロツプの栓」にしている。この「岩屋の窓」は、「入口」の言い換えにほかならない。だが、他者を抑圧するために使われている「入口」は、結果的には、「山椒魚」自らの「自由」をもさらに制限する結果をもたらした。蛙を「幽閉」する間、山椒魚は滑稽な姿のまま動くことができないからである。つまり、

「幽閉」において外部を眺める通路であり、「幽閉」という状況を思考する場所であった「入口」は、「山椒魚」においては、山椒魚の抑圧の転移によって、内部と外部があらかじめ存在するのではなく、生成されるものであることを暴露する装置へと転落したのだ(23)。

こうして閉ざされていく「入口」の可能性は、『夜ふけと梅の花』においても随所に設けられている。「朽助のゐる谷間」では、いくつもの水が流れ込んでいて、朽助が「物思ひに耽」る場所であった「谷間」が人工的な堤防によって「魔物」が出そうな「池」になろうとする。「埋憂記」の「主義者」は、社会革命を「考へる」場所である「下宿屋」を棄て「田舎」へ帰る。「休憩時間」の「私」は、「囚人」になった学友を「楽しい追憶」という過去の回想のなかに閉じ込めてしまう。それから、つづく暴力への加担は、いずれも喪失しつつある「入口」に起因しているのである。

しかし、「幽閉」から「山椒魚」へ、暴力を用いないで他者と接する可能性としての「入口」が失われていく原因を、一九三〇年前後の「幽閉」的な政治の状況の深化にのみ求めることはできない。すでに指摘したように、「山椒魚」をはじめ、『夜ふけと梅の花』のなかに繰り返される「目を反け」、「目を閉ぢる」という行為、その「単なる形式」が、山椒魚の状況をさらに緊迫したものにし、蛙という他者に暴力を振るう場面をもたらしてしまったからである。閉塞した現実の暴力を前にして考えることを否定し、それを見つめることを止めた際、他者に対する暴力へと向かうという構図が露わになる。その意味で「幽閉」というタイトルが「幽閉」という状況を表すものであるのに対し、「山椒魚」が幽閉された自分にのみ囚われ、主体としての自分、「山椒魚」をタイトルにしていることは象徴的といわざるを得ない。物理的な出来事としての「幽閉」という状況は、両作において同様であり、むしろ異なるのは、「幽閉」という状況、即ち自分を取り巻く環境を「幽閉」として捉える認識のあり方であったのだ。

ここまでの内容をまとめると、「山椒魚」への改稿は、「帝国臣民」の外部として排除されたものが、自らを内部に収斂させようとする際に行われる抑圧の転移、暴力への加担、そのような現実から目を反らすことでさらなる暴力に耐えねばならないという構図を明らかにしているといえる。そして、「入口」を喪失する過程に「帝国臣民」の内部と外部を定め、内部を統合するために外部を暴力的に排除していく一九三〇年前後の日本の歩みを重ね合わせた際、「幽閉」から「山椒魚」への改稿の内容から小説テクストの発展と作家の成熟のみを読み取ることは、他者に向かう暴力の連鎖に対して「目を閉ぢる」ことになってしまうだろう。

## 5. 改稿と〈歴史的時間〉

本章では、「幽閉」から「山椒魚」への改稿の内容に一九三〇年前後の〈歴史的時間〉を読むため、『夜ふけと梅の花』を視野に入れて検討してきた。「幽閉」という状況を考えることを止めることと弱者の否定、外界から目を閉じることと他者への暴力といった「山椒魚」の展開は、『夜ふけと梅の花』にも共通して表れていた。そこには、帝国日本の臣民のなかに容易に包摂され得ないもの、排除されたものが行う抑圧の転移が描かれており、そこから一九二五年体制が召喚された。このように「山椒魚」に〈歴史的時間〉を呼び込むことで他者との対話可能性に開かれていた「幽閉」の重要性が浮上してきた。とりわけ、他者を抑圧する暴力に転換する直前、他者との対話可能性は、「入口」という場所に凝縮されていたが、そのような「入口」は、「山椒魚」へと改稿される過程によって閉ざされていった。

以上、「幽閉」から「山椒魚」への変化に〈歴史的時間〉を捉え、閉ざされていく「幽閉」の可能性を明らかにする本章は、初期井伏文学における時間を捉え直す第一歩である。

第2章

# 「私」を拘束する時間

## 井伏鱒二「谷間」（一九二九）を中心に

### 1. 「現実」をめぐる論争史

井伏鱒二の「谷間」は、一九二九年一月から四月まで計四回『文芸都市』に発表された小説テクストである。「谷間」は、「姫谷焼」を発掘して経済的困窮から逃れようと「姫谷村」に向かった「私」が、その目的を達成することができずに村と村との間の騒動に巻き込まれてしまったことを描いている。

プロレタリア文学の全盛期に書かれた「谷間」は、村の騒動に決して関わろうとしない「私」の態度が問題視された。淀野隆三(1)は、「私」の「現実韜晦」の姿勢をそのまま作者のそれに重ね合わせ、井伏文学では「人間的真摯は道化の前に曇り、現実はぼかされる」と批判した。それに対して小林秀雄(2)は、井伏文学にある「率直に人の純潔に訴える声」は、「あらゆる小説の形式を破るだけ強くは」ないが、「あらゆる嘘言を殺すには充分に強い」とプロレタリア文学側の批判に反感を示した。

以降の議論は、プロレタリア文学側が「私」の態度を批判するために用いた「現実」という言葉を逆手にとって、

「谷間」を評価するキーワードにしていく。テクストに描かれている「現実」を積極的に捉えることで「私」の態度を再評価し、プロレタリア文学と異なる井伏文学を立ち上げる方向である。

たとえば、涌田佑(3)は、「谷間」が書かれた一九二九年を「あの左翼文学全盛期」として捉え、初期井伏文学が当時の文壇の状況によって正当に評価されなかったことを指摘し、この時期にはすでに後の井伏の日記文学につながるような「〈現実〉の重さの重視」が現れていたと主張する。同様に一九二九年を井伏文学の転換と見なす東郷克美(4)は、それまでの「都会の「夜更け」における「私」の「くつたく」(倦怠や虚無)への反措定」として「田舎人の世界の発見」に注目し、「これらの田舎人は、プロレタリア文学のいわゆるプロレタリアートに対する批判的代替物」であると評価した。いずれの議論も、一九二九年という時間を井伏文学の基点として注目し、そこには、プロレタリア文学と異なる「現実」が描かれていると強調している。

このような議論の流れに問題を提起したのは、日高昭二(5)である。日高は、井伏文学とプロレタリア文学との「関係」についての多くの考察は、つまるところ左翼の動向に決して無縁ではいられなかった井伏像を指摘しつつも、しかしそこにはまた井伏流の視点の独自さがあったのだという認識で共通する」と指摘する。「マルクス的思考の同時代的な痕跡とその差異を、「資質」論や「題材」論を越えて丹念に引き出すとき」だという氏の主張以降、それでは、如何なる応答がなされてきたのか。

野中寛子(6)は、「谷間」の「改稿」を中心に論じながら、「私」が風刺画を描く初出の場面に着目し、描かれる対象のみならず、描く主体をも風刺する「入れ子式の文章構造」を指摘した。そして「左翼文学への反作用」として「思想」より「現実的方策」を問題にする「私」と、「正確に現実を見ようとする作家の認識方法」の両方を評価した。「レポーター」としての「私」の機能に注目した滝口明祥(7)は、「私」が記録する「現実」が、ブルジョア対プロレタリアの図式に収斂され得ないように「複層化」されていることを評価し、「谷間」から「プロレタリア文学のパロディ」としての性格を読み取る。二人の議論をまとめると、「谷間」における「入れ子式の文章構造」や「レポーター」としての「私」の機能が、プロレタリア文学と異なる「現実」を描いてみせたということになろう。

以上の研究史から注目すべき点は二つある。第一に、キーワードになっている「現実」という言葉がそれぞれの議論において異なる意味で用いられている点である。第二に、「現実」という言葉がプロレタリア文学対井伏文学という対立項を作り出すために使われている点である。そこで本章では、従来の文学史の図式を超えてむしろプロレタリア文学と井伏文学が共有していた「現実」の側面を提示するため、井伏鱒二の「谷間」を同時期に発表されたプロレタリア文学の代表作である中野重治の「鉄の話」（一九二九）とともに読み、そこから浮かび上がってくる〈歴史的時間〉を論じていきたい。そのことによって、両者の差異は、「現実」への認識にあるというより、「現実」を表す方法にあることを明らかにし、〈歴史的時間〉による新たな文学史を構想する準備にしたい。以下のような順序で議論を進める。

第一に、「谷間」における「私」が作中人物であると同時に書き手であることに着目し、それぞれの層において物語内容を確認する。第二に、中野重治の「鉄の話」との比較を通して「谷間」における「私」という設定の意味を考察する。同時期に発表され、素材的共通性をも有する「鉄の話」は、二つのテクストが共有する時間を読み取り、その時間における表現方法を論じるうえで恰好の対象になろう。第三に、〈歴史的時間〉の召喚によって「谷間」というテクストの構造がもつ批評性の内容を明らかにする。そのことで、プロレタリア文学対井伏文学という図式を解体し、「谷間」の評価軸をプロレタリア文学に対する批評性から同時代に対する批評性へとシフトさせることができよう。

## 2. 作中人物であると同時に書き手である「私」

「谷間」は、作中人物である「私」によって書かれたものであることが執拗なまで強調されているテクストである。

たとえば、「私の一日の目的は、次の事情によつて障げられた」、「私と丹下氏とは役場からの帰りみち、約そ次のやうな会話をしてきたわけである」と、会話を伝える際にそれが「私」による引用であることを繰り返し強調し、「その漢文を和文風に読んでみれば、次のやうに読んでみることができた」、「こゝにその碑文を邦訳してみよう」という説明を付け加えることで、漢文で書かれた名刺と碑石が「私」の「邦訳」を通して織り込まれていることを表す。また、「（略）」や「……」、「××××××……」などの表記を入れて「筆記」されたものをさらに編集して挿入していることを示している。

　このような書かれたテクスト、書き手である「私」の露呈が、印刷される紙面を想定したものであることはいうまでもない。つまり、作中人物であると同時に書き手である「私」は、発話されたもの、それを記述したものが、さらに活字印刷され、配布されるという書くこと・流通することをめぐる過程を認識しているのである。たとえば、「友人」からの「手紙」を引用する前に、「私」は次のような前置きをしている。

　翌日、手紙――友人からの返事が到着した。私は自分自身をあまり批難した記録を人々の前に示したくはないが、友人の熱情的な文章を公表したい衝動にかられたので、こゝにその全文を掲げてみよう。（四月、二九頁）

「私」は「友人」によって書かれた「手紙」を「記録」として「人々の前に示」し、「全文を掲げて」「公表」すると述べる。作中人物である「私」は、書き手でもある自らが書いたものが、活字媒体を通して流通される、すなわち『文芸都市』という雑誌メディアに掲載され、読者の前に「公表」されることを知っている。

　このような二重の「私」をもつ「谷間」は、作中人物である「私」の話と書き手である「私」の話との二つの層において物語内容を読ませる可能性を内包する。まず、作中人物である「私」を中心とする物語内容は、次のようである。

「私」は、「姫谷焼」の発掘によって経済的困難を打破するため、「東京」から「姫谷村」へ赴く。だが、そこで、「私」を待っているのは、貧富の差による村の間の騒動、即ち「姫谷村」の資本家である丹下氏と「中条村」の貧乏人である嘉助の対立であった。「姫谷焼」の幻想も崩壊し、「東京」へ戻ることもできなくなった「私」は、結局、資本家の丹下氏側に立って争議を調整することになる。だが、交渉はうまくいかず、助けを求めた「友人」からは、冷たい批判しか戻ってこない。最後に「私」は、丹下氏に頼まれた「絵」を精一杯の諷刺を込めて完成する。

以上のあらすじを書き手の「私」と書くことにまつわる物語として読み返してみよう。「私」が探し求める小説の素材を「姫谷焼」とするならば、実際に「姫谷村」に行って直面した争議は、プロレタリア文学の素材として捉えることができる。また、挫折した「私」に送られてきた「手紙」は、プロレタリア文学側からの批判を先取りしたものにほかならない。

> 君が馬に乗つたり演説したりして騒ぎまはつた行動と意識とは、我々の目から見れば実に唾棄、嘔吐、憤慨に価する。君は単に旅費を得たいだけのために丹下氏の前で反動的そのもの、立廻りを演じたのだ。〔中略〕君は丹下氏なる人を尊敬してゐないものであるにもかゝはらず、資本家丹下氏の擁護をしてゐることである。（四月、二九頁）

「友人」は、「資本家」側で「反動的」な振る舞いをした「私」の「行動と意識と」に強い反感を示す。しかも、「友人」は、「我々の目から見れば」とあるように、あくまでも個人の立場からではなく、明らかにプロレタリア文学運動の側に立って「私」を非難しているのである。このような批判の後、「私」は、資本家側に立って、しかし風刺に充ちた「絵」を描いてみせるが、テクストに「絵」が提示されることはなく、文字としての言葉によって説明されているのみである。「絵」そのものは、書かれたもの＝テクストに置き換えられよう。

以上、作中人物であると同時に書き手である「私」の設定と「私」を取り巻く状況とを素描したうえで、次節では、そこに〈歴史的時間〉を呼び込むため、地主対小作人という村の対立構造、村の内部もしくは村の間の貧富の差の問題という素材を共有する同時代のテクスト、中野重治の「鉄の話」をともに検討する。

## 3. 作中人物を拘束する時間

中野重治の「鉄の話」(『戦旗』一九二九年三月)の「鉄ら」は、テクストが発表された一九二九年の日本という時空間がはらんだ暴力を直に呼び込む作中人物たちである。「鉄の話」の一章では、「この春温泉村の蘆原で水道敷設の問題がおこり、地主が社会を占領したとき鉄らはそれを包囲して逆に占領した」が、「何とか罪」で監獄に「六ヵ月たたきこまれた」ことが書かれている。監獄から出て東京にきた「鉄」と「おれ」の会話から導かれて二章から最後の一〇章までは「鉄の話」になっている。「鉄の話」では、「十五年」前に「皇太子殿下の行啓」を背景にして大地主が小作人である鉄の一家を破綻に至らしめた過程が語られ、村と天皇制が直結した暴力の仕組みが明らかになっている。そうしたなかで、鉄の過去の経験から現在の社会運動への強い結びつきが強調されると同時に、「十五年」前の「皇太子殿下の行啓」と現在の「何とか罪」とがつながって連続としての天皇制国家の暴力が暴き出される(8)。一〇章で現在の「鉄」は、「こないだ議会で拷問致死の問題が出たとき」を回想し、「内務大臣の望月」が「あれは病死で死んだのだ」と主張したことに対して「浅原健三」が「へえそうですか」と答えたことを取り上げ、批判する。「望月」は、当時の「内務大臣」である望月圭介であり、彼は、治安維持法の改悪を主導した人物であった。一章で「鉄ら」を投獄する根拠となった「何とか罪」が治安維持法の違反に対するものであったことは明らかである。

「鉄の話」が発表された一九二九年において、治安維持法体制は如何なる状況にあったのか。第1章で概観した通り、テクストが発表される前年、一九二八年の三月に治安維持法の実行である「三・一五事件」が起こり、六月に緊急勅令によって治安維持法が改悪された。荻野富士夫(9)は、一九二五年の治安維持法の取締の目的が結社行為の禁圧にあったことを指摘し、「三・一五事件」は、「「国体」変革を目的とした秘密結社日本共産党への大弾圧」として実行されたと説明する。その過程で検挙・検束者に対して拷問が加えられ、労農党などの結社禁止、社会科学研究会の解散などが強制された。それから改悪された緊急勅令によって「国体変革」の罪の最高刑が死刑になり、対象範囲が「結社の目的遂行の為にする行為を為したる者」になることで、法律の恣意的な利用による弾圧は強化されたのである。

「鉄の話」のフィクショナルな時空間はこのような〈歴史的時間〉を直ちに召喚するように設定されており、その暴力に直接にさらされている作中人物を描いていたのである。そして「鉄の話」と並べられてはじめて、「谷間」がそのような治安維持法体制の状況を共有していたことが明るみに出ると同時に、その現れ方の差異が際立ってくる。

「谷間」に戻ろう。作中人物に暴力を加える治安維持法体制を明らかにし、その歴史性を自らの体験として語る「鉄の話」とは異なって、「谷間」における治安維持法体制は、「私」という作中人物の言動に制約を与えるコンテクストとして間接的に現れる。「私」は、「姫谷村」で丹下氏に出会い、彼の家に滞在しながら「姫谷焼」を発掘しようとした。だが、「姫谷村」では、丹下氏の息子のために「彰徳碑」を立てようとし、それに反対する「中条村」は「騒動」を起こしていた。そして、丹下氏は、それを止めさせるために組織した「壮丁」たちの指揮を「私」に頼み、「私」は、次のような「条件」を提示したうえで「指揮」することを受け入れる。

　その四、この騒ぎは容易に社会問題化したり争議化したりできる性質を帯びてゐますが、こゝでは決して問題化しないで、単なる石合戦の競技の如くみなすこと。また、そのつもりで私達は行動すべきこと。さもなければ私は一揆を指揮したといふ名のもとに罰せられます。その五、私の加盟の有様は戦国時代に於ける野武士の如く旅費又は大皿を代償とされたいがためのものでありますから、万一にも私が何等の働きをもしなかつた場合には、大皿を丁戴することだけを棄権するものであります。その六、かの如く団結して争ふことは、法律の上にても禁じられてあります。それ故この行動は、夏季の運動会を催してゐるといふ名目にすること。隣村の人に対しても決して敵だとか仇だとかいふ言葉をつかはないこと。（一月、九〇頁）

省略した条件「一」と「二」は、経済的要求であり、「三」は「諸君の此度の壮挙に加盟するのではなくて、たゞ私は以上の旅費と大皿との代償として」行動するという「目的」の明示である。「私」が繰り返し「加盟」と「目的」という言葉を拒否する理由は、前記の引用、「四」から「六」までの条件から読み取ることができる。この騒動は「社会問題化したり争議化したりできる性質」をもっており、それ故に「私」には「一揆を指揮したといふ名のもとに罰せられ」る可能性がある。さらに「団結して争ふことは、法律の上にても禁じられてあ」る。要するに、「私」が「加盟」や「団結」を拒み、個人の経済的利潤に「目的」があることを繰り返し主張するのは、「法律」によって「罰せられ」る恐怖に起因しているのである。「私」が強迫観念的に恐れ、その言動を拘束してしまう「法律」とは、治安維持法にほかならない。そこで「私」は、「運動会」という「名目」を創案したのである。

このように読んでいくと、「私」に「姫谷村」へ来た理由を聞いた丹下氏が、「私」のような存在が「世間の手前よくな」く、「警察の方」に危険人物と誤認される可能性を暗示しながら、「自然主義者と思ひますぞ！」と脅かす場面も見逃せない。「安政四年」（一八五七年）に生まれたとされる丹下氏の設定に注目する必要がある(10)。日露戦争後、「個人主義」を基盤とする「自然主義運動」が弾圧された史実を考慮に入れると、丹下氏の世代において「警察」という国家権力が弾圧する対象を「自然主義者」と認識することは理解できるからだ。だが、丹下氏の言葉は、単なる過去の記憶を呼び戻すのにとどまらない。一九二九年前後の状況を重ね合わせると、「大逆事件」の主任検事であった平沼騏一郎による治安維持法とその改悪の過程が呼び起こされるからである。ジェイ・ルービン(11)は、田中義一内閣（一九二七年）が平沼と「深い結び付き」があることを強調しながら「第二次桂内閣（一九〇八～一九一一年――引用者）を思わせるものがあった」ことを指摘している。
つまり、丹下氏の「自然主義者」という脅迫の言葉こそ、「私」が現在の状況を想起する契機になっており、それらの表現によって二つの時代をまたぐ国家暴力の法的装置と政治的連続性が露わになったのである。未来を含み込んでいる現在における、現在と過去との重ね合わせは、まさに〈歴史的時間〉の召喚といえよう。

## 4. 書き手を拘束する時間

第3節では、作中人物を拘束する治安維持法体制、さらに暴露される歴史的連続性を確認したが、ここでは書き手の方に議論を移したい。そのため、一九二九年と文学テクストに関わる、治安維持法体制の改悪によって追加された目的遂行罪についてもう少し詳しく検討したい。「目的遂行」行為は、特高警察や思想検事によって任意的に解釈されるが故に、検挙者は急増することになり、「国体」変革という「目的遂行」を支援する団体や個人へと広げられ、労働組合・農民組合・プロレタリア文学・美術・映画などの団体などにまで及ぶことになる。つまり、徹底的な言論統制の機能を果たすことを意味するものなのだ。活字印刷し、それを配布するプロレタリア文学運動の過程に加えられる弾圧、そのなかで書かれたのが、「鉄の話」と「谷間」である。そして、「鉄の話」として『戦旗』に発表されたテクストは、まさにそのような言論統制のなか、次の箇所が伏字として印刷されている。

しかし相手はなにしろ御××（大典）だ。村長と村会と各部落の有力者とおまけに××（警察）だ。（一〇七頁）

こないだ御大典で×（殺）された三重の大沢君も小学校の先生だつたそうだが、先生にもいろいろある。（一〇九頁）

こないだ議会で××致死の問題が出たとき、内務大臣の望月が「あれは病気で死んだのだ。」とぬかした。そして浅原健三のダラ作が「へえそうですか。」と引きさがつた。（一一九頁）

伏字にされた箇所は、いみじくもすべて治安維持法体制の暴力を露呈している部分である。当然ながら、ここで「鉄の話」の書き手とは、『戦旗』に「鉄の話」を発表した作者をそのまま指すことになり、この伏字から読者は、作者の書く行為を抑圧していた暴力的状況を想像することができるのである。

だが、一方で、「谷間」では、作中人物である「私」が書き手でもあるが故に、書き手を統御する状況そのものがテクスト内部に描き込まれてしまっている。つまり、作中人物の会話が書き手によって記録され、さらに活字印刷され、テクスト上に現象することが意識されているのである。それが最も鮮明に表れているのは、次の引用である。

「こいつ（嘉助―引用者）は一ばん貧乏人であります。」

私は心の狼狽をかくして、次の言葉によつて交渉をうち切ることにした。

「とにかく村と村との喧嘩はよくないね。畑を荒らしては駄目ぢやないか。寄附といふのは強要すべきものでもないし、強要されたからといつて黍を引き抜くにあたらないだらう。若し丹下氏が資産家といふ立場や勢力でもつて、死んだ息子を尊敬させようと強要するのならば、それはこの話とは別だ。そして諸君のとるべき方法は他に幾らでもあつたでせう。」

私はそこで言葉を中止した。何となれば私は丹下氏の代理人の立場にある人間であつて、この用件をすましさへすれば東京へ帰る旅費に困らない筈になつてゐたからである。けれど私の中途半端な言葉は、ひどく嘉助をよろこばせたらしかつた。彼は赤くて小さな目に感動を込めて私を見つめながら言つた。

「いつそ、思はせぶりなことばかりぬかしなさるでがす。××××××……」

私は彼の言葉を邪魔して叫んだ。
「もつてのほかだ！　僕はそんなことは知らない。」（三月、五一頁）

丹下氏側に立って仲裁を行うため、「私」は直接に「中条村」の嘉助を訪問している。「私」は村の劣悪な実情に、なかでも「一ばん貧乏人」である嘉助に驚く。最初、作中人物である「私」は、「資産家」の「強要」という側面を述べながら嘉助に理解を示すが、やがて「言葉を中止した」。「私」は、「東京へ帰る旅費」を得るという自分の目標を達成すべく、丹下氏側から嘉助を訪ねていることを想起せざるを得ない。しかも、嘉助側に同情を示して協調するには、治安維持法体制の制約が付きまとう。嘉助が「私の中途半端な言葉」に「よろこ」んで反応したとたん、作中人物の「私」は、「もつてのほかだ！　僕はそんなことは知らない。」と「彼の言葉を邪魔して叫」ぶ。そして、書き手の「私」は、嘉助の言葉を「××××××……」として表すのである。活字印刷される紙面が想定された記号が、その出版の過程における暴力の様相を露呈してしまっている。

このように、作中人物である「私」は嘉助に関わることを拒否するが、書き手である「私」によってテクストは、その内容を書くことを統御する治安維持法体制の状況を書き込む。こうして、作中人物である「私」、書き手である「私」を取り巻く治安維持法体制の暴力が「谷間」に刻印されたのだ(12)。

## 5.「谷間」の構造と〈歴史的時間〉

ここまで、二つのテクストに共有される時間を確認し、「谷間」における「私」という設定の特徴も浮き彫りにした。そのうえで、『文芸都市』という雑誌紙面に発表された「谷間」の構造が呼び込む〈歴史的時間〉の複層を明らかにし、その批評性を問いたい。

まず、作中人物の「私」が、治安維持法に抵触しないように「争議」を「運動会」に見せかけるように提案した場面を想起してほしい。「運動会」の場面を、書き手の「私」は、次のように描いている。

右翼人員の迂回軍は、往還と並行する溝に身をしのばせながら、用意周到な行進をはじめてゐた。そして一人の壮丁だけが往還を歩いて行つてゐるのである。彼は戦友よりも二十歩ぐらゐ前方をぶらぶらと歩いて、〔中略〕左翼人員は、往還の三つかどに整列して右に向きをかへて三歩前へ出たが、引率者は人員を二つの部隊に分け、〔中略〕引率者はよほど軍略のある者であつたらしく、全人員に起立を命じて、それから往還を一丁ばかり前進させ、そこに部落を密集させたかたちに駐屯させた。〔中略〕私達は彼が陣形を密集部隊にたてなほした理由を肯定しなくてはなるまい。（二月、一一三頁）

右の引用には「迂回軍」、「行進」、「戦友」、「整列」、「引率者」、「部隊」、「軍略」、「駐屯」、「陣形」、「密集部隊」、他にもテクストには、「外交辞令」、「正当防衛」などの言葉が現れている。そして、丹下氏が「在郷軍人」を集めて組織した「壮丁」(13)たちは、この「運動会」によって「捕虜」を確保・「幽閉」し、それを見守る村の人々は「万歳」を叫ぶとされる。そして一九二九年のテクストの上に現象するこのような文字面は、実は同時代のメディアに報道されたテクストを模倣しているのである。

「谷間」が発行される前年、一九二八年四月、田中内閣は、居留民の現地保護を理由に、再び山東出兵を決定しており（第二次山東出兵）、それに対して四月二五日の『朝日新聞』では「外交抜きの出兵を無造作にやることは、無策を通り越した無謀である。現内閣の行ふところは、出兵だけである」という批判の声が上がった。また、労農党は、「支那国民革命運動の積極的干渉と、我国無産階級の徹底的弾圧」を田中内閣の「使命」であると皮肉り、国内的弾圧と「支那侵略」が密接に結びついていることを正確に捉えている(14)。だが、済南事件は多くの死傷者を出したあげく、日本軍による軍事占領で終る。

こうして一九二九年のテクストの上に現れる文字面は、治安維持法体制の内実に迫るものとなっている。田中義一内閣における山東出兵と済南事件、張作霖事件といった日中戦争への道程がそうだ。治安維持法体制が日中戦争への法的整備であったことはいうまでもない。そもそも、「運動会」の延長として、天皇が陸軍や海軍の演習に臨席することが制度化され、「天皇を頂点とする」「軍事機構」が体系化したことを想起すれば(15)、テクストが近代国家における「運動会」という装置と戦争との関係そのものを露呈していたことも見て取れる。

このように読むと、「在郷軍人」を中心に集まった「壮丁」たちを「馬」に乗って「指揮」していた「私」が、その「馬」に丹下氏を乗せる場面は、注意を引く(16)。「捕虜」を観察しようとした丹下氏は、「よほど遠くまで馬に運ばれて行つ」てしまい、遠ざかりながら「私らは決して戦争をしてゐるのではないのだ（ママ）ります。運動会をしてゐるのだ（ママ）ります」、「これぞ正当防衛と申すものにちがひないですがな」と叫ぶのだ。「谷間」の最後に「私」が描いた風刺画が言葉によって提示されたテクストであったように、この場面は、図1のような同時代の写真を、言葉を用いて風刺してみせたものではないだろうか。

冷雨降りそゝぐ中に
在郷軍人團を御親閲
一萬有余の分會旗林のごとく
けさ二重橋前の盛觀

図1　『朝日新聞』（東京、1928年12月4日）

一九二八年一一月、即位の礼の後、帰京し、観兵式・観艦式を行っている昭和天皇の写真である。決して「戦争」ではないはずの「運動会」の描き方は、新聞一面を装飾している「馬」に乗った天皇と「在郷軍人」という構図の写真をテクストの上に文字化しているのだ。

作中人物である「私」は、治安維持法に抵触しないように「運動会」を考案する。書き手である「私」は、それを戦争用語で記述する。活字媒体によって印刷されたテクストには、戦争用語が文字の羅列として現象する。その文字面は、同時代の報道資料と同様に、治安維持法体制の構造を暴露するものとして作用する。同時に、「運動会」そのものの暴力性をもテクストにおける活字の現象として読者につきつける。

このように、作中人物であると同時に書き手である「私」という設定は、作中人物の言動を制約する治安維持法体制のみならず、書き手の書く行為に加えられる抑圧をも暴き出した。そして、治安維持法体制の統御を可視化するテクストの構造は、外での戦争を遂行するため、内では戦争を批判することを防ぐという治安維持法体制の暴力的構造そのものを暴露したのである。『文芸都市』の紙面上に印刷されている「谷間」というテクストが表象するのは、一九二九年、歴史の一点において立ち上がってくる戦争への道程にほかならず、そこで読者は、国家による戦争に動員されるかもしれない恐怖を身体に刻印するのだ。

## 6. 「谷間」が達成したもの

本章では、井伏鱒二の「谷間」をプロレタリア文学の代表作である中野重治の「鉄の話」とともに読むことで、同時代のテクストとして両者が共有していた時間、一九二九年の治安維持法体制の状況を捉え、「谷間」で選択された方法がもつ可能性を開示した。

「鉄の話」と「谷間」の作中人物は、同じく一九二九年の治安維持法体制の暴力に晒されていた。「鉄の話」というテクストは、治安維持法体制下においてその暴力を描いたが故に、それらの個所が伏字として印刷されていた。そこで読者は、テクスト上に表れた伏字から「鉄の話」の作者と書くことをめぐる抑圧を読み取ることができる。一方で、作中人物であると同時に書き手である「私」を設定している「谷間」は、その両者が置かれた暴力の状況をテクストに表すことが可能であった。作中人物である「私」がプロレタリア側に関わることを統御する状況が、書き手である「私」によって書き込まれたのである。さらに、このような設定は、同時代における治安維持法体制の構造そのものを暴き出すテクストを作り出した。徹底した言論統制によって推し進められた戦争への道、そのような〈歴史的時間〉が作中人物であると同時に書き手である「私」によって暴露されたのである。

このように「鉄の話」と「谷間」をプロレタリア文学対井伏文学という対立的構図ではなく、「共時的断面」、「歴史的瞬間」（ヤウス）において読み直してはじめて、文学テクストの方法的可能性が可視化されたのである。そして、文学テクストから読み取った一九二九年の治安維持法体制の暴力的構造、その歴史的意味が再び現在の読者に迫ってくるのだ。

第3章

# 持続可能な抵抗が模索される時間

## 小林多喜二「蟹工船」（一九二九）と井伏鱒二「炭鉱地帯病院――その訪問記」（一九二九）を中心に

### 1. 二人の作者、二つの作品

第2章につづいて、本章でも一九二九年に前後して発表された二つの小説テクストを対象にする。小林多喜二の「蟹工船」と井伏鱒二の「炭鉱地帯病院――その訪問記――」（以下、「訪問記」と記す）である。前年の「三・一五事件」を経て緊急勅令によって最高刑が死刑にまで改悪された治安維持法体制の状況については第2章ですでに述べた通りである。ここで注目するのは、そのような状況の下で小説の表現方法が如何に持続可能な抵抗のあり方を模索していたのかという点である。

このような問題を考えるにあたって、この二つのテクストを並べるのに違和を覚える人は少なくないと思われる。まぎれもないプロレタリア文学の代表的作者である多喜二は、周知のように、治安維持法によって検挙され、その際の拷問によって殺された。そして彼の代表作である「蟹工船」は発表後に不敬罪に問われた。多喜二のテクストに戦時体制に対する抵抗の姿を読み取った先行研究も多く蓄積されている。一方で、井伏は、同時期に執筆活動をしていたにもかかわらず、プロレタリア文学とも治安維持法体制とも直接の関わりをもたなかったし、戦争に対して明確な態度を表すこともなかった。

テクストの内容に踏み入ると、その差異はさらに際立ってみえる。「この一篇は、「殖民地に於ける資本主義侵入史」の一頁である」と最後の一行が示しているように、「蟹工船」は、帝国日本の資本主義が行った労働搾取の空間として蟹工船を描き、それに対する未組織労働者の闘争のあり方を提示したテクストである。一方で、「訪問記」は、「炭鉱地帯病院——その訪問記——」というタイトルをみておそらく同時代の読者が期待したはずの内容をほとんど含んでいない。そこには、炭鉱労働の実態もそこで行われている争議の様相も描かれていない。「私」が炭鉱地帯の病院を訪問して記している内容は、「田舎からやつて来て炭鉱技師長の家へ女中奉公に来た」少女が「その家の主人(?)に×××」されたことが原因で死んだ出来事とそれを「訴訟」沙汰にするかどうかをめぐって行われる関係者たちの食い違った陳述である。同時代において「この作者（井伏—引用者）にはさうした社会制度の不合理も、誤まれる習俗に対しても、真正面から非難の矢を向けられない善良な気弱さがある」(1)と評価された所以はここにあろう。

つまり、この二人の作者のテクストを同じ議論の上に載せる根拠は、同時期に書かれたということしかないといってよい。しかし、それにもかかわらず（それだからこそ）、本章では、この二人の作者イメージを超えて二つのテクストをつづけて読むことで、共通する表現方法を明らかにしたい。そこに〈歴史的時間〉が呼び込まれる際、新たな文学史への道がさらに開かれるにちがいない。

## 2. 小林多喜二「蟹工船」の研究史

多喜二の「蟹工船」は、『戦旗』の一九二九年五月と六月号に発表されたが、第五章以下が掲載された六月号は発売を禁止された。最初に「蟹工船」の方法をめぐる議論において重要な問題でありつづけた〈個人〉と〈集団〉に関する研究史を概観したい。

研究史上に〈個人〉対〈集団〉の図式を繰り返し浮上させた切っ掛けは、作者自身と蔵原惟人との間で作られた。一九二九年三月三一日、多喜二は蔵原惟人宛ての手紙のなかで「蟹工船」の意図として各個人の性格や心理の描写を止揚し、労働者の「集団（グループ）」を主人公にしたことを述べており(2)、それに対応する形で蔵原は、「蟹工船」が「集団を描こうとするのあまり、個人がその中に全然埋没してしまう危険がある」と批評したのである(3)。

右遠俊郎(4)は、「労働者の「集団」」を描くために多喜二が採用した方法が「事物や人間を常に外がわから眺めてとらえる」「外在的一元性」であったことを指摘しながら、そもそも「大衆的な集団を描くことと、個人の心理を描くこととは両立しない」と蔵原惟人の批評に反駁した。だが、そのような方法がテクストの「後半の部分」において崩れており、方法の崩壊を「代償」にしながら「結集してゆく漁夫の「集団」の核に、その必然として個性化されてゆくいくつかの像」が描かれていることもあわせて指摘した。

佐藤孝雄(5)は、「闘争の展開」を内容にしている「八章以後の表現」が「七章以前のものとは異質」であることを「語り手」の変質としてより詳細に分析している。それから最後の部分にいたって「集団を「皆」「漁夫達」といった言葉で実体化する（当然漠然としたものとなる）ことによって個人を捨象して、説明的に記述したり、また、一、二の人物の発案や詞がすぐに全体のものとなったり全体の労働者がすぐに闘争に立ち上がったりする」という「安易さ」による「全体のリアリティー」の「減少」を批判した。

このように「蟹工船」の後半に「集団」を描くために取られた方法の崩壊をみる議論が進められるなかで、小説の方法を主題の問題へと展開したのは、日高昭二(6)である。日高は、「蟹工船」が「「資本」の現実つまり商業資本から産業資本への転換期の様相」とそれによってもたされる「空間の拡大」を伝えるために「それを媒介する語り手の性格を変えずにはおかない」と述べた。つまり、主題を形成するために小説の方法は駆使されたのであり、方法の変化もそのような意味において捉え直す必要があることがここで初めて示されたのである。

つづけて、方法の崩壊を新たな主題の問題として考える手掛かりは、高橋博史(7)によって提供される。高橋は、サボタージュが進行する過程で個としての漁夫が姿を現した後、最後に彼らの退場とともに労働者たちが「一様な集団」として現れることが、ストライキで代表を立てて失敗したことの反省としてあったことを強調した。それ故に二度目の際に彼らは、「誰彼の区別のない、一様な集団として立ち上がった」のであり、このことは最後の部分で「彼らの言葉が、発言の主が示されないまま連ねられている」ことに対応しているのである。前掲の佐藤が指摘した「個人」の捨象による「集団」の闘争の「安易さ」が、失敗した過去の闘争から学んだ新たな闘争のあり方として読み返されたのだ。

しかし、一方で、依然としてこのような闘争のあり方を批判する声がある。高橋の議論にふれつつ、副田賢二(8)は、「『皆』という共同性の場から発された言葉」における「個人の固有性」の消去を繰り返し問題にする。そこで「個人の固有性はストライキを発動させる為の偶発的要素に過ぎず、それ以上残存する必要」はなく、「『団結』は、発語主体固有の肉体性が消去された場において完成されるのであり、それ故に語り手はそれを事後的な報告という形でしか記述し得ない」と結論づけるのである。

以上、研究史における〈個人〉と〈集団〉に関する議論が「蟹工船」の後半を中心に行われ、小説の方法から社会運動のあり方へと位相を変えて展開してきたことを確認した。そのうえで、二つの点において〈個人〉と〈集団〉の問題を再考したい。第一に、多喜二が「各個人の性格や心理の描写を止揚し、労働者の「集団(グループ)」を主人公にした」といった際に、〈個人〉と〈集団〉の問題がもっぱら語り手を中心にする小説の方法をめぐるそれへ限定された感がある。だが、「蟹工船」における〈個人〉と〈集団〉の問題は、周到な表現の使い分けや配置をもって繰り広げられ、主題を形成していく。その内容の変遷を再検討する必要がある。第二に、「蟹工船」における〈個人〉と〈集団〉の錯綜に〈歴史的時間〉を見出すことで、それが方法上の混乱ではなく、持続可能な抵抗を継続するために考案された方法であったことを明らかにする。

### 3. 「身体」に基づいた〈集団〉へ

第一章、「糞壺」に入って来た監督の、次のような言葉から始めよう。

「分つてるものもあるだらうが、云ふまでもなくこの蟹工船の事業は、たゞ単にだ、一会社の儲仕事と見るべきではなくて、国際上の一大問題なのだ。我々が——我々日本帝国人民が偉いか、露助が偉いか。一騎打ちの戦ひなんだ。〔中略〕
「それに、我カムサツカの漁業は蟹罐詰ばかりでなく、鮭、鱒と共に、国際的に云つてだ、他の国とは比らべもならない優秀な地位を保つており、又日本国内の行き詰つた人口問題、食糧問題に対して、重大な使命を持つてゐるのだ。こんな事をしやべつたつて、お前等には分りもしないだらうが、ともかくだ、日本帝国の大きな使命のために、俺達は命を的に、北海の荒波をつツ切つて行くのだといふことを知つてゝ貰はにやならない。だからこそ、あつちへ行つても始終我帝国の軍艦が我々を守つてゐてくれることになつてゐるのだ。〔五月号、第一章、一四七頁〕

「蟹工船」という空間における〈集団〉の性質が監督によって開示されている。監督は、発話主体を明確にする単数の主語を用いない。その代わりに、複数形の主語である「我々」をもって、「一会社の儲仕事」ではなく、日本と露西亜との間の「国際上の一大問題」として「蟹工船の事業」に臨まねばならない「日本帝国人民」という〈集団〉を形成しようとしている。

だが、次の「我カムサツカの漁業」の「我」になると、その指示対象の範囲は「日本帝国人民」よりはるかに狭まる。そもそも連体詞の「我」は、「わたしの」と「われわれの」という単数と複数の所有格のいずれかを表すものであり、それ故、この「我」の曖昧さに「カムサツカの漁業」が連なる際、そこに存在するはずの雇う側（資本家）と雇われる側（労働者たち）との間の位相やそれぞれの目的の相異などは見えにくくなる。それを監督は、再び「国際的」な「地位」の確保と「日本国内の行き詰つた人口問題、食糧問題」に対する「使命」という言葉で解消しようとする。

しかし、「日本帝国人民」としての「我々」に労働者達の「身体」を収斂させ、「命を的に」搾取していこうとする監督の戦略は、あいにくにも自らの言葉によって破綻をきたす。彼はこの大袈裟な〈集団〉の規定を行った後に、それが「お前等」に理解されるわけがないと、「我々」から「お前等」をしりぞけてしまうのである。「お前等」と一旦引き離された後に、「ともかく」の「日本帝国」の「使命」が、「俺達」に、強引に押し付けられる。そして危うくなりかけているこの「俺達」を再び「我々」に戻すため、最後のくさびとして「我々を守」る「我帝国の軍艦」をもってくるのである。「我々」は「我帝国の軍艦」によって守られることで安全に囲まれる。「我」という語は、「帝国」にも「軍艦」にもかけられ、我軍艦に守られながら我帝国の「使命」を果たすべき「我々日本帝国人民」として「蟹工船」の労働者達の包摂を試みるのだ。

ここからの展開は、監督のいう〈集団〉を解体し、労働者達が〈個人〉の「身体」をもって新たな〈集団〉を作り出す過程であると要約できる(9)。それは、複数形の主語＝「我々」、「俺達」、「僕達」、「皆」が場面々々において意味内容を新たにしていく過程であり、最終的には「日本帝国」の「使命」を果たすために「我々日本帝国人民」の「命を的に」（＝「身体」を「死体」に！）せねばならないという論理の矛盾を明らかにしていく過程と言い換えることもできる。その過程を追ってみよう。

「蟹工船」の労働者達は、「フト、「よく、まだ××（生き）てゐるな……」と自分で自分の生身の身体にさゝやきかへ」し、「終ひには、自分の体の何処かゞ腐つてゞもゐないのか」、「蛆や蠅に取りつかれてゐる腐爛した「死体」ではないか、そんな不気味さを感じ」ていた（第四章、傍点原文）。それに対して、監督は、「いやしくも仕事が国家的である以上、××（戦争）と同じなんだ。死ぬ覚悟で働け！　馬鹿野郎」と「国家的」「仕事」＝「戦争」と仕立てることで、「死ぬ」ことの強要をはばからない（第五章、傍点原文）。だが、「皆」が待ち望んでいた「中積船」からやってきた人々が初めて発した言葉は、「臭い、臭い！」であり（第五章）、「駆逐艦」からの「綺麗な口鬚の若い士官が、上品に顔をしかめ」ながら述べたのも「臭いね。」という言葉であった（第六章）。嗅覚が中立的感覚ではなく、階級や差別性を帯びて現れることが露わになった際、「身体」感覚の違和こそ「我々」の分裂の予兆になり得る。

やがて一人の労働者の「身体」が「死体」になってしまったこと、それが決定的な出来事になって新たな〈集団〉は立ち上がろうとする。「線香とローソクの立つてゐる死体の側のテーブル」を囲んで「吃りの漁夫」の声が次のように発せられた。

「僕はお経は知らない。お経をあげて山田君の霊を慰さめてやることは出来ない。然し僕はよく考へて、かう思ふんです。山田君はどんなに死にたくなかつたべか、とな。――イヤ、本当のことを云へば、どんなに×されたくなかつたか、と。確に山田君は×されたのです。」

聞いてゐる者達は、抑へられたやうに静かになつた。

「では、誰が×したか？　――云はなくたつて分つてゐるべよ！　僕はお経でもつて、山田君の霊を慰めてやることは出来ない。然し僕等は、山田君を×したもの、仇をとることによつて、とることによつて、山田君を慰めてやることが出来るのだ。――この事を、今こそ、山田君の霊に僕等は誓はなければならないと思ふ……。」

（六月号、第七章、一四一～一四二頁、傍点原文）

「吃りの漁夫」は、「死体」になりかけている「身体」達に向かって、死んだ仲間は、死んだのではなく、殺されたのであり、殺された以上、殺した加害者があることを直視せねばならないと語っている。「お経をあげて」「霊を慰さめ」る行為は、この殺し／殺された関係を隠す。「死体」を「慰め」る唯一の方法は、殺した主体を明確にしたうえでの復讐であり、それは、この後に繰り返されることになる「×されたくないものは来れ！」という掛け声のもとで「僕等」が団結してはじめて実現可能なものである。ここに現れているすべての「×」には、「殺」という字が入れられるはずであった。作中人物の間に同僚が「死」んだのではなく、「殺」されたことの意味を明らかにして抵抗の原動力にしていくだけではなく、ここではまさに「×」が「殺」という字であることに気づくことも読者に要求されているのである。

こうして「山田君」という〈個人〉の「死体」（になった「身体」）を契機に立ち現れた「僕等」が、監督の主張した「我々」に立ち向かう〈集団〉を形成していくのである。そして「人間の身体には、どの位の限度があるか」、「当の本人よりも」「よく知つてゐた」殺す側としての監督らを明確に認識し、切り離したうえで、殺される側として「聞いてゐる者達」、「僕等」＝〈集団〉は、ストライキを敢行する。「蟹工船」の後半である。だが、注目すべきは、「駆逐艦がやつてきたのを見」てこの〈集団〉の内部が動揺し始めたことである。

> 「しまつたツ!!」学生の一人がバネのやうにはね上つた。見る〳〵顔の色が変つた。
> 「感違いひするなよ。」吃りが笑ひ出した。「この、俺達の状態や立場、それに要求などを、士官達に詳しく説明して援助をうけたら、かへつてこのストライキは有利に解決がつく。分りきつたことだ。」
> 外のものも、「それアさうだ。」と同意した。
> 「我帝国の軍艦だ。俺達国民の味方だらふ。」（中略）「馬鹿な！——国民の味方でない帝国の軍艦、そんな理窟なんてある筈があるか⁉」（六月号、第一〇章、一五六頁、傍点原文）

テクストの最初（第一章）と最後（第一〇章）が、見事に呼応していることが確認できよう。「士官達」も「我帝国の軍艦」も「国民の味方」であると信じている「俺達」が、第一章における監督の「我帝国の軍艦」とそれによって守られる「我々」の論理をまだ払拭しきれていないことが明かされる。その「国民」に「俺達」が排除されていたことに気づくためには、やはりこの「我帝国の軍艦」という監督の論理が覆される必要があったのである。それから「我帝国の軍艦」が「代表達」を逮捕することで、ストライキそのものも、ストライキを描く小説の展開も、「――簡単に「片付いてしまつた。」」という一文によって片付けられてしまう。しかし、ストライキは「片付いてしまつた」が、その後の「俺達」がもはや「我々日本帝国人民」という語に騙されない〈集団〉として刷新されていることは見逃すべきではない。こうして「生身の身体」を通して獲得した「俺達」の「×され」ないための運動が、「死」を強要する「我々日本帝国人民」という〈集団〉のフィクション性に迫っていくのだ。

## 4. 「蟹工船」における戦略としての〈集団〉

国家の強いる〈集団〉に対抗する、「身体」に基づいた〈集団〉が創出されたことを確認したうえで、ここでは、「代表達」の犠牲を代価にして改められた〈集団〉の戦略を小説の内容と方法のレベルで検討し、そこから〈歴史的時間〉を捉える。

漁夫を雇う際に「労働組合などに関心のない、云ひなりになる労働者を選ぶ」ことに注意が払われていたにもかかわらず、「蟹工船」では、「未組織の労働者」が「団結」し「組織」され、自らの〈集団〉を形成してきた。それに対して「蟹工船」内では監視体制が作られており、「組をなして怠けたもの」に対する船内の処罰のみではなく、「函館へ帰つたら、警察に引き渡す」ことがいわれ、「いやしくも監督に対し、少しの反抗を示すときは××（銃殺）されるものと思ふべし」という威嚇が書かれた「大きなビラ」まで貼られた。また、「監督は手下を連れて、夜三回まはつて」、「三、四人固つてゐると、怒鳴りつけた」り、「秘密に自分の手下を「糞壺」に寝らせた」。「――「鎖」が、たゞ、眼に見えないだけの異ひだつた。皆の足は歩くときには、吋太の鎖を現実に後に引きづッてゐるやうに重かつた」とある。

このようなフィクショナルな世界を支える背景として、すでに「団結」と「組織」を罰する強力な法的整備を整えている現実があった。

治安維持法中左ノ通改正ス

第一条　国体ヲ変革スルコトヲ目的トシテ結社ヲ組織シタル者又ハ結社ノ役員其ノ他指導者タル任務ニ従事シタル者ハ死刑又ハ無期若ハ五年以上ノ懲役若ハ禁錮ニ処シ情ヲ知リテ結社ニ加入シタル者又ハ結社ノ目的遂行ノ為ニスル行為ヲ為シタル者ハ二年以上ノ有期ノ懲役又ハ禁錮ニ処ス

私有財産制度ヲ否認スルコトヲ目的トシテ結社ヲ組織シタル者、結社ニ加入シタル者又ハ結社ノ目的遂行ノ為ニスル行為ヲ為シタル者ハ十年以下ノ懲役又ハ禁錮ニ処ス

前二項ノ未遂罪ハ之ヲ罰ス

「蟹工船」が発表される前年、一九二八年六月二九日、緊急勅令で改悪された治安維持法の内容である。「国体」の「変革」を目的にする結社を組織する「役員」、「指導者」たる者は、最大で「死刑」に処されるように刑が引き上げられている。「私有財産制度」の「否認」に関する結社を組織した場合は、「十年以下」の懲役や禁錮に処されることになる。

実際、「蟹工船」を発表した直後、多喜二は一九二九年六月に小樽警察で小説の作中人物の台詞が問題視され、取

り調べを受けている。「×（献）上品」に「石ころでも入れておけ！」というのが問題箇所になっていた。そして翌年の一九三〇年六月、治安維持法違反で起訴を受けた多喜二は、例の「蟹工船」の問題によって不敬罪の追起訴を受けた(10)。

虚構上の作中人物の発話内容が問題になって、現実の作者が起訴を受ける。物語世界内に属しているはずの作中人物が、小説テクストと作者をめぐる外部の現実によって裁断され、その内外（虚構と現実と）の境界を曖昧にしたところに法律が入り込んで猛威を振るったのである。虚構が成立し難いところに天皇の存在が置かれていたことは渡部直己がすでに指摘した通りであるが(11)、むしろここから確認したいのは、小説テクストに刻印された主体として作者を法の前に召喚したこととは別に、小説テクスト全体の構成において問題箇所が出現するのは、法体制に対して〈集団〉の戦略が講じられた瞬間にほかならなかったということだ。ストライキとその失敗に至る一連の過程を小説の方法の側面から振り返って確認しよう。

研究史ですでに確認したように、数度サボタージュが行われ、ストライキの実行が着実に準備される過程で、特定できるような〈個人〉がテクストの表面上に現れる。第3節で引用した「吃りの漁夫」がその一人である。仲間の「死体」を前にして「危く生きてゐる自分達」の話をしている際に、「吃りの漁夫」が表に出てきた。改めて注目すべきなのは、表に出た「吃りの漁夫」の台詞のなかには、発話主体としての「僕」が露わになっているということである。彼は、「　」のなかで「僕」という主語をもって「聞いてゐる者達」に向けて言葉を発信していた。つまり、一つの出来事を経験している者達の前で、その死の意味づけを行い、「僕等」の今後の動きを導き出すことが、「僕」という〈個人〉の言葉によって促されているのである。このようにして経験の共有から団結への掛け声は、〈個人〉によって発せられた。

それから〈個人〉に触発された〈集団〉の覚醒が「重なつてゆくうちに、そんな事で漁夫達の中から何時でも表の方へ押し出されてくる、きまつた三、四人が出来てきた」ことが第八章では説明されている。それは、「学生上りが二人程、吃りの漁夫、「威張んな」の漁夫など」であった。彼等を中心に「団結」と「組織」が進められ、実際にストライキの敢行へまで至ったことが、最後の第一〇章で描かれる。「学生二人、吃り、威張んな、芝浦、火夫三名、水夫三名が、「要求條項」と「誓約書」を持つて、船長室に出掛けること、その時には表で示威運動をすることが決」まり、「監督は片手にピストルを持つたまゝ、代表を迎えた」。この場面において「代表」の構成員はフィクショナルな空間の支配者たちにもテクストの上でも露出されたまま、「代表」という主語で括られていく。言い換えれば、作中人物達も語り手も「代表」を露わにしたまま「蟹工船」は展開されていくのである。

この物語世界内部の作中人物である逮捕された「代表の九人」の行方を、その外部の現実において考えてみるとどうなるか。改悪された治安維持法のもとで「私有財産制度ヲ否認スルコトヲ目的トシテ結社ヲ組織シタル者」は、「十年以下ノ懲役又ハ禁錮ニ処ス」ことになる。その刑罰をも「代表」してしまった九人にこの法律が厳しく適用されるであろうことは想像に難くない。作中人物である彼等の経験は、虚構と現実との境界にあったといえよう。現実の法律が、フィクショナルな世界に浸透し、彼等（作中人物）を連行し、彼らの身体を拘束するのである。

しかし、このように現実と連動したフィクショナルな世界で、「――簡単に「片付いてしまつた。」」という一文の後、一行の空白があってからの展開は見逃してはならない。ここから「　」のなかの発話主体は「俺達」として「皆」に呼び掛けており、地の文も〈個人〉の発話を表す際には「　」を連ねるのみで、基本的には彼等を「皆」、「漁夫達」という主語でしか記さない。そして「――間違つてゐた。あ、やつて、九人なら九人といふ人間を、表に出すんでなかつた」と悟った作中人物達とともに、語り手も発話主体を隠すテクストを紡ぎ出した瞬間、改悪された治安維持法における最も強力な禁忌に、抵抗の矛先が向かうことになる。ほかならぬ「国体ヲ変革スルコト」である。

毎年の例で、漁期が終りさうになると、蟹罐詰の「×（献）上品を作ることになつてゐた。然し「乱暴にも」何時でも、別に斎戒沐浴して作るわけでもなかつた。その度に、漁夫達は監督をひどい事をするものだ、と思つて来た。――だが、今度は異つてしまつてゐた。

「俺達の本当の×（血）と×（肉）を搾り上げて作るものだ。フン、さぞうめえこつたろ。食つてしまつてから、腹痛でも起さねえばい丶さ。」

皆そんな気持で作つた。

「石ころでも入れておけ！――かまうもんか！」（六月号、第一〇章、一五六頁、傍点原文）

「漁夫達」が「国体」に迫ったこの箇所は、複数を表す主語のみで発話部と地の文が書き綴られていくその最初に位置していたのだ。新たな治安維持法体制のもとで、〈個人〉や「代表」を立てない、「×され」ないための持続可能な抵抗がここで創出されたといってよい。そして、「俺達」は、「吃りが云つたでないか、何より力を合はせることだつて」、「犠牲者を出さないやうに全部で、一緒にサボルこと」を決めるのである。「吃りの漁夫」という犠牲者の声を生かして、新たな方法で新たな展開を準備する。「××××（天皇陛下）は雲の上にゐるから、俺達にヤどうでもい丶んだけど、浅つてなれば、どつこいさうは行かないからな。」（五月号、第二章、一五〇頁）と述べていた過去の「俺達」と、いまの「俺達」が異なることはいうまでもない。

それから「附記」の最後の項目で「そして、「組織」「闘争」――この初めて知つた偉大な経験を荷つて、漁夫、年若い雑夫等が、警察の門から色々な労働の層へ、それぐ〳〵入り込んで行つたといふこと！」（傍点原文）と記すことができたのは、「僕達」「皆」の「×され」ない運動が成功したからにほかならない。以上、治安維持法体制において持続可能な抵抗を見つけた「蟹工船」の〈集団〉を確認したうえで、後続する井伏の「訪問記」に移りたい。

## 5. 井伏鱒二「炭鉱地帯病院――その訪問記――」の研究史

一九二九年八月発行の『文芸都市』に発表された井伏の「訪問記」は、翌年、第1章で扱った「山椒魚」とともに単行本『夜ふけと梅の花』(新潮社、一九三〇年四月)に収録されている。

この短い小説に関しては相当な研究の蓄積があり、それらは決して一作品論の枠に収まらず、文学史における一九二九年と井伏文学の位置づけという問題を含んでいる。プロレタリア文学の全盛期と記憶される一九二九年は、初期井伏文学が確立したとされる年でもあり(12)、この時期に炭鉱地帯における小作人の娘が地主の暴行で殺された出来事を扱った「訪問記」は、素材的類似性からして明らかなプロレタリア文学の影響を指摘されつつも、井伏文学の独自性を保証するテクストとして読まれてきた。独自性の内容としては、とりわけ炭鉱地帯にある病院を訪問した「私」に、死んだ少女を診察した医者、少女の父親、看護婦が順番に語る陳述内容の食い違いとその原因として三人の言葉を翻訳し、レポートした「私」の存在が多く注目されてきた。

代表的な例を挙げる。素材や「理の言葉」の多用など、「訪問記」の「突出した位置」が「プロレタリア文学とほぼ同一の方向」を示すにもかかわらず、「社会制度」を「具体的にどのように解決していくかという地点で、プロレタリア文学には足を進めず、自己の、資質と現実認識への誠実さの故に踏みとどまった作品」であると主張したのは、前田貞昭(13)である。前田は、食い違っている三人の陳述が「三すくみの状態」にあり、「前場面の発言者の言葉を全面的に否定し、その訴訟への積極的姿勢を暴露」していること、またそれらの言葉における「偏差・歪み」が「私」が作品世界に組込まれた結果」であることを指摘している。だが、このようにテクストの構造を精緻に分析しているにもかかわらず、なぜ三人が「私」に食い違った陳述を行ったかという問いに対して作者の「資質」を答えとして用意していたことが、全体の読みを矮小化している印象を与える。

以降、一九二九年の文壇、特にプロレタリア文学を固定的に捉えることで井伏文学の独自性を強調する批評が「訪問記」の読みを制御していく。

訴訟の発起人として「医者は看護婦をあげ、父親は医者をあげ、看護婦は父親をあげ」ることが「発起人のたらい回し」であり、それは、「謀議の首謀者・訴訟の発起人をかく」すためのものだと説明することで、「訪問記」における食い違う陳述の問題に新たな観点を示唆した木村幸雄(14)は、この仕掛けを「「人々のテンダネス」から編み出されたもの」として位置づけ、「プロレタリア文学向きの素材をとりあげながら、その登場人物たちは、いずれも階級的な観点からではなく、庶民的な観点」から描かれていると評価している。「モダニズム文学やプロレタリア文学が同時代の「現実」を描こうとしていたとき、井伏は「現実」の描かれ方そのものを問題にしていた」と井伏文学を評価した滝口明祥(15)も既存の研究のように「プロレタリア文学」を「マルクス主義の科学的認識に立った「階級的主観」」と信じ、「現実」の再現を疑わなかったものとして固定的に捉えている点は否めない。

そうしたなかで、「プロレタリア文学への批判意識について」議論した三浦世理奈(16)が具体的に多喜二の「蟹工船」を引き合いに出しながら「訪問記」に「革命運動のあり方への批判」を読み取っていることは注目に値する。三浦は、食い違った三人の陳述で「三人は自分を弁護するとともに、訴訟を起こすことを進めた対象を全員が巧妙にずら」し、「誰にも国家による被害が及ばないようにして」いることを指摘し、そのような「柔軟」な団結の背景として「訪問記」が発表された同時代の状況があったと述べる。「訪問記」の方法を同時代のなかに位置づけ、批評性を探ろうとした重要な指摘である。問題は、プロレタリア文学と井伏文学との対立を前提にしたことが、「蟹工船」の読みを一面的なものにし、「訪問記」が三人の団結を隠したのは「「蟹工船」にも出て来たような、労働者たちを鼓舞し、団結をおおっぴらに呼びかけ煽動するスピーチを批判するためであった」と結論づけているところである。そのため、議論が行きつくのは「自分の文学を守りながら、批判を作品のなかに織り込んでいる」井伏の「老獪さ」である。この対立的構図から距離を置いたところで「訪問記」の方法は検討されねばならない。

## 6.「訪問記」における「私達」の戦略

改めてまとめると、「訪問記」は炭鉱地帯にある病院を訪問した「私」と「ドクトル・ケーテー」、「おやぢさん」（傍点原文）、「看護婦」のそれぞれとの会話と最後の「おやぢさん」の「テイブル・スピーチ」という四つの場面から構成されている。「私」は、作中人物であると同時に語り手である。「私」と三人がそれぞれ一対一で行っていたはずの会話はテクスト化される際、三つの「　」に囲まれたモノローグとして書き記されている。「私」は地の文をもって三人に対する印象や場所などを説明するのみで、作中人物として会話に参与した痕跡は「　」のなかに残さない。

このようなテクストのあり方をめぐって様々な議論が展開されてきたのであり、その過程で三人の作中人物のモノローグであるかのように見えるテクストが実は「私」の介在によって編成されたものであることも明らかになったわけである。だが、ここではむしろなぜこのようにテクストが構成されていたのか、なぜモノローグのように読ませる必要があったのかという問題、すなわち小説の表現方法と効果を考えてみたい。

「訪問記」は、四人の「私」によって紡ぎ出されたテクストである、という観点もおそらく可能であろう。最初に登場する作中人物の一人であると同時に語り手である「私」のみならず、他の三人の作中人物もそれぞれの長い話のなかで、すなわち括られた「　」において「私」として現れているからである。「　」の内部で三人は語り手である。つまり、「ドクトル・ケーテー」の「私」の語り、「おやぢさん」の「私」の語り、「看護婦」の「私」の語りが、全体を統御する語り手である「私」の説明をはさんで編集され、挿入されているのである。他の三人と区別するため、ここから作中人物であると同時にテクストの全体を統御する語り手（＝「訪問記」の書き手）である「私」は、〈私〉と表記する。

このような構造とともにもっと注意してよいのは、三人の語りから〈私〉の編集した内容を復元することがそれほど難しくないということである。それぞれの「　」のなかで三人の「私」は、否定の言葉を連ねることで話を進めており、それが何に対する否定なのかを推定すれば、作中人物としての〈私〉の関心事や訪問の目的はおのずから明らかになるからである。

彼（「おやぢさん」―引用者）は私に訴訟に用ひる診断書を書いてくれとも言はないし、私もまた訴訟を起してみたらどうかなぞと教唆もしません。（中略）私がかういふ話を社会問題にしようとしてお話してゐるわけではありません。（「ドクトル・ケーテー」八四～八五頁）

ケーテーさんは、今度の出来事は十分に社会問題であるから是非とも訴へろと申されますが、また訴訟用の診断書をも無料でつくつて下さいましたが、私は訴訟などしないことに定めてゐます。いかなる場合にも私は喧嘩をすることを好みません。（中略）社会の制度といふものは大地と同じく動かすべからざるものです。（「おやぢさん」八七頁）

私はおやぢさんを唆かしたり訴へるやうに勧めたりはいたしません。おやぢさんは是非とも訴へなければ承知できないと言つて、ケーテーさんに診断書をつくつてもらつてゐましたが、私はこの事件には関係のない人間ですから、沈黙を守つてゐました。私のこの態度はなるほど卑屈だと仰有るかもしれませんが、この通り私は病院の看護婦にしかすぎません。（「看護婦」八九頁）

三人の話のなかの否定語から復元できる〈私〉の質問は二つに絞られる。少女の死を「訴訟」して「社会問題」にするか否か、誰が「訴訟」を「教唆」し、「唆かしたり」「勧めたり」したのか。それからこの次に待っている最後の場面、すなわち四人の作中人物が集まる場で行われる「テイブル・スピーチ」で「おやぢさん」が「こゝに同席なさるこのかた（私のこと）に一言申し述べます。このかたは私達が訴訟の計画を正直に告げなかつたといふやうな意味のことを、ぶつぶつ呟いてゐられるやうですが」と述べた際、〈私〉が三人に「訴訟の計画」を聞いたことが確かになる。

容易に推定できる部分を、さらに確定してくれる言葉まで挿入するのであれば、なぜそもそもこのような入り組んだテクストの構造が必要であったのか。

引用からまず眼を引くのは、「教唆」、「唆か」す、「勧め」るといった法的用語である。少女を殺した炭鉱技師長を訴訟するために、三人は、この三つの用語を全面的に否定せねばならなかったのである。そして、ここまで完璧に三すくみの陳述による首謀者隠しが可能であったのは、彼らは〈私〉と話す前に共謀を経て緻密な戦略を練ったからであろう。

首謀者や煽動者を法から守らねばならない、この文脈からすれば、語り手の戦略も明らかになる。各々の「　」の内部における語り手、発話主体である三人の「私」が否定した訴訟が、最後に「私達」によって肯定された理由が想像されるのである。三人が、それぞれの語り手として訴訟を否定したのは、三人の語りを囲い込んでいる「　」のなかで「私」という発話主体としての〈個人〉が丸出しにされるからであり、最後の場面に至って訴訟が言明されたのは、「私達」という〈集団〉のなかで〈個人〉（＝首謀者）を隠すことが可能だったからではないか。

さらに、作中人物としての〈私〉の質問をテクストから削除したのも編集者としての〈私〉であったことからすれば、〈私〉があえて読者をして三人の語りに隠れた声を探るよう仕向けたともいえる。〈私〉は、質問を空白にしたまま、否定語のみで編集したテクストを通して、「訴訟」の実行の可否や「教唆」の首謀者が問われる際にそれを否定するしかない三人の状況を浮き彫りにし、読者にも〈私〉の質問を復元させ、テクストの内部に参入することでそのような現状を捉えるよう促していたのである。

このように読むと、最後に「訴訟」を起こすという「私達」の言葉が、それまでの三人それぞれの言葉を転覆させるところに、「訪問記」というテクストの構造の効果が凝縮されているといってよいだろう。とりわけ、井伏文学から〈循環的時間〉を読む際に必ず引用される「おやぢさん」の言葉が覆される瞬間は見逃すべきではない。〈個人〉としての発話のなかで「おやぢさん」は、「この現実は私達が不幸にうちのめされるやうに前もつて制度づけられてゐるからです」と「社会の制度」を「大地と同じく動かすべからざるもの」として述べていた。その「おやぢさん」が、〈集団〉のなかでまさにその「社会の制度」を動かす力、そのための一歩として「訴訟」を起こし、それを「社会問題」にしようとしていたことが明かされたのだ。

このように作中人物と語り手の戦略に〈歴史的時間〉が呼び込まれる時、それが「蟹工船」と共鳴していることはもはや否めない。無論、「訪問記」における三人の連帯は、「蟹工船」における労働者たちの団結と同質のものではなく、使用されている法的用語も治安維持法を直接に表しているものではない。しかし、支配者側に「×され」ないために模索された持続可能な対抗のあり方が、〈個人〉を〈集団〉のなかで守る形で構想され、作中人物と語り手のレベルにおいて駆使されたことは確かにいえる。二つのテクストが共有していた一九二九年、作中人物と語り手は共に結社・組織の「役員」、「指導者」たる者＝〈個人〉を隠すことで被害を最小限にとどめながら持続可能な抵抗の在り方を探っていた。度々フィクショナルな世界に浸透してくる現実の法体制に対する対応が模索されていたのだ(17)。

## 7. 一九二九年、「×され」ないために

一九二九年五月と六月に発表された多喜二の「蟹工船」は、前年度に改悪された治安維持法体制のもとで、〈個人〉を露呈する作中人物と語り手の抵抗が失敗に終わる過程を描き、そこから学び取った戦略として、「×（殺）され」ない〈集団〉が主体となった抵抗の在り方を提示した。そのことでテクストの後半における語りの変化と幾人かの主

導者の登場と退場が、小説の方法の失敗ではなく、治安維持法体制の状況の変化に対応する提案として読まれる可能性を指摘した。さらなる弾圧である四・一六事件を経た後、八月に発表された井伏の「訪問記」では、首謀者や煽動者を隠して複数の主語という曖昧さのなかで抵抗する方法が作中人物と語り手の両側から模索されていた。ここで一九二九年、「×され」ないための「私達」の戦略が「蟹工船」から「訪問記」へ続いていると捉えた。

本章で提示した以上のような読みは、それぞれの小説テクストで試みられた方法(フィクショナルな世界における言葉、作中人物及び語り手の戦略)が、〈歴史的時間〉を召喚し、そのなかで共鳴を見せていたことを明らかにするものである。先行する同時代のテクストは、最も影響力の強いコンテクストにならざるを得ない。「蟹工船」を先行するテクストとして置き、それとの関係において「訪問記」の位置をはかろうとする際、プロレタリア文学を固定化することでかろうじて得た独自性(=プロレタリア文学への批評性)が取り外され、一九二九年の現実に対する二つのテクストの共闘可能性が生み出される。

第4章

# アレゴリーを読む時間

## 井伏鱒二「洪水前後」（一九三二）を中心に

### 1.「アレゴリー」としての「洪水前後」

井伏鱒二の「洪水前後」は、一九三二年一月の『新潮』に掲載された短い小説である。後に単行本の『川』（江川書房、一九三二年）に収録されたが、個別に論じられることはなく、『川』の研究史のなかでもほとんど言及されてこなかった。

第Ⅰ部の冒頭でも取り上げたように、東郷克美(1)が井伏文学における〈循環的時間〉を見出す際に重点を置いて分析したテクストが『川』であった。東郷は『川』に「いかなる人事の深刻な悲劇も川の流れのごとき自然現象としてみようとする作者の姿勢」を抽出する過程のなかで、「どんな「揉めごと」も一個の「田園風景」と化してしまう」場面として「洪水前後」を取り上げ、そこでは「人間にとっていかに深刻な出来事も「風景」として写しとられている」と強調した。プロレタリア文学とは異なって「「現実」と表象との距離こそが前景化される」『川』を評価しようとした滝口明祥(2)は、「洪水前後」が同時代のプロレタリア文学側の批判を受けて書かれたと考える。「現代の息詰る小作争議の暴れ狂ふ階級的な農村の風物ではなく、富裕な農村の、或は古風な農村の牧歌」を井伏文学に見た瀬沼茂樹（「井伏鱒二論」『新潮』一九三一年一〇月）に対して、滝口は「小作争議とは違うものではあるが、牧歌的とも言えないような」「揉めごと」の一つとして「洪水前後」を挙げる。だが、具体的な分析が行われないため、「洪水前後」において井伏が描いた「揉めごと」と「現実」の特質を知ることは難しい。「洪水前後」における人々の「揉めごと」が、「田園風景」に化されるようなものか、プロレタリア文学に対抗し得るような強度をもつものであるか、いずれにしてもテクストの詳細な読みを通して明らかにするしかない。しかし、その前に、同時代において「洪水前後」がやや異なる読まれ方をしていたことは注目に値する。興味深い同時代評がある。岩藤雪夫の「文芸時評」（『改造』一九三二年二月）である。

私は、新年号のブルジョア階級文学に就いて、個別に論ずる必要を感じなかつた。ただ、特異なものとして一つ、井伏鱒二君の『洪水前後』はアレゴリー形式を持つたウイツトに富む面白いものだ。しかし、この作品にあらはれた作者の生活態度は、一つのロビンソン、クルウソー式の小さな社会学にすぎないのは勿論だ。（四九頁）

この時期、労農芸術家連盟に属し、文戦派の作家として活動していた岩藤雪夫が、「ブルジョア階級文学」のなかで「特異なものとして」注目していた小説が「洪水前後」であったのである。発表当時に遡り、単独テクストとして扱った際に、「アレゴリー形式を持つたウイツトに富む面白いもの」という「洪水前後」の側面が浮かび上がってくる。無論、同時にそこに表れた「作者の生活態度」は、「小さな社会学」にとどまっているものとして批判の対象にもなるわけである。

本章では、「洪水前後」に関する評価と限界の指摘が行われた時間に戻り、ある特定の時間にしか理解することのできない言葉や表現を浮き彫りにし、同時代の読者にとって「洪水前後」が如何にして「アレゴリー」として読まれたのか、なぜそれは「小さな社会学」と指摘されたのかを考察する。このことを通して〈歴史的時間〉を召喚する〈循環的時間〉を明らかにし、いままで注目されてこなかった「洪水前後」の新たな読みを提示する。

## 2. 「洪水前後」の文体的特徴

「洪水前後」は、込み入った物語内容をもっている。川の真ん中にある二つの洲（島）は、それぞれ楕円と鉄砲の形をしていたが、洪水によって地形に変化が生じた。楕円型は心臓型へ、鉄砲型は花瓶型へ変形し、前者は多大な被害を蒙り、後者は地面を拡張することになった。心臓型（の人々）は復興作業に取り組み、その一環として島の周囲に堤防を築く作業を始めた。翌年の五月、心臓型の築堤工事のことに気づいた花瓶型（の人々）がその中止を要求することによって、二つの島の間に揉め事が始まる。花瓶型は、心臓型の堤防のために今後の大水の際に増水して自分らが被害を受けるかもしれないという理由で復興作業を止めさせようとしたわけだが、心臓型はこれを受け入れない。決着がつかないまま、その日の夜、花瓶型は、心臓型の石垣を壊した。さらに、この争いは、過去に遡って仔馬の所有権をめぐる問題へと拡張していく。心臓型が花瓶型の馬を借りていた時期に、偶然他の馬と接して仔馬が生まれることになった。心臓型はその生まれた仔馬に対する所有権を主張しようとするのである。石垣が破壊されたことを知った心臓型は、その代償として二匹の親馬を要求し、仔馬に対する所有権を主張し、二つの島の間の抗争はさらに激しくなりつつあった。

このような物語内容は極めて特徴的な表現と文体をもって展開されている。というのは、川の島に住む人々が日常生活のなかで使用するとは到底思われない表現や論理が登場人物たちや地の文の書き手の言葉を覆っているからである。以下に、**ゴシック体**（すべて引用者）で示しながら例を挙げてみよう。

ところがこの二つの島が（合計戸数二軒、人口六人）こないだの洪水でやられてこのかた、島の恰好が変化したり揉めごとで騒いだりしてゐるのは、実に気の毒である。

「半壊家屋二戸、流失耕地二百九十坪、死傷ナシ」（九三～九四頁）

出来事の発端を開示する地の文の書き手は、わずか二軒の家の六人の登場人物を説明するのに（ ）のなかに「戸数」や「人口」という語を用いたり、洪水の被害の状況は行替えを行って引用の「 」のなかに漢字カタカナ交じり文で表したりしている。このような大げさな文体の採用は、明らかに新聞報道の文体のパロディになっている。さらにつづく。花瓶型が築堤工事の中止を申し込みに赴いたことは、地の文の書き手によって「一争議が勃発した」と見なされ、花瓶型の「おかみさん」は、「堤防のことで話がある」と簡単に言えばいいところを、「私が真先にたつて厳談するといふのは、（中略）外交をしとかねばならんと思ふから」と不自然な語彙を含んで述べる。しかも心臓型の方の議論の相手を含めて二人は、「主戦弁士」と指示される。事態は、仔馬の「所有権の問題について談話」するまで進行し、石垣が破壊された後、「正式に会議がひらかれ」、そこでは互いの「生存に関する問題」が議論されるに至る。「生存のための必須条件」が掲げられた「弁論の要旨」が登場人物の発話として、また地の文の書き手の「要約」として提示されている。

以上のような物語内部に設定された舞台とはかけ離れた、際立った文体こそ、同時代において「洪水前後」が「アレゴリー」として読まれた原因なのではないか。この仮定に基づいて、次節では、新聞報道のパロディとしての文体の特徴に〈歴史的時間〉を呼び込む。

## 3. パロディとしての文体

一九三二年一月という発表時に遡って、その前後の新聞紙面を開く。第2節で確認したのとほぼ同様な表現と論理が如何なる出来事をめぐって繰り広げられていたのかを発見するまで、多くの時間を要しない。フィクショナルな世界で洪水の被害状況を表していた「**死傷ナシ**」という表現は、事件を要約する新聞の常套句であるが、この時期になると毎日の報告として繰り返されている。「死傷〇名、負傷〇名」、「我が死傷〇〇余名」といったように。「死傷」と「負傷」を日々作り出すような出来事、集中的に報道されているそれは、一九三一年九月一八日、中国の柳条湖で南満州鉄道（満鉄）の路線が爆破されたことによって始まった「満州事変」にほかならない。

「満州事変」に際して「対支外交」、「幣原外交」など「**外交**」という言葉はまぎれもないキーワードとして用いられていたし、「満州増兵」などに関する日本国内での会議をはじめ、中国が日本との直接交渉ではなく、国際連盟への提訴を選択した後にはジュネーブ、パリでまさに「**正式に会議**」（もしくは「秘密会議」）が度々開かれ、その「**談話**」や声明文の「**要旨**」、「**要約**」が連日報道されていた。のみならず、「洪水前後」において二つの島が「**生存**」のために続けていた「**権利**」の「**主張**」も、新聞紙上においては、「満州事変」を論じる核心的な論理、「生存」と「権益」として現れる。たとえば、一九三一年一〇月二七日付『東京朝日新聞』（朝刊）の二頁には、「国民的生存の権益は／絶対変改を許さず／撤兵先決の五大綱／帝国政府の声明」という記事が第一段を飾っている。この声明には、「今次の満洲事変は全く中国軍憲のてう（ママ）発的行動に起因せること」、日本側の軍事行動は「帝国臣民の生命財産の保護のため」やむを得なかったことが理由として述べられ、「帝国の国民的生存に関する権益は絶対にこれが変改を許さざるの決意」が示され、中国側に「帝国の国民的生存に関する権益さへ着々破壊せむとするの傾向歴然たるものあり」と危機感が煽られている。帝国日本は、「満蒙」における「権益」に「国民的生存」という修飾をつけ、それを

「破壊」するような中国側の行動を軍事的に抑える名分とし、五つの要求を中国が承認するまで撤兵しないことを強弁していたのである(3)。

このように小説を形作る言葉と現実の言葉とが交差し始めるところで「洪水前後」は読み直されねばならない。最初に物語を始動させる洪水という出来事には「満州事変」の背景としての世界情勢の変化が重ねられる。世界恐慌をはじめ、帝国主義に反対する中国の民族運動の広がりによって中国東北における日本の「権益」が揺るぎ出したことは見逃せない(4)。満鉄の爆破が関東軍の陰謀ではなく、中国による日本の「特殊権益」に対する脅威として捉えられた当時の状況からすれば、堤防の破壊を行った花瓶型に中国を、心臓型に日本を対応させることも可能であろう。そうすると、親馬は「満蒙」で、仔馬は、この時期に構想され、実現に至った傀儡国家、「満州国」であったろうか、と大胆な読みも行い得る。次のような部分は如何に読み返されるか。

事情はさういふ種類にまで混みいつてゐて、心臓型の島と花瓶型の島との抗争は、いまにも腕力沙汰になるかと思はれた。そして仔馬の所有権についての問題や、石垣を築けば、洪水はさらに増水するかどうかについての問題は、相手をやりこめるために互いに自己の立場を力づくでも主張しなければならない問題にまでたちいつてゐた。仔馬の所有権に関する争議に破れた(ママ)ものは他の別の問題についても主張する権利を失はなければならなくなつてゐる。隣りの島で五尺の高さの堤防を築けば洪水が五尺も水準を高めるといふ仮説は、嘘であつても真実であつても、自分に都合のいい弁説でもつて自分を主張しなければならないのである。それは更らに肉体に直接なもの……生存に関する問題である。(九七～九八頁)

もう一つの箇所を引用する。

ラの字が諳誦してゐた弁論の要旨といふのは、ここでも生存のための必須条件として心臓型の島が要求する事項である。

「その第一としては、花瓶型の島の人員が、心臓型の島の堤防を破壊した代償として、二ひきの親馬を引き渡すこと。その第二としては、仔馬は心臓型の島において生れる立場におかれ、確実に心臓型の島において生れた。したがつて仔馬は心臓型の島の人員が所有すべきものである」

ところが花瓶型の島のセの字は、要約すれば次のやうな立場で抗議した。同じく生存のために必要な主張であつたと思はれる。それは嘘でもなく真実でもなく、川の洲に住居する三人の人間が暮らしむきをたてたいための奇怪な努力であつたのだ。(九八頁)

ここでも現実においてはすでに「腕力沙汰」になっていたことを除けば、小説に現実の事項を代入しながら読むことにほとんど無理は生じない。心臓型に重なる日本は、実際に「正式」な「会議」を通して中国や連盟国家をはじめとする世界に「満蒙」、「満鉄」の「特殊権益」を認めさせることが「生存のための必須条件」であると主張し、また武力行使に関しても「無断で石垣を毀した相手が今度の相手なれば無断でこちらも馬や馬の仔を連れに行く」というような論理の展開を見せたのである。「皆さんに手つだつてもらつて(馬を―引用者)連れて来る」という心臓型側の登場人物の発話のなかで唐突に現れた、誰を指しているか不分明な「皆さん」に、小説世界の外から連盟国や米国、ソ連をもってきて代入すれば、頷ける。まさに「満州事変」を「皆さん」に正当化するために日本が作り上げたのが「生存」を掲げた自衛の論理であったし、それに対する「皆さん」の反応が時々刻々発信されていたのである。それから最後に「或ひはこんなずぼらの喧嘩口論は、いつの間にか立ち消えになるだらうと考へる人があるかもしれないが、それは甚だしい誤算である」という小説を終わらせる地の文の書き手による文章が、「満州事変」から先の戦争の軌跡をすでに予感していたかのようで不気味ですらある。

しかし、同時に注目すべきは、小説が、単に現実の出来事を形成し、構成していく新聞紙面の繰り返しではないことである。前記の二つの引用が物語っているように、「洪水前後」は、「満州事変」の原因をもっぱら「生存」という論理で説明しようとしていた新聞報道を鵜呑みにしていない。事件の終息を妨害するのは、「相手をやりこめるために互いに自己の立場を力づくでも主張しなければならない」、「仔馬の所有権に関する争議に破(ママ)れたものは他の別の問題についても主張する権利を失はなければならなくなつてゐる」という状況であるとされる。それを再び現実を擬えているように「生存」の問題へ還元させようとする地の文の書き手は、「それは更らに肉体に直接なもの……生存に関する問題である」（一番目の引用）と、余韻をもたせるリーダーの表記を入れてから「生存に関する問題である」と記し、つづけてもう一度「ここでも生存のための必須条件として心臓型の島が要求する事項である」（二番目の引用）と繰り返すことで、「生存」の意味内容を問わせているのである。

当時、「国民的生存」という「満州事変」の論理への疑惑が決して許されないような言論状況であったことを考慮した際(5)、「嘘であつても真実であつても、自分に都合のいい弁説でもつて自分を主張しなければならない」と心臓型、おそらく日本側を説明する一方で、花瓶型、おそらく中国側の主張も「嘘でもなく真実でもなく、川の洲に住居する三人の人間が暮らしむきをたてたいための奇怪な努力」として位置づけ、「生存」という論理は日本国民にのみ適用されるものでないという問題を提示している点も注目に値する。いみじくも心臓型の要求のみが発話として開示され、花瓶型の「抗議」の内容は明確でなく、「要約」の形のみとなっている点も、日本の新聞報道の不均衡さに相応している。

この時期、井伏が「満州事変」について深く考えていたことは、「洪水前後」の執筆とほぼ時期を同じくして発表された「事象と感想「作品」のこと」（『都新聞』一九三二年一一月二二日）という記事によっても確認できる。井伏は、日本と中国の作家が「同一の事象に対して」「どういふ意見を持つてゐるだらうかを知りたかつた」と述べ、両者が書いた文章を「比較」したという。このような態度がおそらく「洪水前後」において両国の立場を均衡の取れた視線で見つめようとしたことに関わっていよう。のみならず、記事の最後で井伏は「私は今日の事象については、約（ママ）そ見当さへもつかない」と「毎日の不安な気持」を吐露し、「昨日の新聞の報道するところによると、国際会議の席上でブリアン氏はひどく咳をしながら沈痛な顔をしてゐたといふ。先日、支那の兵隊は、わざわざ支那兵の死体を日本租界にかつぎ込んで、それを写真に写したといふ」と述べており、井伏が「満州事変」と日々のメディア状況に敏感であったことを明かしている。

現在進行形の複雑な出来事が、身近な出来事として創造され、再現された際、出来事をめぐる様々な表現や論理の矛盾が可視化される。経済的「権利」は直接に「生存」に関わるといえるのか、堤防の破壊を理由に親馬や仔馬の所有権を主張することは正当なのか、予想される被害や権利をもって暴力は行使されてよいのか。小説と新聞との間を行き来しながら様々な矛盾を突きつけるように考案された「洪水前後」の文体は、この小説が同時代において「アレゴリー」として認識された所以を説明してくれる。だが、その「アレゴリー」が「満州事変」を帝国日本の侵略戦争と見定め、世界における行き詰まった資本主義と帝国主義の行方を冷静に批判するところに至ったのかといえば、おそらくそうではなかったであろう。「アレゴリー」のもつ批評性は同時に「小さな社会学」のもつ限界を露呈したのだ。

## 4. 歴史的意味が捨象される過程

第3節では「洪水前後」が「満州事変」前後の「アレゴリー」として読まれる可能性を考察したが、問うべき問題がまだ残っている。なぜ、「洪水前後」は「アレゴリー」として読まれなくなったのか。第1節で確認したように、「洪水前後」は、『川』のなかでもほぼ注目されないエピソードとしてあり、そこで描かれる「揉めごと」も「田園風景」を構成する一場面かプロレタリア文学が描くのと異なる農村の姿としか捉えられてこなかったのである。同時代から隔てられた時間において、小説の読みが変化した理由を考えるために、ここでは単行本の『川』とその周辺のテクストを用いる。

あらためて『川』の書誌情報の確認から始めよう。『川』（江川書房、一九三二年一〇月二〇日）は、「川沿ひの実写風景」（『文芸春秋』一九三一年九月）、「川――その川沿ひの実写風景――」（『中央公論』一九三一年一二月）、「洪水前後」（『新潮』一九三二年一月）、「その地帯におけるロケイション」（『新潮』一九三二年五月）の四つのテクストからなっている。「洪水前後」は、『川』として単行本化される際に最も削除箇所が多く、短篇として読む際と『川』の一つのエピソードとして修正された部分を読む際との間には大きな印象の違いがある。端的に馬に関していえば、『川』では馬の所有権をめぐる話題は削除されており、まさに親馬と仔馬が走り回る「田園風景」しか残されていないのである。それだけではない。「満州事変」を擬えていたかのような出来事、石垣の破壊に端を発して馬の所有権の問題へ深化し、「会議」の「議論」へつづく内容のすべてが削除されている。第3節で引用していた二つのパラグラフや「生存のための必須条件」、「権利」をはじめとする核心的な語彙も『川』にはない。このようなテクストの変更が「洪水前後」の読みを矮小化した一因であるのは確かだ。

それでは、「洪水前後」が大幅に削除されねばならなかった理由、「アレゴリー」として読まれ得る「洪水前後」が『川』の構成を損なった理由は何か。このことを考えるため、『川』の構造と作者の意図を検討しよう。

単行本の『川』は、「川」と「人たち」を交互に並べながら互いに関連をもたない断片としてのエピソードを連ねていく。『川』の出版に際して井伏(6)は、「川」を「主人公」にして書いた『川』が「物語の形式を踏襲してゐる」がため、「川の沿岸に住む不幸な人たち」を描いた小説として見なされることを憂慮していた。風景描写としての「川」ではなく、「人たち」の物語を主題として選択するであろう読書習慣を予期しながらもあえて「川」を「主人公」にして『川』は書かれたのである。

窓ぎはの老人は貧乏を苦にしてゐて気の毒である。
谷川は岩にぶつかつたり水音をたてたりしてながれた。（二〇七頁）

「人（たち）」の話がまさに「川」へ「ながれ」る瞬間が、接続語もなく並置された二つの文章に表れている。ここから先に「六軒の家」が発見され、「家」の「人たち」に焦点が合わせられていく。「人たち」の話を終えては例の「川」の話、「川は向ふ側の岸に片よつて深くなり、さうして橋を起点に急角度に折れまがつてながれて行く」（二一〇頁）という文章が現れ、一行の空白を置き、再び「物語の形式」によって「人たち」の話が開示される。『川』の最後まで繰り返されるこのような交差のなかに「洪水前後」は挿入されているのである。

松浦幸穂(7)は、『川』の冒頭と結尾に位置づけられた「川」が九つのエピソードの間に挿入されることで「場面転換」の役割を果たしていると指摘した。そしてこの「あまりにも不自然で唐突な場面の転換」を、それぞれのエピソードで「庶民の生き様に心動かされ、のめり込みそうになる感情の移入」を防ぐための装置として理解し、最終的には『川』において井伏が「自己抑制と客観性に富んだ独自の文体を確立し」、「庶民生活を見据える眼」を獲得したと結論づけた。

しかし、「人たち」の物語を後景に置こうとする作者の意図と物語を中止させる風景描写としての「川」の意義を主張する議論は、第3節で召喚された〈歴史的時間〉において再検討を要するのではないか。そのため、方法としての風景と効果を明確にしてくれる同時期のテクストは参考になる(8)。「洪水前後」が書かれた後、『川』にまとめられる前に位置づけられるテクスト、「ボタ山の見える病院」（『時事新報』一九三二年四月一八日、一九日、二一日）である。

「私が見学して来た鉱業所病院といふのは、その山岳地帯で一ばん高い山の中腹にあつて、私はその病院の手術室の窓から、幾つもの炭坑の所在やボタ山の燃える光景を眺望することができた」という「ボタ山の見える病院」の冒頭は、「その山の中腹」の「光景」を「眺める」ことから始まる『川』の冒頭を連想させる。ただし、「ボタ山の見える病院」において「光景」を「眺望する」主体が「私」という書き手であるのに対し、三人称小説である『川』には「私」が登場しないという点で異なる。先まわりしていえば、「私」という書き手を視点の主体として明示することで、方法としての風景の政治性を露わにしたのが「ボタ山の見える病院」というテクストであるのだ。

「私」が鉱業所病院の設備を「見学」に来たのは、「それを土台にして活動写真の物語のやうなものをつくるつもり」だからである。「ボタ山」は、「石炭になりそこねて半分は岩石の成分を帯びてゐる石炭の堆積」であり、そこには「石炭を小さいかけらにして放りなげる作業のために或る一定の姿勢をつゞける結果、首が一方に傾いたまゝになつてゐる」「婦人労働者」たちがいる。「私」は、「鉱業所病院」に向かう途中でそういう「婦人労働者」の一人に出会うが、「さういふ顔を正視することは私には苦手であつたので、おつきあひに私も頬に手をあてゝ彼女から目を反らした」。そしてその先にある風景が描写されていくのである。「崖の下には、滝とも川とも区別のつかない急流がことごとく水面に白い泡をたてゝ、その水面とすれすれにオシドリが飛びまはつた」のである。水と鳥のいる世界、井伏文学における馴染みの風景は、『川』の「川」の風景描写と重なる。

次の引用は、現実から目を反らす先に風景を配置するという、書き手の自覚的行為を露呈するテクストの最後の部分である。

> こゝで私は病室の模様をも述べるついでを得たのであるが、他人のあまり惨めな光景を書くことはどうかと思ふので、これだけは止しにしよう。手のちぎれてゐる坑夫や、青んぶくれのしてゐる病人のことを実直に書くのは、非常に神経を疲れさすだけのことで、この紀行文で私は、ボタ山の煙が空に立ちのぼつてゐる姿を叙景できれば満足なのである。（四四二〜四四三頁）

この後、再び「ボタ山」の「叙景」が描かれる。この短編は、遠くから「光景」を眺めることから始まって「叙景」を書き記すことで終わったのである。「私」がプロレタリア文学の素材をもって書いているのは、出来事への深い関与を回避するための、方法としての風景であったのだ。ここに「人たち」の「物語」を後景にし、流れていく「川」を前景にしようとした『川』の意図と構造との類似性が見出される。『川』がこの方法を取っている以上、決して風景へ逃げることができず、「川」を「主人公」にすることが不可能であった「洪水前後」は、大幅な変更を余儀なくされたであろう。

整理する。作者には短篇をまとめる有効な道具になり、読者には物語に長くとどまらずに次々と「川」が運んでくる断片を消費する口実になる(9)、方法としての風景＝「川」を「満州事変」前後に置き直す。そうすると、前掲の松浦幸穂の評価した「自己抑制と客観性に富んだ独自の文体」と「庶民生活を見据える眼」の裏側には、「洪水前後」が「アレゴリー」として関わろうとした「満州事変」という同時代の政治状況を消去する自己検閲的テクストとしての面貌が浮かび上がってくる(10)。徹底的な言論弾圧、重くのしかかる戦争の拡大という状況の進行につれて、「川」の流れとともに開示される断片としての物語、物語への関与を回避するような風景の配置に、さらに〈循環的時間〉を前面に出す表現（「半世紀も前に」、「半世紀以前から」、「何十年も前から」、「よほど以前には」、「よほど昔の彼の祖先が」、「慣はしとする」、「慣はしである」、「いつもの習慣」など）が合わさることで(11)、『川』は小説としての歴史的意味を捨象するようなテクストになったのではないか。東郷克美(12)がこれらの時間の特性に注目しながら「この作品の人物たちの上を流れる時間は、いわゆる人間的時間ではない。むしろ永劫回帰する自然の循環的時間に近い」と述べ、井伏文学における〈循環的時間〉を強調したのは、象徴的といわざるを得ないのだ。

## 5.「アレゴリー」と〈歴史的時間〉

本章では、「洪水前後」を「アレゴリー」として読んだ同時代評を手掛かりに、小説が書かれ、発表され、読まれた最初の時間に戻った。「洪水前後」の文体的特徴を明らかにし、それが同時代の新聞報道を模倣していたこと、そこに同時代の「満州事変」を報道していた言葉がまるで「洪水」のように氾濫していたことを確認した。そのうえで、「満州事変」という現実の出来事が小説を形作る言葉を生成しただけではなく、小説がその出来事をフィクショナルな世界において再構成し、「満州事変」を一方的にかつ主導的に形作っていく報道メディアに対峙していたことを明らかにした。最後に、同時代において「満州事変」前後の「アレゴリー」として機能していたはずの「洪水前後」が単行本の『川』になる際になぜその機能を失っていたのかという問題を、戦況の悪化とともに駆使された『川』と周辺テクストの方法的特徴をもって説明しようとした。

以上のような議論は、小説の歴史的意味が捨象されていく読みの過程を振り返って、作者の態度や小説の方法を再評価しようとした一つの試みにほかならない。それは、短い小説の言葉に歴史的意味を補填させるような時間、すなわち〈歴史的時間〉の獲得によってはじめて可能になる。

# 第Ⅱ部　小説の空所と〈歴史的時間〉

## 伏字・伏字的テクスト

戦時中、書くことをめぐる厳しい制約のなか、必然的に多くの空所を有するテクストが生成された。小説を書く／読むためには、作者も読者も空所そのものを積極的に活用するしかなく、空所を創る／埋める過程のなかで〈歴史的時間〉がたち現れる。

まず、眼に見える形の空所として、多くの伏字や削除箇所をはらむテクストがあった。牧義之(1)は、「伏字は、ある用語や文章を紙面上から隠し、その部分に何が書かれていたのかを読者に分からないようにさせることを本来的な目的とする、編集手段である」と定義した。だが、牧は「伏字を単純で無意味な記号として捉えてしまうと、そこに隠蔽された文字への想像力や解読への欲望を読者に喚起させるような機能は見えなくなる」と伏字が読者にとって空所として作用していることも述べる(2)。これに加えたいのは、編集者と作者が検閲制度をくぐりぬけて文学テクストを出版するために行った自主検閲ともいえる伏字の存在が、必然的にテクストに刻印された抑圧装置を露わにするということである。

同時に、自己検閲という意味で伏字的テクストと呼ぶべき小説が生まれた事実も看過できない。仮に伏字がテクストに現れなかったとしても、創作活動を拘束する法制度が内面化されているという意味においては、自己検閲を経て生み出された文学テクストは〈伏字的テクスト〉と呼ぶに値する。〈伏字的テクスト〉を発見するには、書くことをめぐる制約の網のなかで多くの空所を残し、そこへ読者の積極的な参与を呼び掛けながら創られた小説の表現方法を探り、そこから〈歴史的時間〉を浮き彫りにする読書行為が必要になる。

井伏鱒二は、『文学界』の一九三四年八月号に「女性作家の印象」の一篇として松田解子の「大鋸屑」について書くはずであったが、それを「伏字」に関する断想に代えている。短い文章なのでほぼ全文を引用しておこう。

> 松田解子氏の「大鋸屑」といふ小説を読んだが伏字が非常に多くて私には作品の意味がわからなかつた。こんなに物凄い伏字の作品が市場に出るといふことは、すでに時代がいびつに宙ぶらりんになつてゐる証拠であるが、かういふ莫大な伏字はいつでも作者だけが読みこなせる。仮りにこの傾向を極端に誇張し押しすゝめてみると、全部伏字の小説が現はれることになるだらう。この全部伏字の小説の嘆きが現代青年の……といふやうにこのところ伏字でいふべき部分である。伏字くらゐ表現的に箇性のない文章はないのである。検閲者を対象に置くことそれ自体が伏字と同じ性格に該当する。

たぶん「大鋸屑」の伏字は編輯者が、加へたのであらうと考へられるが、規則として譬へば、一頁について一行くらゐ伏字にしておけば、ほかは何が書いてあつてもさしつかへないといふ法規が出来ると互いに便利である。伏字にすることが法規であるとすれば、その法規には目に見える限度を置くべきだといふのが私の空しい戯れの理論である。（五九四頁）(3)

ある程度の伏字は、読者にとって補填可能な、したがって消すことのできる空所になる。しかし、「莫大な伏字」となると、それは「作者だけが読みこなせる」ような、テクストの欠落として残されてしまう。この傾向が極端化し、「全部伏字の小説」が登場する際には、それはもはや読者にはテクストとして認知されることもないだろう。小説テクストが公表される可能性自体が塞がれてしまいそうな状況がここでは想像されているのである。近い現実として、である。

そこで井伏は、「全部伏字の小説」、おそらく読者に渡されることのない小説のあり方に行きつく前に、「一頁について一行くらゐ伏字にしておけば、ほかは何が書いてあつてもさしつかへないといふ法規」を空想し、「伏字にすることが法規であるとすれば、その法規には目に見える限度を置くべきだ」と主張するのである。「眼に見える限度」なくしては読者に到底伝わらないような、伏字に覆われたテクストがこの時期にはあり、小説について感想を語るべき紙面に伏字についての考えを述べざるを得ない現状があったのである。

そして第2章の「谷間」の分析で検討したような書き手の方法をここで井伏は再び駆使している。「全部伏字の小説の嘆きが現代青年の……といふやうにこのところ伏字でいふべき部分」と現状を説明する言葉そのものが「伏字」に該当するであろうと、伏字を先取りして、テクストの上にわざと「……」を現象してみせるのである。だが、このような書き手側の一つの「戯れ」が、時空間を共有する読者には読まれるであろうという期待にかけられた方法であることはいうまでもない。「……」という作者と読者との「共同作業」(4)が要求される空所がこの時期の小説テクストの随所に設けられるのである。それは、「物凄い伏字の作品が市場に出る」ような現実において書く行為は、「検閲者を対象に置くこと」、「伏字」にされることを予想することなくしては不可能であるからである。小説の多くの空所が読者の解読に委ねられる。それが無論、単に作者の意図に制限されたものではないことは、次のような井伏の文章から窺える。

明治大正文学全集や現代日本文学全集は、拘留されてゐる左翼闘士への贈呈品として最も無難な書類であるといはれてゐるが、史伝小説「大塩平八郎」などの輯録されてゐる森鷗外篇だけは差入れを許されないさうである。大塩騒動の情景が秩序整然と描写されてゐて、すこしも主観や説明を加へることなしに、読者をして大塩一揆の渦中にある感じにまで熱狂させる。その手ぎはに図書検閲係りも気がついてゐるのであらうと思はれる。鷗外は決して大塩平八郎のクーデターに賛成してこの作品を書いたのではないであらうが、大衆刮目の著者である大塩平八郎の性格に興味を感じて創作にとりかゝつたことは明らかである。主人公大塩については殆んど説明されてゐないが、その性格は鮮やかに読者の心につたはつて来るのである。(五二九頁)(5)

「満州事変」が勃発してから約一年後、「明治・大正の大作家再検討」という『新潮』の企画に寄せた井伏鱒二の「森鷗外論」である。第4章の「洪水前後」が『川』へ単行本化された時期とほぼ同じである。この短い文章は、いま現在が、過去の小説を読む行為に如何に関わっているかを、皮肉にも「図書検閲係り」の読みを通して明らかにしている。ここで「図書検閲係り」は、まさに小説の空所に〈歴史的時間〉を読み取っていたのである。

一九三二年前後の読者(「図書検閲係り」)は、明治文学の、その「史伝小説」が描いているさらなる過去に、読む現在を重ね合わせる。「大塩平八郎」に描かれている一揆、クーデターの生々しさが読者をその現場に立たせ、もはや読者はそれらの出来事を過去のものとしてではなく、読む現在に迫ってくるものとして追体験することになる。その読書過程によって「図書検閲係り」の検閲が行われ、「左翼闘士への贈呈品」としての書物が禁止されるのである。そのような読みを可能にするのは、「説明」ではなく、「鮮やかに読者の心につたはつて来る」創作の方法であるが、それは作者の意図をはるかに超えて行われる。小説の空所をめぐる作者と読者の共同作業、そこに召喚される〈歴史的時間〉の一端がここに見られるのだ。

## 小説の空所と読者

フィッシュ(6)は、書く、読む行為が特定の「解釈共同体 interpretive communities」内で行われていると理解していた。解釈共同体のなかにいる読者がテクストの解釈を行う、つまり、共同体があってその内部に読者と読書行為が含まれるというのである。だが、逆に、テクストの解釈のあり方（読書行為）が、その解釈の主体（読者）が属している共同体の性格を決めると考えることもできるのではないか。

例を挙げたい。第4章で扱った井伏鱒二の「洪水前後」は、一九三二年一月号の『新潮』の「新進作家十三人集」に掲載されていた。そこには、川端康成、徳永直、阿部知二、平林たい子、吉行エイスケなど、文壇の党派に偏らない「新進作家」の名が連なっている。井伏鱒二の「洪水前後」の直前には、中野重治の「善作の頭」が載っており、その最後の方には、「××××」という伏字が現れている。この伏字を前にして、ここに対応する四文字を語彙素から迷いなく選択することができる読者の集団が、まずたち現れる。

だが、一目で、ではなくても、「××××」につづく地の文が「天皇陛下」という文字を現象させているのだから、それを代入することも難しくないはずである。つまり、単に「××××」に「天皇陛下」を当てるだけでは共同体の特質はまだ見えない。テクストの内部で十分に探られるにもかかわらず、「××××」はなぜ小説テクストの上に現象せねばならなかったのか。この問いに応答する過程で見出された〈歴史的時間〉が、小説の空所をめぐって立ち上がる共同体の性格を鮮明にしてくれるはずだ。

テクストの上に最も露骨な形で表れた空所としての伏字のみならず、小説テクストを歪ませる伏字的箇所も例に挙げよう。高田知波(7)は、宮本百合子の『刻々』に「「天皇制」否定の立場に立つ娘と「国体」擁護の枠の中にいる母親とが「議論」すべき場で「議論」の自由を奪われているという角度から、一九三〇年代の言語空間の歪みを照らし出した記録としての性格」を指摘している。そのうえで、「議論」の空白が「テキストの中に表現された「自分」と作者との間に〈権力〉の眼差しが介在していたこと」に起因していると主張した。「作品内の出来事の場において「自分」が不可能と判断した「国体」論議は、語りの場においても表出の自由を持ち得なかったという事情」を読み込んだのである。ここで高田は、伏字的箇所として小説の空所を発見し、補填する過程で〈歴史的時間〉を見出し、天皇制国家における言説空間の問題を抱える共同体の姿を浮き彫りにしているのだ。

伏字・伏字的テクストが要請する作者と読者の共同作業、その過程で召喚される〈歴史的時間〉、それが浮き彫りにする（バフチンのいうように、過去の残滓として、また未来の萌芽としての現在における）共同体のあり方を素描するのが、第Ⅱ部の課題である。

### 第Ⅱ部の順序

第5章では、小林多喜二の『党生活者』を扱い、主人公であると同時に書き手である「私」と地の文の書き手とが連動して作り出されるテクストの構造を分析する。そのことで『党生活者』における多くの伏字や削除箇所が、書き手と読み手がさらされている暴力の様相を露わにするのみならず、そこに言葉を当てはめながら読み進めることによって、現在の読者が一九三三年の読者たちと連帯する切っ掛けを創っていたことを明らかにする。

第6章で扱う中野重治の「小説の書けぬ小説家」は、小説家が小説を書く行為に加えられた制約そのものを小説化してみせたテクストである。ここでは「小説の書けぬ」状況のなか、書く者と読む者が取り結ばれる現場を創出させるために如何なる創作方法が試みられたかを考える。

第7章では、一九四一年に発表された太宰治の『新ハムレット』が敗戦を経て、一九四七年に再録されたことに注目する。二つの時間を刻印しているテクストが、読者に繰り返し小説を読むことを要請し、再読のなかで新たな「疑惑」をもつよう促していたことの意味を探り、そこに〈歴史的時間〉を読み取る。

第8章では、占領地を流れる時間について考える。日本軍の占領下に置かれ、「昭南市」と改称されたシンガポールから「内地」へ送られた新聞連載小説である井伏鱒二の「花の町」を扱う。「花の町」という小説テクストが掲載された初出の紙面と小説テクスト内部に刻まれた時間を往復する「内地」の読者の読みを再現することで、戦時中における小説の方法としての時間を考える。

第5章

# ××を書く、読む時間

小林多喜二『党生活者』(一九三三)

## 1. 『党生活者』研究史の問題

小林多喜二の『党生活者』は、一九三三年四月と五月の『中央公論』の「創作欄」に「転換時代」という仮題で掲載された小説テクストである。多喜二は、当時『中央公論』の編集者であった中村恵宛の手紙のなかで「この作品で私は「カニ工船」や「工場細胞」などのような私の今迄の行き方とちがった冒険的試みをやってみました」(1)、「今迄のプロレタリア小説の型から抜け出ようと、努力してみた作品です〔中略〕単なる失敗をおそれずに書いたものです」(2)と『党生活者』への意気込みを述べている。

しかし、同時代評は多くなく(3)、従来の「プロレタリア小説の型」に対する「失敗をおそれ」ない多喜二の「冒険的試み」が分析される機会もなかった。その理由として、蔵原惟人(4)は「このころすでに言論にたいする圧迫がつよく、自由な発言が困難になっていたということ、この作品がほとんど五分の一の伏字をもってあらわれたために、その決定的な批評が困難であったことなどの事情」を挙げている。テクストを書くことのみならずそれを批評することも困難であった言論弾圧の状況が『党生活者』の評価を先送りにしたのである。それ故に、本格的に『党生活者』が論じられるようになったのは、テクストが完全に復元され(5)、それを語る自由もある程度保障されるようになった敗戦直後であった。

それでは、敗戦直後から戦後七〇年を迎えた現在にいたるまで数多くの論争を引き起こしてきた『党生活者』――多喜二の示した「冒険的試み」は、正当に評価されてきたといえるだろうか。敗戦直後、平野謙によって「笠原の問題を中心にして、作品の主人公の愛情の問題についての対処のしかたを作家の実生活と直結させて倫理的な批判を加え、それを革命運動一般に対する非難へ拡大する批評の原型」が作られたと指摘したのは津田孝(6)であったが、研究史の半分以上がまさにこの「原型」の繰り返しであったことをまず指摘しておかねばなるまい。補足すれば、平野謙の議論は『党生活者』が採用した一人称を、作中人物である「私」＝作者＝小林多喜二＝プロレタリア文学作家の頂点という構図を作り出す根拠にし、「私」と笠原との関係を戦時中のプロレタリア文学の問題へと飛躍させたものであった(7)。つまり、平野謙の議論は、一人称を小説の方法として認識せずに作中人物と作者を同一視して展開された議論の「原型」でもあるわけだが、以降、その「原型」から抜け出て一人称を小説の方法として捉えた議論もまた、それをテクストの破綻や亀裂の原因と見なした点には注意する必要がある。

西野辰吉(8)は、『党生活者』が「作中の「私」の視点で書かれているので、笠原の内面へふみこんで書くことができ」ず、「笠原にしろ、伊藤にしろ、外面からしか描かれてない(ママ)」ことを指摘しており、伊豆利彦(9)も「もっぱら党生活者である「私」の眼で見られ描かれており、「私」の眼は外部の眼にぶつかり、国民生活の現実にふれることで変革されるということがない」とその限界を指摘した。「「私」は断じて小林多喜二ではなく、小林多喜二はむしろ「党生活者」全体なのである」と主張し、『党生活者』に「作者の体験とはかけ離れた虚構化が行われている」ことを明らかにした右遠俊郎(10)でさえ、一人称の採用による間接話法の不自然さや「「私」に移した作者の思想を流しこむ」ことなどを「創作手法上の混乱であり、裂け目」であると捉えた。このように多喜二の「冒険的試み」はもっぱら一人称を中心に語られ、またそれは「失敗」として位置づけられてきたのである。

『党生活者』を「テクストとして読もうとする最初の試み」(11)と評価された前田角蔵の議論(12)にいたってはじめて、一人称の可能性を含めた小説の方法が主題化された。前田角蔵は、『党生活者』で行われた「冒険的試み」の内実を「第三人称の客観小説のスタイルから第一人称の「私」小説のスタイルへの転換」であったと捉えた。とりわけ、作品の末尾に注目し、『党生活者』が当時獄中にいた「「同志蔵原惟人」に向けられた作者多喜二のメッセージでもある」ことを指摘した。多喜二は、「「私」＝作者＝非合法共産党員とみなされる危険をあえて実践」することで「非合法地下生活者である作者の退路をたっただけでなく、そのことで、獄中と獄外、内と外の区別はあるにしても、その垣根をとびこえて連帯するというもう一つの構造を内包していた」というのである。だが、その結果、「私たち」が置かれた「異常空間」が「一般の読者をうけつけない作品空間の自閉性、独白性」を作り出してしまったと指摘した。『党生活者』に設定された空間と想定された読者を初めて考察したこの議論では、「一般の読者」が「作品空間」を通して「連帯」していく可能性は否定されたといわざるを得ない。

近年の研究では、作中人物を作者に重ねる読みに留保をつけ、むしろ『党生活者』における作中人物が如何に描かれているのか、その描かれ方が提示する問題を読者が如何に読み取っていくのかに問題の中心が置かれつつある(13)。しかし、ノーマ・フィールド(14)は、平野謙が作り上げた「原型」から現在へ至るまでの研究史にいまだに決定的欠落があることを述べた。所謂笠原問題やハウスキーパー論争から「戦争が抜けていた」こと、すなわち『党生活者』が「侵略戦争に対する抵抗を大きな課題としていたことがほぼ無視されたこと」を強調したのである。この意識に基づいて、ノーマ・フィールドは「プロレタリア文学運動の反戦意識及び藤倉工業《倉田工業》について」考察を行っており、その際にもう一つ重要な作業、「初出のテクストから伏字や削除によって消された言説」を検討した。

以上の研究史の成果を受け継ぎつつ、本章では、『党生活者』という小説テクストの方法をめぐる議論（右遠俊郎、前田角蔵）をさらに展開し、その方法がいままで度外視された「戦争」という主題（ノーマ・フィールド）を如何に形成していくのかを明らかにしたい。その際、ノーマ・フィールド自身、議論のなかで「治安維持法体制下で常識的に危険と見なされる表現に施された伏せ字や削除の例は取り上げなかった」と述べているが(15)、本章ではそれらの伏字や削除箇所にこそ注目し、読者にとって多喜二の「冒険的試み」が蔵原惟人が指摘した言論弾圧の同時代状況のなかで如何なる批評性をもち得たのかを検討する(16)。

とりわけ本章で注目する小説テクストの方法は、「私」という主人公が「倉田工業」というフィクショナルな空間に流通するテクスト(＝ビラや工場新聞)の書き手として設定されていることである。以下、ビラや工場新聞の書き手と地の文の書き手が連動して紡ぎ出されるテクストの構造が、読者の読みを如何に誘導していくのかを確認し、そのことによって、「戦争」への反対というテーマが形成される過程を浮き彫りにする。

## 2. 「××」を書く

作中人物の「私」が書き手であることは、次のような場面によって初めて明かされる。

> 私は八時までに、今日…………を原稿にして、明日…………に使ふために間に合はせなければならなかつた。〔中略〕それが今日工場で可なり話題になつたので、私は明日…………××にこの間(かん)の事情を書くことにした。一昨日入つた××に、その前の日皆がガヤ〱話し合つた、賃銀を渡す時間を早くして貰はうといふやうなことがちアんと出てゐたために(事はそんな些少なことだつたが)、皆の間に大きな評判を捲き起したのである。(四月号、第一章、三七〜三八頁)

「私」は、勤めている工場＝「倉田工業」での話題に基づいて何かを「原稿にして」「書」いており、それが工場のなかで流布され、その現場で「私」は再び読み手の評価と効果を確認している。「私」が書いているこの「××」が何を指すかは、小説テクストの読者はしばらくして知ることができる。次の場面で「ビラを持つてゐるものは出してくれ！」という「オヤジ」の台詞では「××」ではなく、「ビラ」という文字が丸出しにされているからである。「私」は、「ビラ」の書き手であったのである。

ビラは如何にして工場に入るのか。「私」は、「書き終えた原稿を封筒に入れ、表を出鱈目な女名前にして、ラヴ・レターに仕立て」て出かけ、Sに会い、それを渡す。「私」は、Sに以前のビラの反応を報告し、Sから「一段と高いところ」、「専門的な努力」が必要だという批評を得る。その後、「私」は工場内の同志である太田に会って「明朝七時T駅の省線プラットフォーム」で待っていればSがビラを「手渡す」と伝える。そうして「次の朝、衣服箱を開けると、××が入つてゐる！」ことに「私」は感動し、「隣の女が××を読んでゐ」ることを眺める。

書き手が現場で直接に情報収集を行い、それをテクストにし、読み手の反応を確認し、批評を得てさらに次のテクストの参照にする。こうして完成したテクスト＝ビラは、一旦工場の外の同志に渡されてから再び工場内に流れ込む。だが、このようなプロセスは、「私」の置かれた状況とともに急変することになる。ビラの流通後、厳しくなった工場側の警戒のなか、太田が検挙され、「私」は「潜ぐ」らざるを得なくなったのである。「私」は現場を離れねばならず、それまでとは異なる過程においてテクストは生成されることになる。

> それから私達は六百人の首切にそなへるために、今迄入れてゐたどつちかと云へば工新式の××（ビラ）をやめて、××（ビラ）と工場新聞を分けて独立さすことにした。（中略）工新は「マスク」といふ名で出すことになつた。私は今工場に出てゐないので、Sからその編輯を引き受けて、私の手元に伊藤、須山の報告を集め、それをもとにして原稿を書き、プリンターの方へ廻はした。プリンター付きのレポから朝早く伊藤が受取ることになつてゐた。
> （以下五十八字削除）（五月号、第五章、一〇五頁）

刷新されたビラと新しい工場新聞である「マスク」の書き手になった「私」は、「伊藤、須山の報告」を受けて執筆をつづける。書き手はもはや現場におらず、書き手と読み手との間には、工場現場の同志という媒介者が入る。「私」は自らの経験ではなく、他人による情報を収集してテクストを書き、それは編集を経てプリントされ、同志たちとの連絡を通して手渡され、工場の労働者に配布される。

ここで注目すべきなのは、「私」が書いたテクスト、すなわちビラや工場新聞は『党生活者』に原文のまま開示されておらず、小説の読者はそれを読むことができないということである。以上で確認してきたように、『党生活者』は、「私」がテクストを書く過程とそれが流通する諸過程を説明し、状況の変化にともなってその諸過程が変化したことをも明示しているが、肝心の「私」が書いたテクストそのものは現れない。しかし、『党生活者』という小説テクストがそのような変化を地の文に反映させていることにも同様に注意を払わねばならない。最初、作中人物の「私」に寄り添っていた『党生活者』は、「私」の状況の変化とともに形式、即ち書き方を変えて展開していくのである。たとえば、「私」が伊藤を通して工場内の読み手の反応を把握する場面をみよう。

伊藤と一緒に働いてゐるパラシユートの女工が、今朝入つた「マスク」の第三号を読んでゐると、四五日前に新しく工場に入つてきた男工が、いきなりそれをふんだくつて、その女工を殴ぐりつけたといふのである。（五月号、第五章、一〇九頁）

「といふのである」という表現が重要である。「私」が書いた「マスク」を読んでいた女工を男工が暴行する場面を見た伊藤は、それを「私」に伝える。「マスク」の読み手＝暴行事件の当事者が置かれた状況を観察者である伊藤が、「マスク」の書き手＝「私」に発信し、そのメッセージを受け取った「私」を小説の地の文の書き手が伝聞の形式をもって読者に提示する。このようにして『党生活者』の読者は、当事者と観察者、発信者と受信者、書き手と読み手といった幾重にも重なった関係のなかに巻き込まれ、フィクショナルな空間の出来事＝暴行事件の受信者、読み手となり得るのである。前掲の右遠俊郎(17)は、「間接話法」を「苦しまぎれ」なものとして捉えていたが、そこにこそ小説テクストと読者の間にダイナミックな運動を創出する手掛かりがあることをここでは強調しておきたい。

つまり、『党生活者』の読者は、作中人物の「私」が書いたテクストの直接の読み手になることはできないが、小説テクストの書き手によって創り出された文体を通して、架空の書き手である「私」が書いたテクストを想像することはできる。「××」を書く「私」とそれにまつわる諸過程を書き記す地の文の書き手、それを表す入り組んだ文体の構造を通してはじめて小説の読者は、フィクショナルな空間＝「倉田工業」に立ち入ることが可能になるのである。次節では、いまや現場にいない書き手がその事実を「恐れ」ながらも書きつづけるように、同じくそこにはいない小説の読者が如何にその空間を想像し、そこに参加していくことができるのかを可視化する。

## 3.「××」を読む

初出時の読者が「私」の書くことにまつわる諸状況や書かれたテクストを想像しながら、フィクショナルな空間に入り込む際に、最も困難な問題は、数多くの伏字と削除箇所の存在ではなかっただろうか。第2節で小説の読者が「オヤジ」という工場内の権力側によって発せられた言葉を通して、「私」が書いている「××」に「ビラ」という言葉を当てる可能性を述べた。それは「ラヴ・レター」という性質の異なるテクストに見せかけてはじめて流通可能なものになっていた(18)。

ここでは、伏字と削除箇所を抱えた小説テクストの読者が、如何に「倉田工業」という舞台における作中人物たちが置かれた状況にコミットしていくことが可能なのかという問題をさらに考えたい。もう一つの「××」をめぐる読みを試みるため、次に「倉田工業」の舞台たる所以が説明されている個所を引用する。

——「倉田工業」は二百人ばかりの金属工場だつたが、××が始まつてから六百人もの臨時工を募集した。私や須山や伊藤（女の同志）などはその時…………………………のである。二百人の本工のところへ六百人もの臨時工を取る位だから、どんなに仕事が殺到してゐたか分る。倉田工業は××が始まつてからは、今迄の電線を作るのをやめて、毒瓦斯のマスクとパラシユートと飛行船の側を作り始めた。（四月号、第一章、三七頁）

前記の引用から読者は二つのことに気づかされる。第一に、読者は、「××」に言葉を当てることではじめてフィクショナルな空間＝「倉田工業」の時間設定を明らかにすることができるということだ。「××」のため、この工場には「仕事が殺到」し、多くの臨時工を採用することになり、彼らは「電線」の代わりに「毒瓦斯のマスクとパラシユートと飛行船」を作る仕事を強いられたのである。第二に、「××」はそれが伏字にされたがゆえに、読者にもう一つ、「××」を語る自由すら保障されていない閉鎖した空間の雰囲気を感じさせるという事実である。

もう少し内容に踏み込んでみよう。「××が始まつて若い工場の労働者がドン〳〵出征して行つた。そして他方では軍需品製造の仕事が急激に高まつた。このギャップを埋めるために、どの工場でも多量な労働者の雇入を始めなければならなかつた」。「私や須山や伊藤」の当面の仕事とは、この「××」によって採用された「六百人の臨時工のうち四百人ほどが首になる」前にストライキを起こすことである。そして読書を継続することで「××」が埋められた瞬間、読者は、作中世界に介入していくことになる。

## 掲　示

皆さんの勤勉精励によつて、会社の仕事が非常に順調に運んでゐることを皆さんと共に喜びたいと思ひます。皆さんもご承知のこと、思ひますが、戦争といふものは決して兵隊さんだけでは出来るものではありません。若しも皆さんがマスクやパラシユートや飛行船の側を作る仕事を一生懸命にやらなかつたら、決して我が国は勝つことは出来ないのであります。でありますから或ひは仕事に少しのつらいことがあるとしても、我々も又戦争で敵の弾を浴びながら闘つてゐる兵隊さんと同じ気持と覚悟をもつてやつていたゞき度いと思ふのです。

一言みなさんの覚悟をうながして置く次第であります。

工　場　長

（五月号、第五章、一〇六頁）

夥しい伏字や削除が施されていた小説テクストを読んできた読者の前に、「工場長」の「掲示」というテクストは、一つの伏字も削除箇所もない完璧な形として顕現した。それは、読者が接することのできる唯一の原文としてのテクストである。原文のまま挿入されていない「私」の書いたビラと見事な対比をなしている。

そして「倉田工業」という想像の現場に居合わせることができない読者に提供された完全なテクスト＝「工場長」の「掲示」は、いくつもの段階を踏んでから読者の前に現れたものであった。本文中には、「次の日須山は小さい紙片を持つてきた」という文章の後、「工場長」の名で書かれた「掲示」の挿入をはさんで、「須山はその本質をバク露するために、掲示を写してきたのだつた」という説明の文章がつづく。ここで小説の読者が読んでいるのは、須山が読んで「写してきた」「紙片」を、「私」が再び読み、それをさらに小説の書き手がテクスト上に現象させ、前後に「紙片」を入手した経緯と意味を備えたものなのである。こうして読み手と書き手の複層の構造に、そのプロセスの渦中に、『党生活者』の読者は連れ込まれていく。

このプロセスに一度参与した読者は「掲示」のなかから言葉を拾ってはじめて、それまでの「××」に「戦争」という語を当てはめることが可能になる。そして小説世界における「戦争が始まってから」のいま現在は、「戦争」をテクスト上に表すことを許さない「検閲」と「弾圧」[19]の只なかにあることを知らされる。「私たち」＝作中人物から奪った言葉をもって書かれた「掲示」の挿入こそ、小説テクストが暴力的伏字と削除を行う主体側を暴露した瞬間にほかならない。「工場長」が味方していた「戦争」を遂行する「我が国」、すなわち工場の外で「警察」や「憲兵」を置いて「×(赤)狩り」を行い、紙面の上から「戦争」を「××」に消し伏せる暴力を駆使する主体を。

しかし、「私たち」の「仕事」は、ますます困難になりつつある（五月号、第五章）。執拗に伏字化されている「在郷軍人会」と「青年団」[20]のメンバーは、「僚友会」とともに「今度の××(戦争)はプロレタリアのための××(戦争)」だと「計画的に、煽動的にしゃべり廻つてゐる」。彼等の「何んだか夢のやうな」「満洲王国」の話を工場の人々がすべて信じているわけではないが、「戦争に行つて死んだり、不具になつたり、又結局「満洲王国」と云つたところで、そんなに自分たちのためになるかどうか分つたものでない、然しとにかく……………ために自分達は長い間の失業からどうにか職にありつけたのである」と思う。伏字箇所に当たるのは、「戦争があつた」という言葉である。その「お蔭」で働いていると思う臨時工たちに、伊藤は「女工たちにちゃんと納得させるといふ段になると、下手だし、うまく反駁が出来ない。「歯がゆくて仕方がない」ことを告白していた。「私たち」は、現在の「仕事」の「苛酷さ」と「戦争」との「………(結び付き)」を明確にし、「戦争」に「××(反対)」する言葉を獲得するために努力する。それは、この工場が「毒瓦斯のマスクとパラシユートと飛行船(せん)」を作る工場であるため、一層重要である。

いよいよ「私たち」は、臨時工が解雇される前にストライキを断行しようとする（五月号、第八章〜第九章）。「私」は「マスク」を通して工場側の「ギマン」を暴露することにし、伊藤はそのビラを運び、「須山」はそれを工場の屋上で休んでいる労働者たちに向けて「投げ上げた」。労働者の「何十人といふものが」それをさらに「高く撒きあげた」。だが、工場側が予定より早く解雇を行ったがゆえにストライキが失敗に終わったことは、たった一頁程の分量しか割り当てられていない。伊藤のメタフィクション的言及である「小説のやうにはうまく行かない」というために書かれた小説であるかのような終わり方である。最後の部分を次に引用しよう。

今、私と須山と伊藤はモト以上の元気で、新しい仕事をやつてゐる………（前編をはり）
（一九三二・八・二五）
作者附記。この一篇を同志蔵原惟人におくる。（五月号、第九章、一四三頁）

「私と須山と伊藤」の「仕事」を描いてきた地の文の書き手が、「（前編をはり）」を宣告し、書き手が末尾にテクストを書き終えた日付のようなものを残し、その二つの（　）の後に異質的主体が現れて「作者附記」を残している。ここで初めて読者は、テクストのタイトルとともに刻まれていた「小林多喜二」という固有名を召喚することになる。そしていままで読者が読んできたもの、地の文の書き手が紡いできたものもまた誰かに「おく」られる可能性が暗示される。「私」のビラが同志のSに批評されたように、作者「小林多喜二」が書いた小説テクストもおそらく人から人への手渡しを通して「蔵原惟人」に送られ、批評されるだろう。この無限に繰り広げられる可能性をもったテクストの流動的構造に一度参入してしまった読者は、安定した位置、すなわち単なるフィクションの消費者としての読者ではいられなくなる。

## 4. 一九三三年と「××」

「××」に「戦争」という言葉を当てる読みの過程に、一度召喚された「小林多喜二」と「蔵原惟人」という固有名、そして小説テクストが発表された一九三三年という〈歴史的時間〉を付け加えて検討をつづけよう。

一九三三年前後の「小林多喜二」という固有名から集められる情報をまず確認しよう。「小林多喜二」は、一九三一年、日本共産党に入党し、一九三二年から文化運動再建のために非合法活動を開始していた。一九三三年二月二〇日、築地署特高によって逮捕され、拷問によって虐殺された。『党生活者』は、作者の死の直後に発表された小説である。次に、作中人物である「私たち」のフィクショナルな時間は如何にして〈歴史的時間〉を召喚するのか。小説のなかでは「××」が「戦争」という言葉で埋められることによって、「戦争が始まつてから」「満洲王国」の話を語るいまが小説の現在として設定されていることを確認した。だが、この小説が掲載された『中央公論』の目次では、一九三三年の現在は「非常時」としては捉えられても「戦争が始まつ」たという認識は現れていない。

そこで歴史年表上の事実を概観してみると、一九三一年、柳条湖事件が起こり、一九三二年三月、「満州国」が建国された。三月二〇日、コップに対する検挙が開始し、五月二〇日、コミンテルンは、「三二テーゼ」を決定し、六月二九日、警視庁は特別高等警察部を設置している。この三月から非合法活動に入った「小林多喜二」が、翌年の二月、その特高によって検挙され、虐殺されたのである。没後、四月と五月の『中央公論』に「転換時代」という仮題で『党生活者』が発表された直後、六月にはあの有名な佐野学と鍋山貞親の共同転向声明書が公表される。この一連の出来事は、明らかに「満州事変」から日中戦争への道程として歴史に刻印されているといえよう。

それでは、なぜ当時の『中央公論』は、「非常時」という言葉でしか現状を捉えられなかったのだろうか。また、なぜ小説テクストの「戦争」という言葉は執拗に伏字にされていたのか。この問題を考えるため、初出時における伏字と削除箇所の内容を確認する必要がある。伏字と削除が決して一律に行われていないことは、「工場長」の「掲示」に現れた「戦争」という言葉からもすでに確認しており、むしろ一律でないということこそが読者の読みにとって重要であることも指摘した通りである。だが、ここでは、便宜上、反復的に伏せられたため、一九三三年においては読むことができなかった言葉や表現の例を三つに分けて挙げてみたい。

第一に、「警察」、「ケイサツ」、「巡査」、「憲兵」、「検挙」、「捕まつた」、「交番」、「調査」、「弾圧」、「訊問」、「拷問」、「せつかん」、「殴られている」、「やられた」、「張り込まれている」などの治安維持法体制下における暴力を直接に表す表現がある。第二に、「戦争」、「戦地」、「戦場」、「兵隊」、「非常時」、「忠君愛国」、「在郷軍人」、「青年団」、「慰問金」、「軍器」、「国賊」、「反動的」、「敵」など、当時において国家権力に対する批判として捉えられるような箇所が存在する。第三に、「党」、「共産党」、「共産主義者・党員」、「非合法」、「赤」、「細胞」、「組織」、「左翼の運動」、「運動」、「仕事」、「革命」、「レポ」、「ビラ」、「アジト」、「同志」、「連絡」、「犠牲」、「党生活」、「支配階級に対する闘争」、「裏切」、「潜ぐる」、「沈む」、「中の人」など共産党の活動に関わる言葉も伏せられている。

このような言葉が、治安維持法体制下の暴力と反戦といった一九三三年の小説テクストの重要な主題を形成していることを考えれば、このすべてが紙面上から消えたことが同時代の小説の読みを大幅に制約したであろうことは想像に難くない。ただし、伏字と削除個所の内容を確認することで二つのことが明確になった。「戦争」そのものがこのように小説の言葉を徹底的に抑圧することで遂行されていったこと、そして「戦争」をはじめとして抑圧の対象となった言葉こそ同時代を正確に捉えるキーワードになり得ること、言い換えれば、同時代状況を批判的に捉えた言葉こそ伏字と削除の対象になっていたということである。つまり、結果的に「戦争」と治安維持法体制の暴力をテクスト上に表すことのできない『中央公論』という媒体のなかで小説テクストのみが膨大な伏字と削除にさらされながらも、「戦争が始まつて」からの現状を暴露することができたのである。

一九三三年において、「満州事変」を「戦争」として捉えることは、日本が不戦条約と自衛権の拡大解釈によって国際法を違反したことを自認することになり、したがってその言葉を弾圧すること＝治安維持法体制の暴力の駆使によって「戦争」は進行していく。その暴力の具体的な内容は、悉く伏せられた小説テクストの言葉に含まれていたのである。当時の代表的総合雑誌の一つであり、『党生活者』の初出が発表された『中央公論』の一九三三年四月号の「巻頭言」では、日本の極東政策が勢力圏の拡大によって国内的不況を打開しようとしたものであるという認識が示され、「編輯後記」では、言葉を謹みながらも同号をもって国際連盟の脱退による「最悪の場合」を探ろうとしたと強調している。同年五月号の「巻頭言」でも、間接的でありながらも「近代の戦争」が「世界戦争」として「文明」の「没落」をもたらすことを予感している。だが、『中央公論』のどこにも「満州事変」を「戦争」として明確に捉えた文章は見当たらず、日本の現状は、世界規模の経済的危機の渦中にあって「非常時」であることが繰り返し強調されていた。そこに掲載された小説テクストのみが、「満州事変」をはっきりと「戦争」と名指し、「戦争が始まつてから」の現状に立ち向かっていたのである。「戦争」という言葉を四六回も繰り返し使用するなかで、その大半が伏字にされても再び権力側によってその言葉を露呈するように仕組まれた、ぎりぎりの暴露装置をもった小説テクストが、まさに一九三三年の「転換時代」、現在の読者が手にしている『党生活者』であったのだ。

一九三三年四月号の『中央公論』の「編輯後記」には、「作者の原題は時節柄許されざるもの、題名変更に就いて作者の許諾を得ながら決定せざる中に遂に彼の死となつた」こと、「「転換時代」は仮題なることを読者は諒せられたい」ということが記されていた。当時の読者のどの程度が、その「時節」と作者の「死」をつなげて捉え、一九三三年という〈歴史的時間〉が日中戦争への道程を露骨にした、まさに「転換時代」そのものであったことを読み取ったであろうか。

「小林多喜二」全集の「解題」(21)では、『中央公論』の編集者が『党生活者』の原稿を入手したのは、「一九三二年の八月末」であったが、「作品の内容と作者が非合法生活にあった事情などから発表が留保され」、「題名の改題は、作者の没後、編集者と作家同盟の貴司山治、立野信之との協議によるもの」であることが示されている。この人々と「編集者の手配によって、削除や伏字のない完全な校正刷りが分散してひそかに保存され」、そのなかで徳永直の家がもっていた『中央公論』の校正刷りが底本になって戦後、全集が発行されたのである。作中人物の「私」が書いたビラのように、『党生活者』という小説テクストは人から人へと手渡され、あの戦争を経てはじめて読者の前に再現されたのである。それから冒頭で紹介した「蔵原惟人」の批評が付け加えられて文庫本としても流通するようになった。

「小林多喜二」の『党生活者』が「蔵原惟人」に送られ、批評を得るまでの間、つまり「作者附記」が実現されるまでの間、日本が歩んできた歴史を現在の読者は知っている。当時の読者が読んでいた伏字と削除に侵されていたテクストを再び持ち出す。地の文の書き手が紡ぎ出した文体を通して作中人物の「私」が書いているビラや工場新聞の内容を想像し、そのフィクショナルな空間のなかに入り込み、彼等と連帯して戦争に反対する。その際に常に直面せねばならない「××」に言葉を当てながら、その言葉が「××」になってしまった意味を一九三三年において考える。それから、「小林多喜二」の『党生活者』が如何にして現在流通可能な小説テクストでありつづけたのかを思い、一九三三年という「転換時代」からいままでの歴史を振り返る。いま現在の位置を確かめる。『党生活者』は、このような読書過程を読者に強いるのだ。

前田角蔵(22)は、『党生活者』の冒頭を分析しながら、そこに「緊迫感」を読み取ることができる読者は、小説テクストのいまが「満洲事変後のある状況」であり、主人公の「仕事」が「非合法の政治活動であること」を知る者に限られると述べた。「前提（コード）を持たぬ読者をあらかじめ作品そのものから締め出している」意味に於いて「この作品が自閉的な、独白性の強い作品空間である」と主張したのである。しかし、以上のように分析した本章では、『党生活者』をむしろ「作品空間」が「自閉的」であることを許さない、その舞台に読者の不断の参加を促すように仕組まれた小説テクストとして捉えた。しかもそのような読みが、一九三三年という時間においてさらに要求されていたのだ。

## 5. 『党生活者』が要求するもの

「私」は、軍需産業の一角にある「倉田工業」においてビラや工場新聞を書きながら戦争に反対するストライキを試みた。地の文の書き手は、その文体を通して読者がビラや工場新聞を想像することで「倉田工業」というフィクショナルな空間に参加していくことを促した。そして、一九三三年の小説テクストそのものは「党生活」を描いて発表することのできない「者」のテクストとして、伏字や削除といった治安維持法体制の暴力の痕跡を刻印したテクストとして、『中央公論』に掲載された。現在を「戦争が始まってから」と捉えたフィクションが現実であって、それをテクスト上の文字のように消していこうとした現実がフィクションのようであった一九三三年。暴力にさらされながらも、書きつづけ、それがプリンター印刷にまわされ、人から人へと手渡され、配布され、読まれつづける、この循環に読者を巻き込んだテクストの構造は、まさに「冒険的試み」であったといえるのではないだろうか。作中人物である「私」が書いた「マスク」を読んでいた女工が暴行された場面をもう一度想起してもよい。『党生活者』の読者は、作中人物たちと同じ空間に居合わせることはできないが、地の文の書き手の文体を通して、さらに伏字と削除に侵された小説テクストを通してその状況を想像し、連帯することは可能である。さらにこのような「冒険的試み」は、最も治安維持法体制の暴力を露わにする形で発行され、流通されることによって、一九三三年の「小林多喜二」の意図をも超えて読者に戦争と文学という問題を突きつけたのだ。

伊藤や須山から「私」へ、「倉田工業」のビラと工場新聞の書き手の「私」から地の文の書き手へ、地の文の書き手から作者「小林多喜二」へ、作者「小林多喜二」から『中央公論』編集者へ手渡され、伏字を施して活字稿へ、伏字を含んで読者へ、そして原文は何人かの手渡しによって保存され、戦後、復元されることが可能になった。それが「蔵原惟人」に渡され、批評される。全集になり、単行本になり、文庫本になって流通する。現在の読者が手にした完全に復元された『党生活者』は、そこに刻まれていたはずの暴力の痕跡を、「××が始まつてから」というフィクションの時空間と歴史的時空間が交差するところに立ち止まって想像することを要求するのだ。

第6章

# 小説の書けぬ時間

## 中野重治「小説の書けぬ小説家」（一九三六）を中心に

### 1.「小説の書けぬ小説家」の位置

中野重治の「第一章」（『中央公論』一九三五年一月）、「鈴木　都山　八十島」（『文藝』一九三五年四月）、「村の家」（『経済往来』一九三五年五月）、「一つの小さい記録」（『中央公論』一九三六年一月）、「小説の書けぬ小説家」（『改造』一九三六年一月）は、所謂「転向五部作」としてまとめて論じられてきた。

「小説の書けぬ小説家」は、転向五部作を論じるなかでしばしば言及されてきたものの、苦悩する高吉の姿から転向した中野の心境を探ろうとする議論が大半で、また否定的評価が多かった。本多秋五[1]は「まことに支離滅裂、題名に偽りなしの小説」と酷評し、杉野要吉[2]は、高吉を中野の「分身像」として捉え、小説から「この時期に持続されてきている中野重治における生みの苦しみとしての屈折的な作家的内面像」を読み取った。

この小説を「失敗作」とした森山重雄[3]は、転向五部作における「小説の書けぬ小説家」の異質性を説明するにあたって、「空想家とシナリオ」（『文藝』一九三九年八月～一一月）につながる「過渡的作品」としてそれを位置づけた。島崎市誠(4)も『村の家』『一つの小さい記録』で方法的に安定した作者がなぜここに来て、混沌とした、整理のつかぬ小説を書いたのか、または、そういうものしか書けなかったのか」と疑問を提示し、「分かりにくい小説」が「空想家とシナリオ」へ展開したと説明した。

小説の方法に関する議論としては、大塚博(5)の議論がある。大塚博は、高吉が「書きたい」が「書けぬ」という「人口問題、失業問題、あるいは「戦争がかもし出した問題そのもの」など」が実際には小説テクストのなかで「断片にさえなっていないながらも」描かれていることを指摘し、小説のタイトルと異なって「現実に中野は作品「小説の書けぬ小説家」を「書いた」ではないか」という問いも残している。しかし、テクスト上に「断片」として提示された問題群、小説が書けない高吉と小説を書いた中野との関係が「書けぬ」状況に対する小説の方法としては展開されず、むしろ議論は、「書けぬ」根本的理由が高吉の述べるところの伏字や内情暴露の問題の次元にあるのではなく、「最も肝心なことは」「何をいかに作品化するのかというところにこそあるはず」と問題を抽象化する方向に向かう。大塚博にとって「伏字や内情暴露の問題」は「たんに表面的な「損得」関係」としてしか認識されず、「小説の書けぬ小説家」は「大きな〈後退〉」として位置づけられた。この他にも具体的分析は行われていないが、小説の方法への言及として「メタ小説」性(6)や、「私小説風逆説的手法」による「昭和十年前後の革命的知識人の置かれた状況と精神のドラマ」(7)という指摘がある。

同時代の状況にふれたものとしては、小説の背景として「野坂参三らにより日本に送りこまれる人民戦線理論への戦術転換前夜、三十二年テーゼ路線末期の亀裂的状況」を指摘した杉野要吉(8)の議論が代表的であり、プロレタリア文学運動史と中野の自伝的事実に焦点が合わせられた。しかし、円谷真護(9)のように「伏字の問題、転向の問題、天皇制」の問題ではなく、それに対する「自分」、「意識」が議論の中心になっている場合が多い。「運動をとりまく客観的状況の厳しさを意味するだけではなく、高吉自身や彼の属する組織の弱さや醜さの自覚に通じている」とまとめた金子博(10)も、「小説を書けない原因として間接的な形だが、作者をとりまいていた厳しい圧迫」を描いたと評した北村隆志[11]も、「客観的状況の厳しさ」や「厳しい圧迫」を具体化することには及ばなかった。例外として、近年、李正旭[12]は「文壇に応じて書かれた転向文学の氾濫、文芸界全体に対しての統制と戦争協力を求められる」時期に「戦争に巻き込まれつつある画家や文学者を描く作品」として「小説の書けぬ小説家」を読んだが、小説の重要なテーマである小説を書く行為とそれをめぐる伏字問題の考察は行われていない。

以上の議論を受け継ぎつつ、本章で発展させたいのは、小説の方法と治安維持法体制における伏字問題との関連である。小説家内面の葛藤に焦点を合わせてきた研究史に対し、伏字、検閲、内情暴露、転向、天皇制といった外部の圧力とされたものを治安維持法体制の暴力として位置づけ、その暴力こそ小説の方法に影響していることを問題にする。

研究史において繰り返される、転向五部作における「小説の書けぬ小説家」の異質性の強調の背景には、㈠「村の家」を転向五部作の頂点とする見方[13]や㈡小説の方法に関する分析の欠如、㈢そのような小説の方法を取らせた同時代状況への考察の不足が影響していると思われる。したがって、㈡と㈢の問題を明らかにすることで㈠の流れを捉え直すことが本章の目的である。

ここでいう小説の方法とは、高吉という小説家を小説テクスト内部に設定し、「書かねばならぬ」「小説」とそれを「書けぬ」現実を語らせ、結果的にその状況が書かれてしまった小説テクストの構造をさす。焦点人物である「小説家」＝高吉と「小説の書けぬ小説家」を書いた「小説家」＝中野という二人の「小説家」を想定することによって、「書けぬ」ことと「書きたい」ことの間でかろうじて書き得たものを読者の前に差し出すような仕掛けをさす。

転向五部作のなかで「後退」や「失敗作」と批判されてきたにもかかわらず、本章がとりわけ「小説の書けぬ小説家」に注目するのは、同時期に発表された小説がはじめて単行本化されたのがまさに『小説の書けぬ小説家』（竹村書房、一九三七年一月二〇日）であり、「小説の書けぬ小説家」が同時期の創作を総括するような重要な小説テクストであったことがより強調される必要があると考えたからである。それが同時代の伏字問題に対する創作方法の模索の一つであったならなおさらである。

以下、議論の順序としては、治安維持法体制下で書かれた転向五部作における伏字内容を検討し、それに対する同時代の批評言説を考察する。そのうえで、「書かねばならぬ」こととそれを「書けぬ」現実との間で悩む高木高吉という小説家が描かれた「小説の書けぬ小説家」を分析し、伏字問題に対する小説の方法の内実を明らかにする。

## 2. 治安維持法体制の状況と転向五部作における伏字内容

転向五部作がテクスト内部に設定している主な時間は、一九三二年前後から一九三五年の前後までである。この時期は、治安維持法の運用が急激な変化を迎えた時期である。一九三一年に治安維持法の目的遂行罪の恣意的運用が始まり、九月の「満州事変」勃発後の一一月には結社加入罪と目的遂行罪を一つにまとめる「包括一罪」という論理が登場し、目的遂行罪で検挙した後、結社加入罪を追及することが可能になった(14)。このような前年度の状況を基盤にして「満州国」が建国された一九三二年三月、同月の二〇日にコップに対する検挙が開始され、中野は検挙された。そして、治安維持法体制のピークを迎えた一九三三年、第5章ですでに検討した〈歴史的時間〉をいくら強調しても強調しすぎることはない。一九三三年二月二〇日に小林多喜二が、築地署で拷問によって虐殺された。同年六月八日、元共産党中央委員長の佐野学と元共産党中央委員の鍋山貞親は共同転向声明書を発表した。一九三三年は、治安維持法体制下で生死の境界が刻印された年であったのである。「集団転向」は、このようにして行われていた。

一九三四年に出獄した中野がその翌年から約一年間次々と発表したのが転向五部作といわれる一連のテクストである。なかでもとりわけ伏字が多く施されたのは、一作目の「第一章」(図1)と二作目の「鈴木　都山　八十島」(図2)である。だが、この二つのテクストにおける伏字の性格が少々異なる点には留意すべきである(15)。

「第一章」では、共産党組織と警察を代表とする国家権力、戦争に関する言説が伏字にされ、戦争を遂行するため

に言論と思想の弾圧を行うという治安維持法体制の本質を露わにしている。たとえば、「第一章」の地の文の書き手

図１　「第一章」

(創作 46)　──中央公論──

あるプロレタリヤ的な雑誌には、……の中へ支那人の手で配られた……のビラが、それを送つてよこした……の手紙つきでのつてゐた。馬賊といふ言葉がいつの間にかなくなつて、匪賊、兵匪、共匪といふやうな言葉が出來てゐた。何よりも……の損害の大きいことゝ永續的なことゝが目立つた。………ではことに損害が大きかつた。……………………、上海地方での………………をとることを宣言するまでになつてゐた。……は上海ではじめて……を學んだといはれた。内地では北海道と東北地方の數縣とが恐しい凶作に見舞はれてそれが………してゐた。新聞は食へる泥の發見について書き立てた。その地方の農民の…………………………されてゐた。婦人賣買の波は乏しい村々から娘といふ娘を洗ひ去つてゐた。そしてその地方の…………ゝに出てゐた。（以下二行削除）

………をその特殊性をとほして正確に反映させ、…………………が染谷たちの編輯してゐる文學新聞の仕事だつた。

　しかし去年の秋新しく文學新聞がつくられて以來ずつと、人手の不足と能力の不足とが非常に強く感じられてゐた。染谷、永田、中川、島崎、田原、その外何人かの作家妻かきが仕事をしてゐたが、彼等は編輯についても經營についても、はじめてぶつかる問題の重大さに追はれて喘ぎ喘ぎ驅けてゐた。彼等はすべての問題を政治的に取上げねばならなかつたと同時に、政治新聞から區別されたものとして文學新聞を出さねばならなかつた。彼等はすべてをしようとした。去年の春から問題になつて來た作家とプロレタリアートとの新しい………結びつき――そのことの一つの現れが文學新聞の創刊だつた――のためにすべてを擧げようとしてゐた。論理的思考に最も不慣れな、時には不向きな作家さへが哲學を讀みはじめた。「物質とは客觀的實在を言ひあらはすための哲學的範疇である。」さういふ指定が感覺を作つてのみこまれて行つた。作家の世界觀の高い……――この展望の實現のために彼等は文字通り死物狂ひになつてゐた。彼等

(創作 47)　──第一章──

は作家の組織のうちで…………………………ねばならなかつた。いろんな產業のそれぞれの地域に出來た……………なかつた。(そのサークルは文學サークルといふよりも文化サークルといつた風なものゝ方が多かつた、そのためその發展に應じて…………………、それぞれの部署…………ならなかつた)、彼等は…………ならなかつた、…………ならなかつた、……との…………ならなかつた、いろんな問題で、…………、……、……、：など、直接的にか間接的にか協力しなければならなかつた（……………といふ…………道へ出てゐるといふ話だつた）、彼等は例外的に不得手な金のやりくりに熟練しなければならなかつた。すぐ鼻のさきには過去一年間の總決算としての年次大會が控へてゐた。同時にメーデーが控へてゐた。最も弱い作家は、かういふ重なり合つた仕事をすべてやりながら千枚二千枚といふスケールで日本の……のそれぞれの歷史的時代を肉づけようとしてゐた。彼等は時計の針を見い見い仕事してゐた。人手の不足、能力の不足、時間の不足、さういふさなかへ島崎が仙臺行きを持ちだしたのだつた。

　最初……グループで――そこへその時は島崎も出てゐた――その話が出た時、聞いてゐたものは呆氣にとられた形だつた。島崎の話では三日もあればすむといふことだつたが、家の始末といふ言葉の具體的な内容は說明されなかつた。彼等の後始末とか親達を東京へつれて來るとかいふのでないことは分り切つてゐた。それなら？　三日位ですむこと、彼自身說明しないこと、それに島崎といふ男の性質についてグループのものに知られてゐる限りのことを結びつけて見て、それは、島崎が今後、親達が望んでゐた大學講師なぞになるのではないといふことを彼等に了解させに行くといふ程度のことゝしてしか受け取れなかつた。彼等はその疑問をそのまゝの形では出さなかつたが、島崎自身それを豫想してゐてそれを肯定するやうな態度を見せてゐた。「三十すぎて子供まで持つてる奴が何だ！」といふのが島崎以外のも

図２　「鈴木　都山　八十島」

××

……………

金がなくて今年の年鑑が買へなかつたゝめ去年のものを使つてゐたが、…………に大きな變化があり得ようとは彼には考へられなかつた。彼はそこに說明してないため「……」「……」「……」の間にどんな差別があるのか全く知らなかつたが、念のため…………といふ合計を出して見た。それから「諸等數」といふ言葉をはじめて知つた小學生時代の記憶を夢のやうに辿りながらそれを坪に直した。一町は一〇段、一段は一〇畝、一畝は三〇歩――…………。彼はこの頃こぼして來た父の手紙を思ひ出して土地にかゝる稅金について考へたが、……………彼には問題がそれ以上數字的に進むことは出來なかつた。「それに

…………田原の……を中斷して、…………背の低い鈴木が笑顏をのぞかした。

「いゝですか？　お忙しいですか？」

「いや、どうぞ、どうぞ」自分も笑顏になりながら田原はよりかゝつてゐた小机を心持ち鈴木の方へずらして愛想よく問ひ返した。「その後……………？」

「いや、……しないんですが……」鈴木は髯の濃い顏を赤くして……………………「…………、駄目なんです。」

何だつて…………？「……」…………はいつてることにはなる譯だが、……………ものがあつたのか知ら？　と思ひながら田原は…………。

病みほけて必ず思ひ出だすらん山狹の驛に食せし天丼

今日もまた眞赤な情念に打たれけりほのかに浮かぶ君が面影

意久地なき兄を見つめて泣け泣けと我と我が身を罵りて見る

124

どうせさうよとお白粉の顏を寄せて來る馬鹿にするなとつゝ立ち上る

ふる里を遠く

今朝初めて降りしきる粉雪

啞の如く沈默の底に沈澱して苦しむ我

囚衣を着居るも同じ人の子

同じ人の子

事あれば我に尋ねよと言ひし師は既に死なれて三とせとなれり

事あれば我に尋ねよと言ひし君家を訪ない共に淋しむ

「さうですね……」鈴木…………感じる一種の……………ゐないことを考へながら田原はどこから切り出すべきか惑つた。「…………。それから…………いゝでせう」と田原はいつた。「これは友達か何かなんですか？」

「さうなんです。僕の親友なんでしてね。非常にいゝ人なんです。一しよに旅行をしたことがあるんですよ。今病氣してゐるんですが、さうした氣持を……」「さうした氣持」とか「さうしたこと」とか言ふのが鈴木の昂奮して來た時の癖だつた。「さうした氣持を歌つた積りなんです。」

「それは出てますよ。これはかなり纏つてるでせうね。しかし」といつて田原は理解されるかどうか危ぶみながら續けた。「その人は今病氣で寢てるんでせう？　寢てゐてきつと思ひ出してゐるだらうといふんでせう？」

「さうなんです。」

125

は、「満洲戦争は上海攻撃」へ移り、「戦争の帝国主義的性質と農民恐慌の本質とが一般的に明るみに出かけていた」ことを農村の現状と戦争の本質、報道の変化といった観点から説明しようとした。しかし、結果的に「　」のなかの言葉がすべて伏字にされることによってこのような現状認識が同時代の読者に伝わることはなかった。

「第一章」が設定している時間は、一九三二年一月に勃発した「上海事変」（第一次）の後であり、まさにこの時期から始まった外郭団体への弾圧は本格化し、出版警察は、「満州問題」や「満州国」に関する侵略の実態や傀儡性にふれた報道や論議を隠蔽するために検閲と思想統制を行った(16)。「第一章」の最後の伏字箇所が、留置場にいる学生服の少年を修飾する「朝鮮人」という言葉であったことは象徴的である。少年をとりまいていた刑事の一人が「竹刀をふりあげていた」ことやそれが焦点人物である田原にとって「打つためよりも脅かすための」ようにみえたという暴力的場面が伏字にされたうえで、その少年が「朝鮮人」であったことがさらに伏字になっていた。このことは、治安維持法の主な対象であった「朝鮮人」という記号をテクストに表すことすら許されなかった事実を暗示すると同時に、その記号がテクスト上に表れた場合、同時代の読者によって呼び起こされたはずのある鮮明な記憶をも喚起する。特高警察大拡充を実現する契機となった李奉昌による「大逆事件」が起ったのは、一九三二年一月であったのだ。

一方、「鈴木　都山　八十島」になると、「舌打ちをして」、「にやり」、「カチヤカチヤツという鍵の音が」、「しやがんだ」、「猟犬のような素早さでドアの外へひよいと首を出してまたすぐもどした」、「立ちあがつて外へ首を出した」、「高い鍵の音」、「不愉快」、「こつちへ向かつて」といった箇所が伏字になっている。「第一章」とは明らかに異なり、人物や状況の描写にまつわる言葉も伏字にされたのである。中野が「『現在可能な創作方法』ということ」（『早稲田文学』一九三五年一〇月）のなかで小説発表に伴う「不便」、「検閲（?）でひどい削除を受け」た経験の例として挙げていた「彼はにやりと笑つた」という箇所は、おそらくこの「鈴木　都山　八十島」をさしていよう。そして「第一章」のように帝国主義の戦争を遂行するために言論を統制するという治安維持法体制の目的のうちに収まらない「鈴木　都山　八十島」の伏字の実像を、作者が直接に説明せざるを得なかったのは、伏字だらけで発表された「第一章」と「鈴木　都山　八十島」に対する、次節で示すような同時代における批評家たちの認識があったからである。

## 3. 同時代批評における伏字をめぐる認識(17)

「第一章」と「鈴木　都山　八十島」が発表された直後、その批評の殆どが批評どころか小説を読むことすら困難なほどの伏字に言及している。深田久弥(18)は、「第一章」に「伏字が多いのは残念である」としながらも「後半の主人公が××に連れられて行つてからが非常にいい」と評価しているが、批評の言葉そのものまでが伏字にされている。「第一章」を「小説興味をも人世の或実景をもすべて、第二章以後に譲つてゐる第一章」であると酷評した正宗白鳥(19)に同感を示した長崎健二郎(20)は「正直に云つて、この傷だらけ（伏字）の作品を努力して読んだ読者は、作者の真剣さと意気込みほどに深い興味や感銘を與へられるであらうか」と疑問を提示する。

「鈴木　都山　八十島」に関しては、戸坂潤(21)の批評が重要である。

> 中野重治の「鈴木・（ママ）都山・（ママ）八十島」（文芸）を読む人は殆ど全く絶望するだらう。全体の文字の一二割が、しかも一等読みたい部分が伏字なのだ。私には話しが殆ど何も理解出来ない。〔中略〕気がかりになるのは、例の伏字の件である。今日の雑誌小説は、如何にそれがプロレタリア文学の作品であらうとも、とに角営業雑誌の注文に答へる答へ方でもつて、一応の作品価値が決つてくると云はざるを得ないのだが、さうすれば、あまり伏字にしないでも発表出来るやうな形で書くのも、また、色々の意味において作家的力量の問題ではないかと思ふ。尤もこれは作家と編輯者と支配者当局と、それから読者大衆との、要求の力関係から打算されることなのだから、読者が作家や編輯者や、更にまた支配者当局に対して、如何に自分の要求を貫徹するか、といふ読者自身の問題でもあるのだが。

戸坂潤は、読者として伏字の多い小説を読むことの「絶望」を述べたうえで、「今日の雑誌小説」として「営業雑誌の注文」に応答する必要を説き、伏字を少なくして発表出来るような形式を創造することも「作家的力量の問題」であると主張する。しかし、同時に、伏字問題が「作家と編輯者と支配者当局と、それから読者大衆との、要求の力関係から打算されること」であり、とりわけ「読者」に「作家」、「編輯者」、「支配者当局」に対して読む権利を要求する責任があることを認識している。このように「読者」の役割から伏字問題を考えることは、この以前の批評にも以後の転向五部作に関する批評にも意識されることがなかった視点である。つづいて「鈴木　都山　八十島」を論じる論者が伏字による読みづらさと批評の難しさを強調する一方であったことを考慮に入れればその認識の重要性はさらに浮き彫りになろう。

芹沢光治良[22]は、「伏せ字が徒におびただしく、どう努力しても作者の意を汲むことさへ出来ずに、あまりのぢれったさに最後には、作者の不幸に義憤を感ずるよりも、実は誤りが作者の側にあり、その責任も作者にあるやうな感を与へられてしまふ」（傍点原文）とまで述べた。読者としての自覚や責任はおろか、伏字を小説家の「誤り」や「責任」として追及している。浅見淵[23]は、「殆ど半分以上伏字なので批評は差控へたはうがいゝ」といい、「事実、作者の描かんとした意図が、伏字の為に充分に掴めない」と嘆くところで批評を諦念している。伊藤整[24]は「消された所が多くつて、折角期待して読んだのに途中で投げ出されるやうな場面がある」と述べ、片岡良一[25]は「今に解るか今に解るかと思ひながら、半分どころまで読み進んだが、結局伏せ字伏せ字で十分解るやうにはなりさうもないので、終に投げ出して了つた」と批評の放棄を告白した。「小説が発表されるごとに何時もお極りのやうに伏字が沢山にあつた」中野に「手加減して小説が書けぬのかと、この作者らしくない悧巧らしくない遣方を忌々しく思うたことがあつた」（傍点原文）という室生犀星[26]は、治安維持法体制の同時代状況から目を反らし、読めるように書けぬ小説家側に伏字問題を転嫁し、自らは安全な場所から読者として批評家として「悧巧」な創作方法を要求していた。

このような批評の後に行われた創作からすれば、中野は確かに批評家たちの要望に答えているように思われる。「村の家」、「一つの小さい記録」、「小説の書けぬ小説家」における伏字箇所は前の二作と比べれば、極めて少なく、ここから伏字問題はほぼ解決されたかのような印象があるからである。とりわけ、「小説の書けぬ小説家」は、伏字の多いことで有名な『改造』に、ほとんど伏字にされずに載っていた。それが決して小説を書く小説家の環境の改善を意味しないことはその後の歴史が物語っているが、次節では、小説を読むのにほぼ問題が生じない程度の伏字しかなくなった一連のテクストが、大半が伏字にされた前の二作と読者（批評家）の反応に対する作者の応答であると捉え、治安維持法体制下における小説の方法を明らかにしたい。

その際、以上で確認したような伏字をめぐる同時代状況そのものを小説化して見せた「小説の書けぬ小説家」を中心に議論する。この時期に発表された小説が初めて『小説の書けぬ小説家』として単行本化された際に、転向五部作のなかでは前者の二作が入ることができず、後者の三作のみが入っていた。伏字だらけで読むことすら容易でなかった二作を排除し、「小説の書けぬ」状況のなかでも読者に読まれるように書き得た小説のみを載せ、同時期の創作を総括するような単行本に「小説の書けぬ小説家」というタイトルがつけられたことからも、この小説テクストの重要性は疑えない。

## 4. 伏字問題と「小説の書けぬ小説家」の方法

小説家である高吉にとって「小説の書けぬ」理由は様々であるが、なかでも「検閲」と「伏字」は当面の問題である。高吉は「めつたに書かぬのだつた」が、「たまに書けば伏字だらけでさつぱり分からなかつた」。「伏字だらけ」で発表された小説をめぐって「小説家」と「雑誌編輯者」、「批評家たち」との間では食い違いがある。たとえば、小説を書いていこうとする高吉の筆を止めさせたのは、次のような想像であった。

「高木高吉だつておれたちのことがわかりそうなもんじやないか……」

目を赤くした編輯者の一人が、おでん屋で同僚にそういつてゐる図が高吉にも見えた。またあまり伏字が多いので、高吉自身、それに虚栄心を感じてやしないかと編輯者たちに思はれまいか気になつたことさえあつた。それは批評家たちの言葉の影響でもあつた。彼らは書いてゐた、「高木高吉氏の今月の作品はあまりに伏字が多いので興味索然とする。氏の妥協しない態度には立派さを感じもするが、今日の作家としてもう一工夫あつて然るべきではなからうか?」（一四頁）

高吉は「批評家たち」が「書いてゐた」批評テクストの「言葉の影響」によって「編輯者たち」にも「伏字が多い」ことを作家の「虚栄心」として誤解されるのではないかと心配している。批評家たちは、高吉の小説について「伏字が多いので興味索然」としたという感想を述べ、「今日の作家としてもう一工夫」が必要だと説いた。だが、「小説家」にも言い分がないわけではない。地の文の書き手は、高吉の「妥協しない態度には立派さを感じもする」という「批評家たち」に対して、「批評家は誤解してゐるのだつた」と説明し、「高吉の小説には過激な文句なぞは決してなかつた」ことを告白する。高吉は「妥協してるかしてないかとなれば、いまの支配者たちにはつきりと妥協してるのだつた」という。高吉は「刑務所で死ぬのがいやになつて、悪うございました、もうこれからは決して致しませんとあやまつて勘弁して貰つた人間だつた」のである。高吉は「景色や人間を書かねばならなかつたが、景色や人相を書いた言葉が伏字にされた」。「批評家たち」は、このような伏字の実像を把握していない。それを「批評家たち」の「誤解」といったのである。

高吉が「疲労から来た校正者の混乱だらう」と思いこむほどの伏字(27)と批評家たちの「誤解」は、第2節で確認した同時代における中野と「鈴木　都山　八十島」の伏字問題と重なっている。「鈴木　都山　八十島」の伏字の多くはまさに「景色や人間」を描いた言葉にすぎず、決して「過激な文句」には限らなかったのであり、中野はその実像を批評家たちに訴えていた。それでは、このような「小説の書けぬ」状況下で「小説家」が小説を書き、発表するためには如何なる方法が構想されたのか。例として、「小説の書けぬ小説家」における「徳田政右衛門の話」に関するエピソードの描かれ方を、伏字によって小説を読むことが殆ど不可能であった「第一章」との比較によって明らかにしてみたい。

彼はのぼせるやうな気組みで徳田政右衛門の話を書きはじめた。そして三枚五枚と書き進めながら、誰か絵かきが出て来てあの文学者を辱しめるほどやつゝけぬかなとちらり〳〵待つた。（一七頁）

傍点の「書く」という動詞の活用形に注意してほしい。「書きはじめた」や「書き進めながら」という進行を表す「書く」という動詞が信号になって、この後、「徳田政右衛門は高吉の親類だつた」という文章によって「徳田政右衛門の話」が展開される。そして実際に発表された雑誌誌面の頁で換算すると、高吉が書いたとされる「三枚五枚」（一七頁から二一頁まで）ほどの内容が書き綴られていく。これを「書け」ているのが高吉ではなく、地の文の書き手であることはいうまでもない。だが、読者からすれば、「書きはじめた」という文章の後に展開される内容はあたかも高吉がいま書いているもののように読めてしまう。

そして「しかし高吉の書きたいのは人口問題だつた」という文章によって話が閉じられてはじめて、それまで書かれていた内容が高吉の「書きたい」ものが書かれた結果ではなく、高吉は依然として「小説の書けぬ」状態にいる事実が知らされるのである。読者は、「小説家」が「書きたい」内容が書かれた完成形の「小説」ではなく、高吉もおそらく地の文の書き手も「書きた」かったそのものではないエピソードの断片を読まされたわけである。それでは、「書く」という動詞の活用形を信号にしてはさまれているエピソードは、どのように展開され、「小説」化されるべきであったか。

> しかし高吉の書きたいのは人口問題だつた。あるひは失業問題だつた。民蔵の失業で家中困つてゐた時上海出征への召集が政右衛門を安堵させた。其の時政右衛門は言葉通りはれ〴〵としてゐた。〔中略〕高吉の書きたいのは戦争がかもし出した問題そのものだつた。戦争自身は、戦争に行つたことも兵隊に行つたこともないから書けなかつた。彼は一昨年大演習のあつた郷里の村の話も書き加へた。この頃聞いたある二等兵の話も書き足さずにはゐられなかつた。××たちがダンスホールに通ふ。××××は長時間水を飲まずにゐる演習をする。だんだん書き進んで行つて高吉は止めてしまつた。印刷されたものについての検閲はもうどうでもよかつた。ただ死んだり殺されたりすることが恐しかつた。裁判所の睨みは充分利いてゐた。要するにもう一度しばられるのがいやだつた。（一二一〜一二二頁）

高吉が「書きたい」のは、実際に小説テクスト上に書かれていた「徳田政右衛門の話」から「人口問題」と「失業問題」へ、ひいては「戦争がかもし出した問題」へまで発展させた「小説」である。高吉は、経験の不足から「書けなかつた」部分があり、また主題を表すための素材を「書き加へ」、「書き足さずにはゐられなかつた」部分があった。しかし、「書き進んで行つて高吉は止めてしまつた」とされる。「印刷されたものについての検閲」の問題などではく、「死んだり殺されたりすること」への恐怖が彼の筆を止めさせたのである。それゆえに、読者の前には、地の文の書き手が書いている一部の素材（＝「徳田政右衛門の話」）の断片のみが提示され、さまざまな同時代の事象が書き加えられ、さらなる問題意識（＝「戦争がかもし出した問題」）を導き出すべきであった「小説」そのものが空白に付されたまま現れたのである。

だが、逆説的にもこのような小説の方法は、「小説家」高吉が「書けなかつた」「小説」の内容を、地の文の書き手が書いた一部の素材から想像して発展させていくことを読者の役割として残しているとも考えることができる。地の文の書き手が「小説」の素材に過ぎない話として一見当たり障りのないように（伏字が殆どないように）書いたエピソードから、書かれるべきであった「小説」を読み取ることは読者によってのみ可能である。治安維持法体制下で「小説の書けぬ小説家」が「書きたかつた」が「書けなかつた」「小説」は、読者によって読まれなければ浮き彫りにされ得ないのだ。読者には、「小説」を書くことと読むことに加えられた暴力の実像を自覚しながらその内容を想像して読む義務が課される(28)。

高吉が書こうとしたものが第2節で確認した「第一章」に書かれた内容、即ち「満洲戦争は上海攻撃」へ移り、「戦争の帝国主義的性質と農民恐慌の本質とが一般的に明るみに出かけていた」状況であったと考えれば、その言葉がすべて伏字にされた「第一章」と批評家たちの批判（第3節）に対して、「小説の書けぬ小説家」が試みた伏字のない小説のあり方は、まさに批評家達が要求した「今日の作家としてもう一工夫」の結果であったといえる。また、小説家が考案した「一工夫」が、読者に読みの責任を課している点で、戸坂潤が指摘した伏字の論理と読者の役目の問題を内在化しているとも考えられよう。

## 5. 治安維持法体制と小説の方法

それでは、治安維持法体制のなかでこのように模索された創作方法によって書かれ、発表された「小説の書けぬ小説家」は、如何なる読みの実践を要求しているか。小説テクストから浮かび上がってくる治安維持法体制と伏字問題をめぐっての考察をさらに進めたい。その際の対象になるのは、第4節で扱った焦点人物の高吉が書いた小説における伏字問題とは異なるもう一つの層、すなわち中野が書いている「小説の書けぬ小説家」というテクスト上に施された伏字の問題である。

彼は出来るだけ心をしづめて書いて行つた。彼は彼の裏切りを具体的に書かねばならなかつた。そのために何を裏切つたかを書かねばならなかつた。彼は日本の××運動と××的組織とを裏切つてゐた。それでそれを書かねばならなかつた。彼は検閲のことも考へて見た。難点はないやうに見えた。彼の書くくらゐのことは警察の××も予審××も××長も××も公然といつてゐた。〔中略〕しかし彼の考へは、その後も甘いとは思はなかつたが、結果としてはてんで通用しなかつた。（一五頁）

高吉には「書かねばならなかつた」ことが多くあり、それを書くために彼が用いる言葉は「公然」と使用されていたものであったので「検閲」に関して「難点はない」と思えた。だが、「結果としてはてんで通用しなかつた」。この後、地の文の書き手は「社会民主々義的な著者や編輯者」に対する「検閲の差別意識」に関するエピソードを展開することで、伏字が特定の言葉に対する禁止ではなく、言葉を発する主体に関わる問題であったことを教える。言葉の所有権がどこにあるのか、すなわち言葉を用いることが許される側と言葉の使用が抑圧される側とを分けることが「検閲」であり、後者に属する高吉の言葉は、それがいくら「公然」と使われていたものであっても伏字にされざるを得ないのである。

高吉のいう「検閲の差別意識」の背景には治安維持法体制の歴史的変化があった。「小説の書けぬ小説家」では「憲法問題がやかましくなつたときの国民主義者、××（愛国）主義者の言動に比べれば、運動を裏切つていなかつたころの彼（高吉—引用者）の漠然とした感情など屁のようなものだつた」と書かれていた。「憲法問題」とは、一九三五年の美濃部達吉の天皇機関説事件をさし、それは右翼や政友会の批判によって当時の岡田内閣が美濃部の憲法学説を公式に否定し、三月二三日には国体明徴決議案を発表するに至った。だが、すでに「一つの小さい記録」でも言及されているように、一九三二年の「五・一五事件」をめぐって治安維持法体制はその「逮捕の仕方」からして「国民主義者」や「××（愛国）主義者」とマルクス主義者との間に明確な「差別」を行っていた。「五・一五事件」の後、行き過ぎた国家主義運動や右翼犯罪に対する対策も講じられはじめたが、「国家主義運動が「忠君愛国」を掲げている以上、警察はそれらを「抑制」するよりも、「運動が合法的な範囲にとどまるよう指導」することにとどめていたのである(29)。

しかし、前記の引用が中野の「小説の書けぬ小説家」の初出であることを考えれば、「（高吉が―引用者）書いて行つた」という信号とともに、地の文の書き手によって書かれた内容（＝伏字問題）が、それが印刷され、流通され、読者の手に渡された雑誌誌面において実際の伏字にさらされているというような重層的暴力の状況を露わにしている。そして伏字に値する言葉は、「刑事」、「判事」、「裁判」、「検事」であり、これらの主体はまさに治安維持法体制を構成するのに欠かせない要素である。いみじくも高吉の小説には許されなかった言葉を占有する主体は、「××」になって小説テクスト上に浮上し、中野の「小説の書けぬ小説家」に暴力を加えたものとしてその姿を現したのである。

この後、「検閲」によって伏字にされたり発禁になったりすることを超える治安維持法体制の暴力への恐怖は、高吉に小説を書く行為を中止させ、高吉は「印刷されたものについての検閲はもうどうでもよかつた。ただ死んだり殺されたりすることが恐しかつた」といっていた。高吉を「小説の書けぬ小説家」にした理由のなかで、彼が書く言葉が生死を分かつということより強烈で根本的なものはない。「転向」して出所した高吉にはまだ「ちよく〳〵やつて来る所轄署の係り」がいた。同志の「竹内が×（殺）された」ことを書けば、「細かい事実を」「拾はれること」によって「生きてゐて捕まつてゐない」他の同志である「田川」の死にもつながる可能性があるだろう。何より「書きたい」ことを書くことによって高吉は、再び「しばられる」可能性が充分にあった。

少ないからこそ注意を引く「村の家」の伏字箇所にも「桜井が××（警察）で×（殺）された」という文章が含まれていた。「小説の書けぬ小説家」で繰り返された「竹内が×（殺）された」という文章は、まさに前述したような一九三三年における死（多喜二）と生（転向）の分かれ道をテクスト上に刻印し、殺したという暴力の隠蔽のために再びその言葉を伏字にする（抹殺する）という治安維持法体制の在り様を暴露する瞬間になる。

××なんてなひどいとこなんだ。寒くてみんな骨まで凍えてるんだ。竹内の年譜が出てね。あいつがもぐつてた時代の年代表が印刷してあるんだ分かつてるだけでも発表しとく方がい丶つて了見だらうがね。おれは無論反対さ。そんなこと清算傾向ぢやないか？　そんな具合に寒いんだ。（三二頁）

「小説の書けぬ小説家」の最後の部分で中国にいる渡邊に向けて書かれたこの文章は、竹内の死を基準にして現在一つの「年譜」が、「年代表」が作られること、それが竹内個人の死を歴史化することで、生を選んだ人々の「清算傾向」につながるのではないかという心配を表出している。竹内の死を引き受ける生をもって依然として、以前にもまして「小説の書けぬ」状況に対峙しなければならない、「書かねばならない」小説家としてそれは危うい「清算傾向」に見えたのである。ここで「××」にされたのは、「日本」である。

少なくなった伏字が「小説の書けぬ」状況の悪化によるものであるというイロニーのなかで、「××」を読むことが読者によってのみ遂行されるという意味では、竹内の死を「清算」することなく生きつづけねばならないことは読者にも要求される。「××」に「日本」を埋め、治安維持法体制の状況を捉えることが、「書かねばならなかつた」「小説の書けぬ」高吉の状況を理解する条件になる。その意味で、殺された「桜井」と異なって息子の勉次が生を選んだ以上、「村の家」における父と息子の関係も次のような文脈で理解される必要があろう。警保局が「転向」施策を導入し始めた際に発表された「共産主義者の転向方策」（一九三五年）には、釈放者に対する「視察」では、「いたずらにしばしば家庭その他を訪問することを避け、でき得る限り父兄等を密かに呼出して、その状況を聞知する等の方法を取」るように指示が書かれていた(30)。思想検察の「思想係執務綱領」にも「捜査の準備」に、起訴猶予者・出獄者について「父兄其他保護者との打合及指導」が規定されていた(31)。

一九三三年以後、このような小説を読む行為こそ、治安維持法体制下で獲得された小説の方法を媒介にして読者（批評家）と小説家が連帯する可能性を導いてくれる。「小説の書けぬ小説家」がかろうじて書き得たことから「書かねばならなかつた」ことを読むことで、読者がテクストを完成させるのだ。

## 6. いま、「小説の書けぬ小説家」が待っている読者

本章では転向五部作における伏字内容を確認し、同時代評を通して伏字をめぐる認識を明らかにした。そのような状況を小説にしている「小説の書けぬ小説家」における伏字問題をまとめ、それに対峙するために試みられた方法の内実を捉えた。治安維持法体制下で小説家が小説を書く行為に加えられた制約のなか、「小説の書けぬ小説家」が如何なる創作方法を模索し、その方法は同時代に対して如何なる批評性をもち得たのかを考察するためであった。

小説を書く現場をめぐって展開される「小説の書けぬ小説家」は、書く者と読む者が取り結ばれる現場を作り上げていた。「小説の書けぬ」暴力的状況に対して、最小限の伏字をもって小説を書く方法、読者がその伏字を埋めて読み、小説家が書き得なかったことをも想像することで連帯する可能性に開かれていたのだ。

そして「小説の書けぬ小説家」の方法は、伏字問題から小説テクストをほぼ自由にすることには成功したといえるし、当局からも「とも角も問題となつた小説」(32)として怪しまれながらもその視線を逃れることが可能であった。残った問題は、「書かねばならない」ことと「書きたい」ことが治安維持法体制の暴力の前で中断されること自体を小説化し、「書けなかつた」部分の読みを読者に呼びかける形で書き得たこの小説が、実際、如何に読まれてきたのか、であろう。

答えはすでに第1節で検討した通りである。「小説の書けぬ小説家」は、転向五部作における「失敗作」や「後退」としてその断片性が批判され、「ひとり合点な小説」と評価されてきた。その結果、「書いてゐた」内容よりむしろ

「書けなかつた」内容がその状況とともに読まれることを望んだ「小説の書けぬ小説家」の願いは叶わなかった。

いままでの読者の時空間は、このような読みを行う必然性（必要性）に欠けていたであろうか。しかし、現在、読者の〈歴史的時間〉の獲得なしでは、高吉がいうが如き「ひとり合点な小説」にすぎず、決して完成することができないこの小説が、その完成を催促してくる。

第7章

# 疑惑を生み出す再読の時間

太宰治『新ハムレット』（一九四一）論

## 1. 『新ハムレット』に「政治的な意味」はあるのか

太宰治の『新ハムレット』は、一九四一年七月二日、文藝春秋社から刊行された書下し小説であり、「はしがき」と「新ハムレット」で構成されている。一九四七年一月二〇日、鎌倉文庫の現代文学選23『猿面冠者』に再録される際に、「はしがき」は「初版序」と改題され、「あとがき」が加えられた。

太宰は、「初版序」で「人物の名前と、だいたいの環境だけを、沙翁の「ハムレット」から拝借して、一つの不幸な家庭を書いた。それ以上の、学問的、または政治的な意味は、みぢんも無い」と述べたが、「あとがき」では、「新しいハムレット型の創造と、さらにもう一つ、クローヂヤスに依つて近代悪といふものの描写をもくろんだ」ものとして自作を位置づけた。作者によって否定されていた「政治的な意味」が後に覆されたことの意味は、研究史における重要な問題でありつづけた。議論は、大きく二つにまとめられよう。

第一に、太宰の「政治的な意味」の否定とテクストの不透明さを戦時中という時代に起因していると見なし、消極的でありながら『新ハムレット』の同時代における批評性を評価しようとした議論がある。つまり、『新ハムレット』を伏字的テクストと捉えたものである。小泉浩一郎[1]は、「学問的、または政治的な意味は、みぢんも無い」という「初版序」の言葉から「色濃い韜晦（ママ）の姿勢」を読み取り、『新ハムレット』が「暗黙の時代批判」を行っていると主張した。磯貝英夫[2]も『新ハムレット』が「戦時下においては、あまりに浮き出すことをはばかった潜在的な主題の指示」や「予防的な発言」を有しており、「おとなへの疑惑を捨てず、それを、当時の戦時風潮にまでひきむすんで、暗に、時代批判をしくんだ」と見なした。「家族主義的国家という「なんだか大きい崇高な」ものの欺瞞に最初から最後まで騙されずに、疑惑を持って生きてきた」というハムレットへの評価[3]や、「政治の監視の目を逃れるためにも、検閲を欺くためにも」有効であったはずの「名作のパロディーという方法」の強調[4]などもここに含まれるだろう。

　第二に、「あとがき」における太宰の「戦後の発言は鵜呑みにできない」という立場に立ち[5]、『新ハムレット』に「政治的な意味」を求めることに疑義を表明し、宙吊りにされた真相や不透明さといったテクストの特徴をより強調した議論がある。山崎正純[6]は、「戦争批判のモチーフを強調する事は、もはや作品の正当な解説の域を超えた所作であった筈」と述べており、富岡幸一郎[7]も、テクストから「反戦思想や反時代的精神」だけを読むことは「「言葉」そのものへの作者の疑いといった性質を見そこなうことにもなる」と警戒した。

「メタ言語小説」として『新ハムレット』を読み、「「疑惑」へ向かう」テクストの構造と「メディアとしての噂」の機能を明らかにした渥美孝子[8]、「「劇の事件」といったものを解決に導くようなものは何一つな」い「バフチンのいう「本物の多次元構造」を有するテクスト」と評価した光木正和[9]、言語の不透明さを強調するために用いられたレーゼ・ドラマの形式を分析した津久井秀一[10]や頼雲荘[11]、『新ハムレット』の「メタフィクションの構造」に注目し、「唯一の意味を固定しない、モザイクあるいはアレゴリーとしてテクスト」の特徴を指摘した中村三春[12]は、作者の意図をくみ取ることから距離を置き、さらなるテクストの構造分析に向かった例である。

このような二つの議論の流れのなかで、「政治的な意味」＝同時代に対する批評性とテクストそのものの分析とが結びついて論じられる可能性を示しつつ、最終的には前者を否定した李在錫[13]の議論には注目せねばならない。レーゼ・ドラマの形式上の特徴を分析した李在錫は、本文中に「噂」として現れる「ノーウエーの侵略準備」が「〈危機〉によって造成された」こと、それに合わせて登場人物の役割が再編成されていくことをテクストの重要な展開として指摘した。また、「一九四一年頃の日本の「公私」」に関する歴史的文脈から「「公的」なことは「私的」なことの犠牲の上でしか成り立たない」背景を説明することで、テクストの構造と同時代のコンテクストが有機的に説明される展開を予示した。それにもかかわらず、議論は「「新王」として象徴される「近代悪」を通した時代批判、軍国主義戦争批判として解釈する傾向が一方で準拠化してある」ことを批判し、「問題は、善悪、真偽などの区別が決して自明なものとして姿を現さない」ことであり、「小説自体が事実の直接的な鏡となるのなら、それは小説ではない」と断言するところで終わっている。

ここから本章は出発する。つまり、研究史において詳細に検討されてきた真実の不確かさや出来事の不透明さによって「疑惑」を誘うテクストの特徴とレーゼ・ドラマという形式から〈歴史的時間〉を読み取り、「政治的な意味」を捉え直すことである。とりわけ、本章では、『新ハムレット』が初版時の一九四一年と再録時の一九四七年という二つの時間を刻印したテクストであることを重視する[14]。また、レーゼ・ドラマの形式を帯びていても『新ハムレット』が書かれた小説である以上、繰り返し読むことが可能であり、実際に一九四一年と一九四七年に二度、作者によって再読への催促が行われていることにも注目する。

日高昭二[15]は、「昭和十年代の太宰治のテクスト」が「新体制」を構成する要素である「ボイス／ボリュームに逆らうことを可能にする声／対話」という構造を作り出しており、それは「「新体制」という掛け声に対する違和」を表したという重要な指摘をしている。まさに同時代に対する読者の「違和」――本章の言葉でいうと「疑惑」――を作り上げる過程を、二つの時間にまたがる『新ハムレット』の再読によって浮き彫りにすることが、本章の目的なのである。

長引いた日中戦争の最中、対英米戦の開始の間際に書かれた太宰治の『新ハムレット』は、繰り返しテクストを読むことで「疑惑」を増幅させていく読者を要望し、その読みから〈歴史的時間〉を見て取ることを求めていた。テクストに刻まれた時間のなかで「疑惑」の内実を位置づける際に、いままで読まれてこなかった『新ハムレット』の二つのキーワード、「国家」と「戦争」が新たに浮上してくるはずである。

## 2. 再読を促す小説

最初に「初版序」と「あとがき」が含まれた再録版に、戦時中から戦後へ至る時間の推移に伴う読者への再読の要求と作者の再読の過程が刻まれていることから確認しておこう。作者は、「初版序」で「おひまのある読者だけ、なるべくなら再読してみて下さい」と述べており、「あとがき」では、「クローヂヤス」の造形こそ「私たちを苦しめて来た悪人」であったにもかかわらず、「文壇の評論の大半は、クローヂヤスのこの新型の悪を見のがし、正宗白鳥などものも、このクローヂヤスに作者が同情してゐるとさへ解されてゐたやうである」と同時代評(16)を批判したうえで、「このたび、ひろく読者に、再吟味を願ふ所以である」と繰り返し読者に再読を要求していた。

また、前述したように、「政治的な意味」がないという「初版序」と「近代悪」を描いたという「あとがき」との間では、作者が語る『新ハムレット』の主題が明らかに変更されており、読者に読みの修正を促していた。ここで留意すべきなのは、最初に『新ハムレット』を「再読」し、「再吟味」したのは作者自身であり、それは「初版序」の末尾に記された「昭和十六年、初夏」から「あとがき」の末尾に記載された「昭和二十年冬」までの間に行われたということだ。執筆当初には明確でなかったかもしれない小説を読み直すことで、新たな意味を見出した作者から読者へと再読の勧誘が行われたのである。一九四一年に一度読んだ『新ハムレット』を一九四七年に再び読む読者は、作者とその間の時間を共有していたであろう。そして現在の読者は、小説の作者に意図の書き直しを促した戦後日本の〈歴史的時間〉を呼び込みながら再読をせねばならなくなる。

そしてこのような再読を可能にする形式は、まさに一回の上演で終わることなく、繰り返し読むことを可能にする小説にほかならない。「初版序」で作者は、『新ハムレット』が「戯曲」でない、「LESEDRAMA ふうの、小説」であることを語った。再読、すなわち時間の政治性に左右される読書行為そのものを意識した作者は、そもそも読むための戯曲であるレーゼ・ドラマという形式を取り入れながら、さらに「小説」であることを強調したのである。

以下、再録版に刻まれている時間を考慮に入れた読者の再読を再現するにあたって、もう一度その構成をまとめてみると、㈠一九四一年の初版の「はしがき」＝「初版序」、㈡一九四一年の初版から一部書き直された一九四七年の「新ハムレット」、㈢一九四七年の再録版の「あとがき」になる。この構成が要求する読みとその過程で獲得される〈歴史的時間〉とを考察するために、本章では次のような順序で論を進める。第３節では、「新ハムレット」の最後の場面まで読んだ読者が「初版序」の催促にしたがって再び最初に戻り、第４節では、そのことで得られた「疑惑」をもって全体を読み直し、第５節では、さらに増幅した「疑惑」を一九四一年において位置づける過程を再現する。そのうえで、最後に書き直された「新ハムレット」と追加された「あとがき」とともに一九四七年の時点における過去の時間（一九四一年）の再読の意味を問う。その際、『新ハムレット』の最後の場面においてクローヂヤスに対する「疑惑」の主体として現れたハムレットの意味と、「新しいハムレット型の創造」と「近代悪」としての「クローヂヤス」の描写をめざしたという「あとがき」の問題とに焦点を合わせるため、登場人物のなかでとりわけハムレットとクローヂヤスに限定した読みを行うことにする。

## 3. 再読と「疑惑」

最後の第九章でハムレット（王子）に会ったクローヂヤス（王）は、「はじまりましたよ。戦争が、はじまりましたよ」と告げる。クローヂヤスは、戦争の発端を説明しながら、戦争の雰囲気を高揚する起爆剤として、ポローニヤス（侍従長）の息子でハムレットと同じく二三歳の青年、レヤチーズの死を知らせる。「一兵といへども祖国の船に寄せつけじと、レヤチーズは死ぬる覚悟、ヘラクレスの如く泰然自若たるものがあつたといふ」この文章からも明らかなように、クローヂヤスがあたかも直接に見ていたかのように話す内容は、聞き伝えられた一つの噂にすぎない。

王。「〔前略〕（レヤチーズは—引用者）惜しい男だ。父に似ぬ、まことの忠臣、いや、父の名を恥づかしめぬ天晴れの勇者です。〔中略〕レヤチーズは、尊い犠牲になつてくれました。父子そろつて、いや、レヤチーズの霊は必ず手厚く祭つてやらう。それが国王としてのわしの義務だ。」（三一八頁）

ここまですべての場面に居合わせてきた読者は、第八章を通してクローヂヤスがポローニヤスを殺したことも、そのことが王妃によって発覚したこともすでに知っている。したがって、前記のクローヂヤスの発話内容を疑うことができる。「父に似ぬ、まことの忠臣」という表現は、ポローニヤスとの争いの場面を想起させるため、「いや」と慌ただしく修正され、また「父子そろつて」という父のポローニヤスが死んだことを失言してしまった後も、「いや」と言い直されている。

しかし、そのことを知らないハムレットは、王の言動を観察してさらなる不信を抱くようになる。ハムレットより先に読者は、王の秘密を知り、王の言葉を疑いはじめているといえよう。だが、読者は、『新ハムレット』がト書きも地の文もなく、登場人物の対話のみで構成された「LESEDRAMA ふうの、小説」であるがゆえに(17)、ハムレットの発話として書かれた文章に頼ってのみ、王の表情や行動を読み取ることができる。「ポローニヤスは、どうしてゐますか？ あの人の胸中にも、悲痛なものがあるでせうね」というハムレットの質問に、クローヂヤスは次のように答える。

王。「それは、もちろんの事です。わしは、充分になぐさめてやるつもりで居ります。さて、王妃は、いつたい、どうしたのでせう。（中略）けふの布告の式には、王妃も列席してないと、具合がわるい。やつぱり、こんな時には、ポローニヤスがゐないと不便ですね。」

ハム。「では、ポローニヤスは？ もう、此の城にゐないのですか？ どこかへ出発したのですか？ 叔父さん、そんなに顔色を変へてどうしたのです。」

王。「どうもしやしません。このデンマーク国、興廃の大事な朝に、ポローニヤス一個人の身の上などは、問題になりません。さうでせう？ わしは、はつきり言ひますが、ポローニヤスは、いまこの城にゐないのです。あれは不忠の臣です。もつとくはしい事情は、いまは、言ふべき時ではない。いづれ、よい機会に、堂々と、包みかくさず発表します。」

ハム。「何か、あつたな？ ゆうべ、何かあつたな？ 叔父さんの、あわてかたは、戦争の興奮ばかりでも無いやうだ。僕も、うつかり、レヤチーズの壮烈な最後に熱狂し、身辺の悶着を忘れてゐた。叔父さんは、御自分のうしろ暗さを、こんどの戦争で、ごまかさうとしてゐるのかも知れぬ。案外、これは、――」（三一九～三二〇頁）

ハムレットは、「やつぱり、こんな時には、ポローニヤスがゐないと不便ですね」というクローヂヤスの言葉からポローニヤスの不在に気づき、つづけて質問を投げかけた後、クローヂヤスの反応を見て「叔父さん、そんなに顔色を変へてどうしたのです」と疑い始める。それから「叔父さんの、あわてかたは、戦争の興奮ばかりでも無いやうだ」という結論に至り、「御自分のうしろ暗さを、こんどの戦争で、ごまかさうとしてゐるのかも知れぬ」と疑いの視線を戦争そのものへまで向かわせ、「案外、これは、——」といいかける。このように「顔色」や「あわてかた」などといったハムレットが捉えたクローヂヤスの言動に助けられながら、読者はハムレットとともにクローヂヤスへの疑いを分かち合い、戦争が出現した状況にも疑いをもち始めるのである。それは、「——」という伏字的箇所を埋める読書行為にほかならない。

それから「デンマーク国の名誉、といふ最高の旗じるし一つのために戦へ！」と叫ぶクローヂヤスに向かって、ハムレットが「信じられない。僕の疑惑は、僕が死ぬまで持ちつづける」と独白して『新ハムレット』は閉じられる。そして戦争の勃発、王の言葉と戦争そのものへの「疑惑」を露わにしたハムレットと、その「疑惑」を共有している読者が残る。ここで獲得した「疑惑」をもって読者が「初版序」の指示通りに再び冒頭から読み始めるのであれば、初読の際よりさらなる「疑惑」をテクストの隅々にまで向かわせることができよう。繰り返し読む行為は、細部の記憶によってある言葉の反復やそれらの矛盾を明らかにすることを可能にするからである。とりわけ、最後の場面から冒頭に戻ることで読者は、一読だけで発見することの難しい呼応を見つけることができるかもしれない。

前記の引用の傍線部に注意しよう。王妃の不在が、クローヂヤスを「具合がわるい」状況にし、疑いをもって迫ってくるハムレットの言葉を回避するために、クローヂヤスは、「このデンマーク国」に話を転換させ、「いまは、言ふべき時ではない」と戦時状況を強調することで出来事の真実を述べることから逃げようとする。しかし、これらのクローヂヤスの言葉は、戦争が勃発した最後の章で初めて発せられたわけではない。次のような冒頭のクローヂヤスの言説に戻ることでそれは明らかになる。

王。「皆も疲れたらうね。御苦労でした。先王が、まことに突然、亡くなつて、その涙も乾かぬうちに、わしのやうな者が位を継ぎ、また此の度はガーツルードと新婚の式を行ひ、わしとしても具合の悪い事でしたが、すべて此のデンマークの為です。皆とも充分に相談の上で、いろいろ取りきめた事ですから、地下の兄、先王も、皆の私心無き憂国の情にめんじて、わしたちを許してくれるだらうと思ふ。まことに此の頃のデンマークは、ノーウエーとも不仲であり、いつ戦争が起るかも知れず、王位は、一日も空けて置く事が出来なかつたのです。〔中略〕かねて令徳の誉高いガーツルードどのが、一生わしの傍にゐて、国の為、わしの力になつてくれる事になりましたので、もはや王城の基礎も確固たり、デンマークも安泰と思ひます。（一八九頁）

傍線部のみを比較することで、クローヂヤスが最初に発した言葉を最後において再び反復していたことが確認できる。また、『新ハムレット』の冒頭に漂う戦争への危機感が末尾において戦争の勃発として現れ、王の言葉から始まってハムレットの疑惑で終るということ、これらが呼応する形でテクストを織りなしていることもわかる。

このようにして冒頭の発話内容から「疑惑」をもつようになった読者は、それを分析することを求められる。冒頭では、第一に、クローヂヤスの王位継承に至る一連の出来事が列挙されている。突然、先王は死に、その弟であるクローヂヤスは王妃（先王の妻）のガーツルードと急いで結婚し、王位を継いだ。「具合の悪い事」とまとめられるような、この王位継承の過程を表す文章は、「此のデンマークの為」という言葉で閉じられている。第二に、国家の危機的状況が語られる。「ノーウエー」との間に「いつ戦争が起るかも知れ」ない「此の頃のデンマーク」の現状がさらにクローヂヤスの王位継承を急がせた要因とされている。第三に、クローヂヤスが国王の座につくために不可欠であった王妃との婚姻が、「デンマーク」の「安泰」と結びついて説明される。

このように図式化してみると、クローヂヤスが自らの王位継承を正当化しようとする度、「デンマーク」という言葉が現れることが明らかになる。つまり、クローヂヤスの王位継承の正統性は、「デンマーク」という国家の名を繰り返すことでその真偽を疑わせる余地を与えない彼の言語的戦略によって不可視化され、また不問にふされていたのだ。

以上、最後と最初の場面を通して読者が如何にして「疑惑」を持ち得るのか、それをもって如何に『新ハムレット』を疑いながら読み直すことが可能なのかを考察した。次に全体の読みを進めていきたい。

## 4. 増幅する「疑惑」

読み返せば、『新ハムレット』の表の舞台には、二つの噂が広まっていた。現王は先王を殺していまの王妃とともに王座を獲得した。先王の亡霊が現れて王子のハムレットに復讐を訴え、ハムレットは乱心したという噂がその一つである。もう一つは、ハムレットが侍従長のポローニヤスの娘であるオフヰリヤを妊娠させたというものである。

一つ目の噂は、外国の大学にいるハムレットの学友、ホレーショーからハムレットへ伝わった。ホレーショーは、噂を「根拠」のない「はしたない民の噂に過ぎ」ないと捉える一方で、「デンマークの国中にひろがり、外国の大学にゐる僕たちの耳にまではひつて来てゐる」ことは「ただ笑つてすます訳にもいかない」といい、「大いに取りしまりの必要」があると忠告した。おそらく噂が新王の正統性を保証する言説構造を揺るがすものとして拡散していくことへの警戒が噂の「取りしまりの必要」として現れたのであろう。だが、ハムレットは、この噂を「冗談」として回避しようとしていた。それを伝えたホレーショーには、「少し冗談が過ぎたやうだね」と述べ、後にポローニヤスがその噂に「信ずべき節」があるといった際にも「ははん、ホレーショー、僕たちが冗談に疑つて遊んでゐたら、それが、本当だつてさ」と笑った。

冒頭の分析で確認したクローヂヤスの王位継承をめぐる「具合の悪い事」への疑いが表出した形にほかならぬ一つ

目の噂が、最後まで真偽の分からない言説として作用するのに対し、二つ目の噂の場合は、最初から事実として明かされている点で性格が異なる。むしろ、それは、次のような噂の機能を説明する役割のために設けられたのかもしれない。ポローニヤスがオフヰリヤの話を持ち出した際に、ハムレットがその話を一つ目の噂のことだと勘違いしたのに対してポローニヤスは、「なるほど、いやな噂が、もう一つあつた。此の際に、そのはうだけを騒ぎ立て、ご自分の不仕鱈な噂のはうは二の次にしようとなさる。ご自分の悪事を言はれたくないばかりに、やたらに他人の噂を大事件のやうに言ひふらし、困つたことさ等と言つて思案投首、なるほど聡明な御態度です」と憤激する。このポローニヤスの洞察は、ある噂を打ち消すために別の噂を持ち出して拡散させるという方法、しかもそれが自身の不利な状況を打開するためのものであることに対する暴露であったのではないか(18)。

クローヂヤスは、一つ目の噂に対してはホレーショーのように「取締り」を考えており(19)、二つ目に関しては、「どんなひどい噂だつて、六箇月経つたら忘れられ」るとして「オフヰリヤが、しばらく田舎へ引き籠つたら、それで万事が解決」だと述べていた。さらにこのような噂の「取締り」と忘却という方法に加えて、クローヂヤスは表の舞台を流れる噂を打ち消すための戦略としての新たな噂を作り出しているのである。まさにポローニヤスが暴露したその方法である。

新たな噂とは、冒頭のクローヂヤスの言説にすでに現れた、いまのデンマークを「ノーウエーとも不仲であり、いつ戦争が起るかも知れ」ない状況だと煽り立てることである。それは、如何にして広まったか。まず、ホレーショーはハムレットに「先王の幽霊が毎晩あらはれて、かたきをとつておくれつて頼むんださうですよ」と「民の噂」を伝えていた。「ださうです」という伝聞を表す文型は、噂を伝達する基本文型といえる。それに対して、王妃はホレーショーに、「デンマークは今、あぶない時なのださうです。ノーウエーでは、もう国境に兵隊を繰り出してゐるといふ噂さへあるぢやありませんか」と「デンマーク」にまつわる噂を同じく「ださうです」という伝聞の形式で語っている。それは、ハムレットによっても「いま、デンマークは、むづかしい時らしいからね。ノーウエーとも、いつ戦争が起るか、わかつたものぢやない」と「らしい」という推測や推量を表す表現をもって繰り返されていた。現王の正統性に亀裂を入れる噂が「ださうです」をもって伝わっていくことに対抗して、冒頭の現王が作り出した危機言説も王妃や王子によって「ださうです」「らしい」をもって再び広がっていくのである。伝聞、推測、推量を表す表現が絡まって噂に新たな噂を対峙させる。つまり、「デンマーク」の危機状況、戦争が迫ってきているという噂は、クローヂヤスの創り出した言説を反復することによって成立した、まさに「ハムレット王家の者」が「民」へと広めていったものとして浮かび上がってくるのである。それは「民の噂」を打ち消すための噂なのだ。

問題は、噂を打ち消すための新たな噂が、やがては現実の戦争を出現させてしまったことにあろう。まさに「冗談から駒が出た」ように、クローヂヤスがすべての「疑惑」を払拭しようとして作り上げた冒頭の危機言説は、「疑惑」の拡散にしたがって、しまいには実際の「戦争」を呼び込む結果をもたらしたのだ。噂の「取締り」に失敗し、王位の存立を脅かす周りの「疑惑」が浮かび上がってきた際、ポローニヤスを殺したクローヂヤスの選択は、唐突な開戦の布告であった。

クローヂヤスは、「デンマーク」と「正義」という思考の停止をもたらす言葉を挿入しながら、レヤチーズという青年の死を「赤心」に祭り上げて戦時の雰囲気を作り上げるために利用し、「霊」を「手厚く祭」ることでさらなる犠牲を要求する。一方で、「不忠の臣」として分類されたポローニヤスの「一個人の身の上」は、「デンマーク」という枠組みから排除された。このように編まれているクローヂヤスの言説において、いったい「デンマーク」とは何をさすのであろうか。ハムレットの「疑惑」は、「デンマーク」、そして「戦争」に向かう。

「疑惑」をもって行った再読の過程をまとめてみよう。本文中の言葉と区別するために、ここから言説の一形式とそれに対する態度表明は、〈 〉で表記する。真偽が不分明な言説、〈噂〉が流れる。〈噂〉を無視しても構わない情報として否認しようとする〈冗談〉があり、〈噂〉の真偽を明確にしようとする意志としての〈疑惑〉がある。〈疑惑〉は、真偽の解明を要求する。王の正統性、王座を脅かすような表側の噂も、その噂を収め、国民の関心を外に向かわせるために作り上げられた戦争の危機を醸成する裏側の噂も、すべて真偽が明確でない〈噂〉であった。前者はまさに真偽が明確ではない言説であるがゆえに取締りの対象になったが、後者は戦争のために煽り立てられる。そして最初に〈噂〉を〈冗談〉と捉えようとしたハムレットが、やがてその態度を変更して〈疑惑〉へと立ち向かったのである。

## 5. 一九四一年と〈疑惑〉

「初版序」による再読の催促とそれにしたがった再読の過程によって国家と戦争にまで〈疑惑〉を増幅してきた読者は、『新ハムレット』に刻まれた一つ目の〈歴史的時間〉を読み取ることができる。一九四一年、国家の正当性、すなわち日本の戦争の正当性を揺るがすような言説は、すべて流言飛語や造言飛語、デマとして取締りの対象になり、それを強化するための法の再整備が行われていた。国家によって、法によって嘘が管理される。デリダ(20)が「近代の法/権利」の「失墜」として指摘した、「国家権力がもろもろの言説の真実性をコントロールせんとして、私的なものの固有の領分と公共的事物の領野との間のもろもろの境界線を無視するまでになる場合」がここで極端な形で表れる。そして、法の統制に頼ってもなお「聖戦」に対する国民の疑惑が増幅していく際、体制の不安は、さらなる戦争を用意する。

具体的にみていこう。長引いた日中戦争の責任者でもある近衛文麿は、一九四〇年七月、第二次内閣を成立させた。九月には日独伊三国同盟に調印し、一〇月には大政翼賛会発会式を行っている。一九四一年一月には、「戦陣訓」が布達された。『新ハムレット』が書かれる最中である一九四一年三月に治安維持法が全面改正され、刑法が改正(「安寧秩序に対する罪」を新設)され、国防保守法が公布された。このような法制度の整備とともに、四月に日ソ中立条約が調印され、日米交渉が開始された。六月に独ソ戦が始まった後、七月に『新ハムレット』は刊行された。次に法改正が行われた三月の新聞記事を引用する。

第七十六議会の一つの大きな特色として看過すべからざるは、刑事立法の画期的な前進である、国家総動員法や臨時措置法の罰則の強化は、経済統制強化の線に沿つた刑事政策のあらはれに過ぎないが、本来の刑事立法が第七十六議会を一線として、飛躍的に発展したことは、我法制史上においてもいまだ嘗て見ないところである、緊迫せる内外の諸情勢が、国家をしてその法益を擁護するに厳罰を以てせしめ、違反者に臨むに強権を以てせしめるに至つたことは、万已むを得ないことであらうが、かくの如き刑罰法令の強化徹底は、これが運用に当たる者にして一歩方向を誤れば、不測の災厄を醸す結果となる（成立法案の時局的意義（六）／断罪の強化徹底／運用に善処要望さる／国防保安法／治安維持法改正／刑法改正／軍機保護法改正／軍法会議法の改正／陸海軍軍人軍属違警罪処分令中改正／兵役法の改正／議員の任期延長法）(21)

傍線部に注目しよう。ここから危機状況という認識が新たな体制を黙認していることを確認せねばならない。「第七十六議会」で成立した「刑事立法の画期的な前進」は、傍線のように緊迫した情勢によるものとして「已むを得ないこと」とされたのである。同時に、ここには、その運用の誤りがもたらす結果に対する警戒の念も示されている。しかし、憂慮は直ちに現実となり、つづく「国家機密の指定／便宜上、各省が行う／衆院国防保安法委員会」(22)という記事は、「国家機密」が任意に管理されていることを示す。「運用の万全期す／国防保安・改正治維両法」(23)と約束されたことは、「漏すな国の機密／国防保安法あすから実施」(24)と実際に改正法が施行された五月から早速「思想の隔離病舎／予防拘禁所長決る」(25)、「デマあの手この手〝これは内証〟に耳をかす勿れ／警視庁が重ねて警告」(26)といったさらなる厳しい抑圧の状況に陥る。

「国際情勢を繞る街のデマ絶滅／断乎、体刑で取締る」(27)という記事では、「特に独ソ開戦以来」の「激変する国際政局に幻惑されて最近根も葉もない流説が横行する傾きがあ」ることを指摘しながら、「今回取締方針に大転回をなし、戦時下の人心を攪乱する流言飛語をなすものについては、第七十六議会を通過した改正刑法の「安寧秩序に関する罪」により断乎七年以下の懲役または禁錮の重刑をもつて臨むことになり、二十五日午後警察署の特高主任を召集してこの方針を伝達、デマ取締りの第一線までこの趣旨を徹底せしめた」ことを告げた。六月の独ソ戦開始後の情勢に伴って、改正された法をもって戦時下における取締りがさらに強化されたのであり、それは、周知の通り、敗戦まで止まることなく拡張していく。「国府強化へ一筋道／断乎デマを斥けよ／国府全国宣伝会議席上、土橋少将力説す」[28]、「デマは断乎厳罰／独ソ開戦に市民よ口に御注意」[29]と戦争はもはや言葉との戦いになり、「国府強化」という旗印のもとで、国民には言葉の取締りと「厳罰」が科せられた。法の改正から運用まで瞬く間の出来事は、『新ハムレット』の執筆時期に行われたことである。

出来事の真相は、緊迫した情勢によって隠れてしまい、国家体制が権力を維持するために、体制を脅かすような〈噂〉はデマや流言飛語、ひいては国家機密として法的制裁をもって抑圧される。抑圧しきれなかった際には、実際の戦争を出現させることしか選択肢が残らない。国際情勢という〈噂〉を抑圧と弾圧の根拠として措定したために、その情勢を出現させるという論理の到達点として戦争があったわけである。

このように『新ハムレット』における危機を増長する言説と「デンマーク」という言葉が向かう方向、それらの言葉が発揮した論理は、一九四一年の日本における徹底的な言論弾圧によって戦争を可能にする新体制の論理でもあったのである。そこで〈噂〉という形式が国家の言説を疑わせる契機として作用することが重要になってくる。取り締られる対象になるその〈噂〉こそ出来事の真偽に近づいているからだ。

登場人物のそれぞれの発話の連続体を読む過程のなかで生成される〈疑惑〉は、個々の発話を読む行為を反復する時間の経過によって創られる読者の意識にほかならない。発話の連続体によって宙吊りにされた真実は、言説の連続体のなかで進行する戦争を可能にするムード、すなわち「新体制」に対する読者の〈疑惑〉を徐々に増幅させる一つの運動になる。このようにして「新体制」が形成されていく過程、「新体制」を支持する言説が重ねられていく過程そのものに対して読者の〈疑惑〉が向けられる。

そして『新ハムレット』の読書行為によってハムレットとともに〈疑惑〉をもつことを訓練された読者が、同時代の言説に対しても〈疑惑〉の視線を向けた際、『新ハムレット』はまさに一九四一年に対する〈噂〉として機能し始めるのである。つまり、『新ハムレット』というテクストが期待したのは、一九四一年における戦争の正当性を保証する言説（〈噂〉）に亀裂を入れる〈噂〉としての機能ではなかったか。真偽の不分明な言説であるがゆえに、常に〈疑惑〉を生み出す可能性を有し、他の〈噂〉に亀裂を入れることを可能にするような機能である。そもそも虚構言語から成り立つ小説が戦争を批判的に捉える際、そのまま造言飛語と見なされることは起り得る(30)。そうしたなかで、〈噂〉を〈疑惑〉にして繰り返し読み直す読者を要請する『新ハムレット』は、読者の読みにテクストの意味を委ねるという冒険を試みたのだ。

## 6. 一九四七年と過去の再読

ここまで『新ハムレット』の読者が再読を通して〈疑惑〉を生成する過程を再現し、その読みが一九四一年という〈歴史的時間〉に対して〈疑惑〉を生み出す可能性について考察してきた。「初版序」で要求された「再読」を行い、「初版序」と初版の「新ハムレット」が書かれた時間である一九四一年のなかで読みを進めてきたのである。そのうえで、修正された「新ハムレット」と「あとがき」が加えられた再録版の時間、『新ハムレット』に刻印された二つ目の時間である一九四七年の問題を最後に考えたい。

「あとがき」は、一九四一年には「悪」として確定し難い人物として描かれたクローヂヤスを、「近代悪」として読み返そうとしている戦後の太宰の姿を提示している。戦争が終わった後の太宰は、「クローヂヤス」の造形こそ「私たちを苦しめて来た悪人」であると判断し、『新ハムレット』を「新しいハムレット型の創造」と「クローヂヤス」という「近代悪」の「描写」を意図しているものとして捉えようとした。

このように戦後の時間が刻まれた「あとがき」における太宰の読み直しは、「新ハムレット」における本文の書き直しと呼応している。再録版には、クローヂヤスの台詞に「わしは、殺した。」という言葉が書き足された(31)。出来事の真相、言葉の真偽を確定しないように注意深く書かれた「新ハムレット」に、「わしは、殺した。」という言葉が現れ、「クローヂヤス」を「近代悪」として「再吟味」することを要求する作者の「あとがき」が加えられたことが、一九四七年の再録版を手にした読者の読みに強く作用するであろうことは疑えない。そしてこのような作者の読み直しと書き直しは、まさに一九四七年において、『新ハムレット』が〈噂〉になり、再び読者に〈疑惑〉をもたせることを促すために行われたはずである。

一九四七年の時点から振り返ってみると、周知の通り、一九四一年において『新ハムレット』というテクストは〈噂〉として機能することができなかった。デマや流言造語などとして弾圧を受けもしなかったが、〈疑惑〉を生み出すことで戦争を防ぐこともできなかった。現実では、さらなる戦争の勃発、一九四一年一二月の対英米戦から敗戦までつづく戦争があっただけである。そして、戦争が終わった。一九四五年一二月、GHQは近衛文麿、木戸幸一ら九人の逮捕を命じており、一九四一年の「新体制」を主導していた近衛は服毒自殺した。大元帥であった天皇は責任を問われないまま、新生への道を準備していた。まさに「あとがき」が書かれた「昭和二十年冬」の出来事であった(32)。

再録版が発行される前年、一九四六年五月三日、東京裁判が始まっていた。新憲法が施行されたのは、一年後の同じ日付、一九四七年五月三日である。その間に『新ハムレット』の再録版が発行されたのである。国際法違反、戦争の真相が次第に明らかになり、戦争の正当性が問われる最中、新しい日本が新しい法制度（象徴天皇制を含む）の下で再び建設されようとする。戦後の作者が期待した「新しいハムレット型の創造」が、「クローヂヤス」という「近代悪」を凝視し、〈疑惑〉をもつ読者の生成をさすのであれば、二度と「近代悪」にだまされないような読書（「再吟味」）の過程は、責任の所在を曖昧にすることを前提に再び「無責任の体系」が生まれようとしたこの〈歴史的時間〉において極めて重要な意味をもつといわざるをえない。

一九四一年からの時間を共有する作者と読者は、国の名前（本文中の「デンマーク」と現実の「日本」や「お国」など）を反復することで意味の無化、思考の停止を要求した体制がさらなる戦争に走り、戦争に負けた後では、その責任の所在を空白にしていた事実を見つめなければならなかった。殺し、殺された現実があるにもかかわらず、決して誰も「わしは、殺した。」（クローヂヤス）という言葉を発しない。一九四七年、新憲法のもとで新しい日本が再び提唱される時、そのスローガンそのものに〈疑惑〉を持ち得る主体、いまなお国家の言説に亀裂を入れる読者の創造を、一九四七年における『新ハムレット』という一つの〈噂〉は求めていたのではないか。国家と戦争に対する疑いをもちつづけることができなかった故に如何なる戦争がもたらされたかを再考することが小説テクストの再読によって要請されているのだ。

ここに至って『新ハムレット』が予めある「政治的な意味」を有するテクストではなく、読みの過程こそが〈歴史的時間〉を捉えさせ、「政治的な意味」を生成していくことを強調することができよう。本章では、『新ハムレット』の再録版に刻まれた二つの時間においてテクストがその位置や意味を変更しながら読まれる可能性を確認した。いまもなお〈噂〉として機能することを読者に訴えかけるテクストとして『新ハムレット』は存在する。それを〈冗談〉にしてしまうか、〈疑惑〉として追及していくのか、読者は問われているのだ。

『新ハムレット』の設定では、人物や場所のみが存在し、時間は説明されない。「初版序」でも「過去」という言葉が唯一時間を表している。最後に繰り返すが、王の言葉から始まり、ハムレットの疑惑で終り、また、戦争の危機を語る言葉から始まって、戦争が実際に起こるところで終る。この時間は、読書行為が行われる時間の政治性に基づいて読み返される。繰り返し、読み返される。

第8章

# 占領地を流れる時間

## 井伏鱒二「花の町」（一九四二）を中心に

### 1. 〈歴史的時間〉における「花の町」の評価

井伏鱒二の「花の町」は、一九四二年八月一七日から一〇月七日まで『東京日日新聞』、『大阪毎日新聞』に「花の街」の標題で五〇回にわたって連載された小説である（九月二五日、二八日を除く）。後に「花の町」と改題して、『花の町』（文芸春秋社、一九四三年一二月一五日）に収録された。

一九四一年一二月八日、対米英蘭戦が開始された。日本軍は、マレー半島に上陸し、ハワイ真珠湾を攻撃した。マレー沖海戦が行われ、グァム島と香港全島を占領した。翌年、一月にはマニラを、二月にはシンガポールを占領した。日本軍の占領下に置かれ、「昭南市」と改称されたシンガポールから「内地」へ送られた新聞連載小説が「花の町」であり、このような歴史のなかで「花の町」を如何に評価することができるかという問いが研究史の中心的課題でありつづけた。

平野謙(1)は、『戦争文学全集』に収録された作品のなかで「花の町」が「いちばん気持よく読めた」のは、井伏が

「日常的な世界しか書けないような作家的生理」を備えているからであり、「いつも平静心を見失わぬ」「作柄」が「おのずからな批評になっている」と述べた。東郷克美[2]は、「花の町」における「戦争と平和」の共存を「戦場においてさえ、いやそのような非日常的な場所であればあるほど山川草木、鳥獣虫魚、庶民的風俗におのずから目を向けさせ」た井伏の「固有の資質」に求め、「実際にはまだなまなましい空襲の跡も残っていたはずの占領地を舞台にしながら、それとはまったく逆に「花」によって象徴されるような平和」が「花の町」の「基調」になっていることを強調した。

二人に代表される初期の議論では、戦争を経てもなお変わらぬ井伏の資質がおのずから占領地において「戦争」ではなく、「花」に表象されるような「日常」や「平和」を描かせたところを評価していた。第Ⅰ部ですでに検討した、井伏文学における〈循環的時間〉が導出される過程がここでも繰り返されている。以降、議論は作者の資質から戦時統制下における執筆状況をめぐる問題へとシフトしていく。アジア・太平評戦争の最中、徹底した言論統制が行われたことは周知の事実である。戦後、戦時中に覆い隠されていた多くの史実が明らかになり、それらの史実に基づいて、一九四二年の「花の町」という小説が何を書くことができ、また何を書くことができなかったのかが問われている。つまり、〈歴史的時間〉が小説の空所を浮き彫りにするのである。

とりわけ、史実に照らして当時は書くことが不可能であった出来事として繰り返し言及されてきたのが、シンガポールを占領する際の華僑虐殺事件である。川本彰[3]は、「華僑虐殺と日本軍の華僑敵視政策」が行われた同時代において華僑を「善人」にして描いたところに「花の町」の「反戦文学ならざる反戦文学の意味」があると主張し、「花の町」が「日本軍の残虐行為と絶対な権力」という「背景については一言もいわず、おのずからにしてその背景をありありとうつし出」したと評価した。一方で、都築久義[4]は華僑虐殺事件という背景があったにもかかわらず、「苛烈な戦闘場面も生々しい戦争の傷跡も」なく、「昭南市が平和でよく治っている様子」を描いている「花の町」を当時の期待に応えた「従軍作家」の「従軍小説」として位置づけた。

反戦か、戦争協力かというような正反対の評価は、「作品のもつ二重性」(5)に起因しており、近年、その二重性を担保する「花の町」の表現や方法の特徴に焦点が合わせられつつある。この流れは、現実の空間である「昭南市」が「花の町」としてフィクショナルな空間に表象される際に、華僑虐殺事件といった出来事の空白が埋められる可能性があるかどうかという問題を提起し、それまで研究史において繰り返し「おのずから」という言葉で語られた「花の町」の批評性の内実を具体化し始めている。直接に書かれることはなくても焦点人物である木山が語るシンガポールにおける過去の出来事(イギリスの占領時における虐殺)から日本軍による華僑虐殺事件が重ね合わせられる可能性に言及することで「花」の表象から「戦争」の跡を読み取ろうとした野寄勉(6)や、「花の町」が「慎重に「平和」の裏にあるものの存在を示唆している」と主張した滝口明祥(7)がその例である。

華僑虐殺事件のみならず、占領政策のなかでも日本語普及に関する議論の成果は著しい。楠井清文(8)は、「占領地から「内地」へ向けて書き送られた」、日本向けの「報告・報道文の目的は、新聞等によって情報を補いながら、読者の「日常生活」に「戦争」という出来事のリアリティを現前させること」にあり、「それによって戦地と銃後は「総力戦」を闘う一つの共同体として結ばれる」ことを指摘した。そうしたなかで「日本語を通じて「日本の赤子」を作るという理念」を「滑稽化」してみせる「花の町」に占領地における日本語普及に対する井伏の「相対化の意識」を読み取った。塩野加織(9)は、「昭和一七年当時の日本語普及活動」と「花の町」に現れたそれらの描かれ方＝「「仮名遣い」」や「普及運動施策」、「時間」などの規範の揺れ」に着目し、占領政策への批評性を指摘した。

はじめて小説の初出掲載紙面の分析を行い、「「日常」をめぐる評価軸の形成と変容の過程」そのものを辿った塩野加織のつづく議論(10)はさらに注目すべきである。塩野は、同時代における「日常」という語が「「平和」や「安定」と共に量産されたことで現地住民個々の言葉の偏差を消し去」ったものであったにもかかわらず「戦闘場面の不在を「日常」と読み替え」てきた「戦後評価の歪み」を明示した。そのうえで、「花の町」が「同時代に典型的な南方表象の皮相を剥がす機能」をもっていたことを評価の軸にした。

以上のような研究成果を受け継ぐ本章では、小説テクストが掲載された初出の紙面を分析し、「花の町」が占領地から送り届けられた連載小説であることの意味を再び考察する。

新聞紙面において、新聞小説は極めて特異な位置を占めている。新聞紙面は、同じ日付のもとにかき集められた断片によって構成されている。関連性のない出来事を束ねるのは、日付のみである。そしてその特性故に、新聞は、アンダーソン(11)のいう「一日だけのベストセラー」になる。しかし、アンダーソンが指摘したかったのは、「印刷の翌日には古紙になってしまう」新聞という媒体がもつ意味の有限性ではなかった。むしろ、この「異常なマス・セレモニー、虚構としての新聞を人々がほとんどまったく同時に消費（「想像」）するという様式を創り出した」こと、すなわち新聞が「想像の共同体」を創造するうえでの欠かせない要素であることを強調したかったのである。

だが、多様な新聞紙面のなかには、一回性を拒む断片も存在する。連載記事がその一つであろうが、それとは比較にならないほど、今日の日付を翌日の日付へと、緊密につなげることを読者に要望するのは、連載小説である。断片を一つにして編集された単行本や全集では見えない、この日付と日付との間の連続性を保持する新聞小説の特徴をここでは強調しておきたい。そのうえで、新聞紙面で最も強く連続性を保っている小説が、他の断片化した記事との往復とともに消費される過程を再現していく。同一の媒体内部において、小説の空所を発見させると同時に埋めていく記事との関係を辿った後、再度小説を内包する新聞という媒体が、果たして「想像の共同体」を創出することに成功しているのかという問いをたてる。

その際、とりわけ本章で注目するのは、小説テクストの内外に刻印されている時間である。この時間が読者の記事と小説との間の往復運動をさらに複雑にする。以下では、小説内部の時間とそれが連載される新聞紙面の時間を往復する「内地」の読者の読みを再現し、如何に占領地が想像されていくかを考える。したがって本章では、事後的史実に照らした小説テクストの読みというより、同時代において「花」から「戦争」を読むことが可能であったかどうかという想像の可能性に重点を置く。出来事が歴史化されていく過程そのものへの検討、その過程における小説テクストの意味づけを試みるものである。

## 2. 占領地の時間を断絶させる〈あの日〉

「花の町」は次のように始まる。

この昭南市で一ばん大きな建物をカセイ・ビルといふ。周囲のアパートや民家や商館などに較べ、ばかばかしく大きな図体に見える十四階建の大建築である。以前は敵性に属する各種謀略機関の事務所にふり当てられてゐたといふことだが、今は日本軍の○○班の事務所になつてゐる。（八月一七日、第一回）

小説の舞台が説明される際、二つの時間を表す言葉が用いられていることに注目しよう。「以前」と「今」である。「昭南市」にある「カセイ・ビル」は、「敵性」に属していた「以前」から「日本軍」が占めている「今」へと変貌を遂げた空間として語られているのである。また、この部分を連載している『東京日日新聞』と『大阪毎日新聞』の同紙面には、写真つきの「生れ変つた昭南の表情／マレー語で問へば日本語で答へる／日の丸の下隣組も完成」(12)という記事が見え、「昭南」の「生れ変つた」「今」が伝えられている。この小説の冒頭と記事を読んだ「内地」の読者は、占領地を流れる時間を「以前」と「今」とで断絶させたある日付を喚起していたであろう。小説の空所は、明示されなくてもよい、共有されていた日付を近い過去から呼び出す。召還されたそれは、いうまでもなく、一九四二年二月一五日のシンガポール陥落の日である。

この日付は、如何にして「内地」の読者の集合的記憶として形成されてきたのか。媒体そのものの内部に日付を刻印しながら、ある出来事に付随する日付を反復することで意識的に集合的記憶を作り上げていく新聞からその過程を

図1　『東京日日新聞』（朝刊、1942年2月16日、1面）

東京日日新聞

# 新嘉坡陥落

二月十五日午後七時五十分

## 英軍白旗・無條件降伏す

帝國・百年決戦態勢全し

嚴粛・歴史的な降伏の瞬間

山下指揮官 英將パーシヴァルと會見

米英よ知れ大勢決す

皇軍の心力に敵なし

南方陸軍最高指揮官 寺内壽一大將

總參謀長 塚田攻中將

図2　『東京日日新聞』（朝刊、1942年2月19日、1面）

東京日日新聞

## 今日ぞ擧る日本時代進發の歡呼

赤心迸る戰捷第一次祝賀

畏し恩赦の御仁慈

參謀次長 田邊盛武中將

ビリン河敵前渡河

パレンバン完全占領

確認してみよう。

日本軍によってシンガポールが陥落した翌日の新聞には、「新嘉坡陥落」という標題の下に「二月十五日午後七時五十分」という時間が記されており、左の絵の下には、佐藤春夫の「亜細亜の夜明けを歌ふ／シンガポール陥落の日」が載っている（図1）。一八日の新聞には、「けふぞ祝へ大東亜築く大戦果／正午・東條首相発声で一億の聖壽万歳」と祝賀式の案内が掲載され(13)、その翌日には、「戦捷第一次祝賀式」における国民の熱狂ぶりが写真とともに新聞一面を飾っている（図2）。この日、東條英機首相はラジオで「天皇陛下万歳、万歳、万歳」と声を挙げ、国民はラジオの前で万歳を三唱することで応じ、皇居前広場に集まった十数万の国民の前に現れた軍服の天皇は、白馬に乗って二重橋の上に立って国民の万歳の声に挙手の礼をもって応えたという(14)。

このように新聞が大々的に報道し、読者の記憶に刻み込もうとした日付は、後にも繰り返されることによって共通の日付となっていく。たとえば、「花の町」の第四四回が連載された紙面には、「南に綴る」というシリーズ記事がある(15)。「廿年後の素晴らしい夢／陸軍報道班員／里村欣三記」と題され、「昭南日本語学園の日本語勉強」という説明の写真つきの記事は、「早いもので、もうあの日から六ヶ月以上の月日が経つてゐるのだ。今では現地人たちも別にいひ渋りもしないで「昭南」と呼び慣れて来てゐるが」という文章から始まっている。正確な日付を記す代わりに「あの日」と語ることで新聞紙面自らが作り上げてきた日付を喚起し、共有すべき自明な日付として強調していく新聞の機能が窺える。

こうして「内地」で作り上げられた集合的記憶としての日付を〈あの日〉と名づけよう。「花の町」の読者は、〈あの日〉（＝一九四二年二月一五日）から六カ月程経って占領地から送り届けられた連載小説を記事とともに読み進め、〈あの日〉によって「生れ変つた」かのように発展した日本占領下の「昭南市」の「今」を想像していくことになろう。さらに留意せねばならないのは、〈あの日〉の創造によって占領地を流れる時間を「以前」と「今」とで断絶させようとする新聞が、その目的に合わせて小説テクストの断片をも統合させ、読みの方向づけを行っていることである。検討しよう。

「花の町」の語りは、「昭南市」で「マルセンの旦那」と呼ばれる日本軍の宣伝班の班員たちと現地人との間のエピソードをいくつか連ねていく。宣伝班の木山喜代三を焦点人物にしており、同じ「五十五番館」に住んでいる昭南日本学園の園長である神田幸太郎も重要人物として度々登場させる。現地人としては、華僑である骨董屋のシンフハ老人とベン・リヨンの家族を中心に描いている。

語り手の特徴の一つに、木山と神田の対比をことさら強調しながら木山の立場に寄り添っている点を挙げることができる。神田と現地学校の校長先生が日本語の看板をめぐって行うやり取りを描く際、語り手は三回も繰り返し「傍観者」という修飾語を木山につけ、現地において日本語教育を行う占領政策の実行者たる神田ではなく、この「傍観者」である木山の視線を経由して場面の「じれつた」さを表現している（第八～九回）。

第一〇回目の連載時には、「話は別だが、」と骨董屋の話を持ち出している木山に対して「日本語と仮名文字を普及させたい」ということのみを考えている神田の話が幾度もなくずれていく場面が描かれ、語り手は「二人の話はこんな風にたがひに得手勝手で、ちぐはぐであつた」とまとめている(16)。だが、同日の新聞紙面(17)には「花の街／マルセンの旦那の本尊／奥さん、小説で夫と対面」という記事のなかで神田の「実在のモデル」として神保光太郎が説明され、その下に「本紙小説「花の街」のマルセンの旦那神田幸太郎こと昭南日本語学園長神保幸（ママ）太郎氏の活躍ぶり」というキャプションつきの写真が掲載されている(18)。この記事は、「得手勝手で、ちぐはぐ」な会話を見せる小説の断片から「傍観者」として描かれる木山ではなく神田の方に読者の注目を向けさせることで、明らかに小説の読みを「昭南日本語学園長」の「活躍ぶり」の方へ誘導しようとしている。新聞紙面の一部を占めている一つの断片として連載小説を読む過程が、小説全体を方向づけようとする語り手の役割を矮小化すると同時に、その断片が他の記事と交差することで読みの方向性そのものを変化させてしまっているのである。

また、〈あの日〉以降の「昭南」において占領政策が着実に遂行される姿に焦点を合わせようとする新聞紙面の意図が、記事よりも露骨な形で表れるのは小説の挿絵である。「ベン・リヨンの家」の一部として第二四回目に連載された小説の断片には「街の子供」という文字とともに日の丸をもった華僑たちの姿が描かれており、小説内容とは一切関係のない挿絵になっている。挿絵は、小説において不安な境遇に置かれた家族の安否のためにマルセンの旦那の協力を求めている華僑のベン・リヨンの姿を消し、華僑の日本への協力という面のみを強調しているのである。反面、つづけて現れる挿絵における日の丸は、一応小説内容と関わりをもっている。ベン・リヨンの「部屋のなかの仔細を見た」木山の視線を反映して壁に掛けてある日の丸が描かれ（第二七回）、その部屋のなかで発言しているアチャン（ベン・リヨンの母）の後ろに再び日の丸が強調される（第二九回）。そこでアチャンは、「なぜかといふに、馬来は日本の領土の一部である」、「しかしこの土地は最早や日本の領土でございました」、「しかし馬来は日本の領土である」と理由や逆接を表す接続語を用いて日本軍の占領している昭南市の現状とそれに順応する当為を再三強調している。そして同日の新聞の一面(19)には、「マレー・スマトラ建設の構想／鈴木軍政監談／先づ国防力培養に重点／引揚邦人復帰に優先権」という見出しの下位項目である「民族問題」において「華僑はこの度の戦争によつて日本の実力をまざまざと体験し、しかも安居楽業出来る自らの現在を考へ喜んで日本の建設に協力してゐる」と書かれているのである。日の丸を背景にした華僑を繰り返し描いている挿絵に、日本軍による占領を認めるアチャンの言葉、華僑の協力ぶりを報告する記事が重なって、占領地における華僑の協力という一つのメッセージが「内地」に向けて発信されている。

以上、「内地」において作り上げられていく〈あの日〉とそれに呼応して小説の断片を統合しようとする新聞紙面の運動の在り様を確認した。〈あの日〉は、占領地を流れる時間を「以前」と「今」とで断絶させ、読者に日本軍が占領する「今」の「生れ変つた昭南」を想像させようとした。次に、小説テクスト内部に刻印されている日付に注目し、その日付が〈あの日〉以前を取り戻すことによって占領地の時間の連続性を露わにし、〈あの日〉に亀裂を入れる可能性を考える。

## 3. 〈あの日〉以前を取り戻す

「昭南」が表象される際、〈あの日〉による時間の断絶は、小説の冒頭のみならず随所において現れていた。シンフハ老人は、ベン・リヨンを「昨年の十二月上旬までガヴアメントスクールの生徒であつた。多分にラッフルス大学生の気風を存してゐる」（第五回）と述べており、語り手は「まだ日は暮れきつてゐなかつたが、商店は食べもの屋を除くほかたいてい戸をしめてゐた。戦前には、現地時間の十時ごろ店は戸をしめてゐたさうだが、いまは東京時間の六時ごろ戸をしめてゐる」（第三四回）と説明している。前者の「昨年の十二月上旬」という時間は、再び「内地」の読者にもう一つの〈あの日〉、すなわち、一九四一年一二月八日の日本の対英米蘭戦争の開戦時を思い起こさせるに違いない。一二月八日という日付はすでに開戦の日として「内地」における集合的記憶となっていたからである。後者の「戦前」の「現地時間」と「いま」の「東京時間」とに分けられて描写される商店街の姿は、冒頭と同様な

〈あの日〉、シンガポール陥落の日を召喚する。二つの〈あの日〉は、占領地においてベン・リヨンを「ラッフルス大学生」から「昭南日本学園」の学生へ変貌させ、日が暮れなくても店の戸をしめさせる新たな時間の支配を宣告していたのである。過去と現在を切断する日付が「現地」と「東京」という空間を結びつけて、空間を占領する時間として現れたといえよう。

しかし、小説はその内部にさらなる日付、即ち現在の時間に呼び出される過去の時間をも取り込むことによって占領地を流れる時間を複層化する。第一九回の連載分で骨董屋のシンフハ老人とベン・リヨンは、事前の打ち合わせによって第三者の木山に聞こえるような会話を行う。ベン・リヨンとその家族を苦しめてきた「馬来人」の「ウセン・ベン・ハッサン」の悪行を「マルセンの旦那」である木山に訴えるためである。その際、二人の華僑は自らの経験した出来事を「一月十五日」、「一月二十五日」、「一月三十日」といった日付をもった報告の形で語っている。これらの日付は、二人が「日本軍の空襲におそれをなし」避難をした日やその際に「ウセン・ベン・ハッサン」と会った経緯を表すために用いられている。この報告によって木山と木山を経由した「内地」の読者は〈あの日〉「以前」の「昭南市」を想像することになり、占領地の時間の連続性に気づくことが可能になるのである。さらによい例は、「内地」における〈あの日〉の記憶の変更を余儀なくさせる次のような場面である。

「この穴は、何であるか。おそらくは、子供たちの砂遊びする場所であらう。」
するとと彼女は、折りとつた花の枝を木山の鼻のさきに近づけて答へた。
「この花の匂ひ……そしてこの地面の穴は、砲弾の跡でございます。日本軍が二月十四日に、プキテマからカセイ・ビルを撃ちました。しかし今日は、誰がこの穴にこのチヤパカの花を投げ込んだのでございませう。」（九月二三日、第三八回）

「花」の表象を考察する際に度々引用されてきた箇所である[20]。とりわけ注目すべきは、小説の冒頭で描かれた「カセイ・ビル」という空間が、日付を伴って再び登場していることである。木山にとって「二月十四日」までこの空間は空白に等しい。〈あの日〉以後の「今」の「昭南市」しか知らない木山は、「穴」の存在理由を「子供たちの砂遊びする場所」ほどにしか推測できない。だが、アチャンは、その「穴」が「日本軍」による「砲弾の跡」であり、「日本軍」が「二月十四日に、プキテマからカセイ・ビルを撃」ったことを日付をもって応えるのである[21]。〈あの日〉「以前」は「日本軍」の砲撃が続いていた戦場であり、〈あの日〉以降もなお連続している傷跡として残された「今日」の「穴」に「投げ込」まれた「花」をアチャンは「木山の鼻のさきに近づけ」たのである。日本「内地」と占領地をつなげていた木山と語り手の前に突きつけられた占領地における過去の記憶が「内地」の読者の前に迫ってくる。「カセイ・ビル」という小説の舞台となる空間に、〈あの日〉によって断絶されていた「以前」と「今」に、さらなる日付である「二月十四日」が突きつけられたことで、「内地」で形成されていた〈あの日〉と占領地への想像に対する修正が要求されるのだ。

この箇所が連載されている同日の新聞紙面に、「産業復興は好調　児玉顧問　新生ジャワを語る」という記事があり、「華僑の態度は如何」という質問に対する答えとして「敵性のあるのは全部拘禁してしまつたが、多くは軍政を信頼して楽しく暮してゐる。とに角彼等は商業上の力をもつてゐるので軍でも親日的なものはどんどん使つてゐる」[22]と書かれていることを見逃してはなるまい。「敵性のある」華僑の処置を述べる記事は、いみじくも小説の華僑たちが置かれた不安を想像するうえで欠かせないコンテクストを提供し、書かれていない空白を埋める役割を果たすからである。ここで「内地」の読者は、同時代において占領地における華僑虐殺事件を知ることはできなくても、「敵性のある」華僑の「拘禁」と「親日的」華僑の徹底した利用といった占領政策の暴力的あり方を読み取ることは可能である。

このように小説の断片を読んできた読者は、それまで不自然で強迫的に描かれてきた華僑の協力ぶりに対する違和の実態に出くわすことになろう。また、第2節で言及した反復されていた日の丸の挿絵、執拗に繰り返される「馬来は日本の領土である」というアチャンの言葉の過剰さを強く意識せざるを得なくなる。アチャンが華僑である自分たちのすべての行動が日本に対して協力的であることを強調すればするほど、それが日本の占領下の現実を脅迫的に示すのみであることを読み取った読者ならば、神田と木山の差異を増幅していく語り手が、読者に小説の細部＝木山側に立ち、記事や挿絵が制御しようとする読みの方向＝神田側に対抗することを促していることにも気づくはずなのである。そしてそれを意識した読者は、次に挙げている軍曹と木山の意味深長な会話を如何に解釈するのであろうか。

「四方山の話からして行つた」二人の会話は、「八十年来の、涼しさ」という天気の話から「しかし八十年前といへば、ここにこの町が出来てから間もなくの頃ぢやないですか。その頃ラッフルスは、まだ生きてゐたかしら」というシンガポールの創設者とされるイギリスの植民地建設者、「ラッフルス」の話へ急展開する(23)。


「あの野戦郵便隊の庭にラッフルスの銅像がありますが、あれはいつ取り除くんですかなあ。ずゐぶん、人に気を持たせる恰好に出来てゐる銅像ぢやないですか。」

「あいつ、このマライの偶像にでつち上げられてゐたのぢやないですかね。ラッフルスは、百年前に初めてこの島に上陸するとき、ここの土着の人類を皆殺しにした。もし僕が史実を実際よく知つてゐたら、さういふ発表をでき得るかもしれないですがね。しかし僕は、ちつとも史実を知らないです。」

「ははあ、それでは貴方も、あの銅像を好かんですね。自分はまた、日本から来る郵便が待ちきれんやうになるといふと、あの銅像がつひ憎くなつて来るんですね。あの銅像が野戦郵便隊の前で、腕組をして頑張つて立つてをるですからなあ。」（九月一九日、第三四回）

最初の発話主体である軍曹は、現在日本が占領している空間に、過去のイギリスの占領の痕跡として「ラッフルスの銅像」が残っていることに反感を表出している。このような軍曹の「ラッフルスの銅像」の捉え方は、同日の新聞紙面において昭南のラッフルス像が博物館へ移動されることが写真と共に掲載されている新聞記事と完璧な相応をみせている（図3）。〈あの日〉以前をまさに「取り除く」作業によって占領地の時間は断絶され、新たな占領者による〈あの日〉以降の「今」が新たに強調されたのである。

しかし、この話を持ち出した木山にとって「ラッフルスの銅像」は、切り捨てるべき〈あの日〉以前としては現れない。むしろ木山は、過去の時間がもたらす記憶として「ラッフルス」が「土着の人類を皆殺しにした」ことを喚起している。イギリスの占領下において「でつち上げられてゐた」「偶像」である「ラッフルス」から、過去に行われた残虐な行為を呼び起こしているのである。彼ら（＝イギリス軍）にとっての〈あの日〉＝植民地建設の日に、〈あの日〉以前の殺戮を突きつけているといえよう。だが、木山は、その「偶像」を破壊するためには、「史実」に基づいた「発表」が必要であるが、「ちつとも史実を知らない」がために、「さういふ発表」ができないと述べている。過去の出来事を再び掘り起こし、現在の「偶像」を破壊するための「史実」が要求されているのである。

図3 『大阪毎日新聞』（朝刊、1942年9月19日、3面）

「史実」とは、時間の経過とともに蓄積された記録によって明かされた事実にほかならない。その意味において、新聞は、「史実」の重要な構成要素の一つであるといってよい。毎日の日付を刻印した記事と小説が織り成す新聞紙面が、現在進行形で「史実」を形成していくのである。そして過去の出来事を〈あの日〉として歴史化しつつある、まさに新聞によって「でつち上げられ」つつある「偶像」＝「生れ変つた昭南」

は、その一部である小説が複層化し、相対化した時間によって覆される契機を有し、最終的には「史実」の修正、変更を催促されているのだ。

この場面に関して野寄勉(24)は、「この地に虐殺という行為があったことの暗示とそれに対する目下の態度のとりようがうかがわれる」と主張した。だが、果たして同時代の読者がその「暗示」を受け取ることは可能であったろうか。木山の言動が単なるイギリス占領下の過去ではなく、日本占領下の現在をさしていると主張することは、まさに「史実」に基づいた「発表」が重なって華僑虐殺事件の真相が明らかになったいまだからこそ可能なことである。むしろ問うべきは、事後的史実による「暗示」ではなく、新聞紙面を横断しながら「花の町」を読む「内地」の読者が、〈あの日〉が捏造しようとする「史実」にどこまで亀裂を入れ、現在明かされた「史実」に近づくことができたのかである。

当時、確実に行われていた華僑虐殺事件を「公表」することはできなかった。むろん「ちつとも史実を知らない」ためだけではなかった。木山がそれを「公表」することも、読者が知ることも塞がれる現実があった。しかし、少なくとも占領政策の暴力性を隠そうとしながら露わにしてしまった記事と、その暴力性を内包する日付を突きつける小説との間で、華僑に対する苛酷な占領政策の実情を読むことに辿りついた読者なら、〈あの日〉が覆い隠そうとする暴力への加担を拒否したはずである。「花の町」における時間を読み、〈あの日〉以前を取り戻すことの意味はここにあるのだ。

## 4. 日付をもった記録という方法

次に、いままで確認してきた「花の町」の方法を、同時期の井伏のテクストの生成過程から見出したい。テクスト内部の時間が「内地」において想像されていく占領地のイメージを相対化するという「花の町」が試みた方法は、

「花の町」が書かれる前後、テクストに日付を書き込みながら「昭南市」での経験を書き綴っていく井伏のテクスト群の運動と同じ方向性を見せているからである。

当時、井伏は、新聞小説や随筆、日記など、記録性の強い文章を多く発表しており、それらの日付を伴う記録行為によって「昭南市」という空間とその空間を流れる時間を表象してきた。最初に挙げたいのは、「昭南市の大時計」である。一九四二年六月二七日『東京日日新聞』朝刊、四頁の「文化」欄に発表された短い文章は、「昭南市旧公会堂の時計塔」というキャプション付き写真とともに掲載された。「花の町」が連載される一か月半程前のことである。新聞紙面の最後の頁の最下段に位置が決められている連載小説とは異なって、文化欄に掲載されている「昭南市の大時計」は読者に記事として認識されたであろう。

いま昭南市の野戦郵便隊の使用してゐる建物は、戦前には新嘉坡市公会堂の正庁であつたといふことである。この建物の玄関前の広場にはラツフルスの銅像が、正面に見える海に向つて南方赤道に光る潮を睥睨する恰好で立つてゐて、建物自体の外側壁間には、大きな文字で〝OUR CLOCK〟と記されてある。（一二三頁）[25]

この始まりは「花の町」の冒頭と同様に、「いま」と「戦前」という時間の対比によって空間を説明している。時系列からすれば、「花の町」がこの記事を反復しているといった方が正しい。旧公会堂の正庁であったが、「いま昭南市の野戦郵便隊の使用してゐる」という建物の前には、依然として「ラツフルス銅像」が立っており、外側壁間には、「大きな文字で〝OUR CLOCK〟と記されてある」。ここは「花の町」において軍曹と木山の会話に登場していた場所である。『東京日日新聞』の読者は、「花の町」が連載される前にこの文章に接し、ここで語られている「昭南市」という現実の空間と小説の舞台を重ねて小説を読み始めたであろう。

「二月十八日の午後、その数日前までは敵のものであつた昭南市の新聞社へ初出勤する途上」、「私」はこの「われらの時計」に気づき、その意味を気にしていた。「数日前」が、シンガポール陥落の二月一五日を基点にした時間であり、読者の記憶に新しい〈あの日〉であることは繰り返すまでもない。「現地人の記者」の一人によって解けた「〝OUR CLOCK〟の謎」の内容は次のようである。「去年の十二月、日本軍と英軍の戦争が始まる前」「〝THEY CAN NOT STOP OUR CLOCK〟といふ看板が掛けられ」た。それは、「公会堂の塔にある大時計の針が、決して日本軍の政策などでは停止することがないと誇示する宣伝看板」であった。だが、「十二月八日の朝早く」日本軍飛行機の空襲の際の爆弾のため、「〝THEY CAN NOT〟といふ文字だけが吹きとばされ」、大時計の針も止まってしまう。次の空襲の際に、「〝STOP〟」が飛ばされて残った文字が「〝OUR CLOCK〟」であったという。

「戦前」において「THEY」は日本軍であり、「OUR CLOCK」は、イギリスの支配下に置かれたシンガポールの時計であり、時間を制御する「われら」は、イギリス軍であったはずだ。そして「十二月八日」の対英米蘭の開戦を機に止まってしまった時計は、日本軍のシンガポールへの攻略がイギリスの予想を遥かに超えて行われ、イギリスの支配していた時間を止めさせるほどのものであったことを象徴する。

しかし「OUR CLOCK」のみが残っていた時点において「われら」は、シンガポールの住民をさし、残された「OUR CLOCK」はシンガポールのイギリスからの解放、現地時間の取り戻しになる可能性を刹那でありながら見せていたはずだ。だが、最後の「追記」は、その可能性を消去する。

（追記。但しこの原稿を大毎支局に届けるとき気がついたが、野戦郵便隊の〝OUR CLOCK〟はもうなくなつてゐた。これは爆撃を受けてなくなつたわけではなく、日本人の手でとりのぞけられたものと考へる。）（二五頁）

「追記」によって、「日本人の手」で「とりのぞけられ」、再び時間は、新たな占領者の時間によって支配されることになったことが暗示される。具体的日付を記すことで歴史的記述を模倣しているかのような文章が、イギリスの占領地であった空間とそこに流れる時間を、日本が占領し始めたことをほのめかす。シンガポールという空間における時間を統御する「われら」の中身がシンガポールの住民を置き去りにした帝国同士での入れ替わりであったことが示されるのだ。

このようにして日本「内地」の集合的記憶を構成している一九四一年一二月八日の開戦の日と一九四二年二月一五日のシンガポール陥落の日という二つの〈あの日〉が、シンガポールという空間における「われらの時計」という数度にわたって意味内容の変更を余儀なくされた象徴によって語り直され、シンガポールという空間と時間に刻まれた歴史の展開が象徴的に語られた。同時に「花の町」に先行するこのようなテクストの存在は、木山が「ラッフルスの銅像」を語りながら呼び起こしたのがイギリス軍による過去の暴力を超えて日本占領下の「今」に迫ってくる可能性をも表す。そして、いま「もうなくなつてゐた」「われらの時計」を新聞の紙面に書き記すことを通して井伏が行ったことは、まさに「史実」として時計塔の実在を言説のなかで刻印したことにほかならない。

他に日付を相対化する契機の現れとして注目すべきテクストは、「花の町」が連載される途中で発表された「昭南日記」(『文学界』一九四二年九月)、翌年、つづけて発表された「或る少女の戦時日記」(『新女苑』一九四三年三月)と「待避所」(『文学界』一九四三年三月・六月)である。前者は、一九四二年二月一五日、日本軍によってシンガポールが陥落し、占領が始まった時期を、現地における占領者側の日記として書き記したテクストである。そこから時間を置いて日本に戻ってきた井伏は、一九四一年一二月八日の開戦の日から二月一五日のシンガポール陥落の日まで、被占領者側の日記の一部を翻訳して後者の二つのテクストを書き記したのである。しかもその被占領者は、自らが「祖国」を持たないと認識している「混血少女」である。少女の「日記」のなかには、占領者側である書き手の注としての説明や丸括弧か地の文としての書き手自身の日記が挿入されている。

次は、「待避所」の引用である。

これは三月号のつづきである。すなはち、私は去年昭南市に滞在中、昭南タイムスの現地人記者レンベルガンといふものの紹介により、彼の姪にあたるオランダ系の混血少女の日記を手に入れた。これはその日記の一部である。

この本文の書き出し「一月二十四日」前後には、私は○○班員としてゲマスにゐた。〔中略〕日本軍の飛行機も、盛んにシンガポールの各飛行場や敵の軍事施設を空襲した。その成果は次の本文によつても片鱗がうかがはれる。（一九三頁）(26)

少女の日記の前に、書き手である「私」の説明が書かれている。ここから提示される少女の日記は、「空襲警報」が何回行われていたのかを中心とした被害と避難の状況の記録である。「「一月二十四日」前後」における「私」側の「空襲」の「成果」は、当然ながら少女側からすれば、過酷な惨状のつづきにほかならず、平和を願い祈る日々であった。「花の町」のベン・リヨンとシンフハ老人もこの日付を前後にした、慌ただしかった避難を報告していた（第3章）。つまり、占領地における戦争の記憶は、〈あの日〉「以前」を取り戻す日付とともに描き込まれていたのである。

シンガポール陥落から一年程経った際に、井伏が合わせ鏡の片方を通して〈歴史的時間〉を再び振り返ったのはなぜか。少女が日記をつけていた時間、井伏と見なされる書き手が日記をつけていた時間、現地で書き手が少女の日記を入手した時間、書き手が日本に帰ってきてそれを訳して発表する時間が錯綜している。書き手にとって空白に等しかった陥落前のシンガポールの時間を少女の日記から再構成していく過程で、自らの日記を混ぜ込みながらテクストを紡いでいく。このようなテクスト群が生成されていく過程自体、「内地」の読者に対して占領地を流れる時間を相対化して見せようとした「花の町」の方法に重なるのである。これがこの時期に表れた井伏の日付をもった記録という方法の意味である。

## 5. 新聞小説としての「花の町」の可能性

「花の町」は、「内地」の読者を主な対象にしている新聞連載小説であった。その媒介を通して読者は、日本占領下のシンガポールを想像していく。

当時、新聞紙面は総動員され、シンガポール陥落の日というある出来事に付随している日付が集合的記憶として作り上げられ、占領地の時間がそれ以前と以降とで断絶させられ、「昭南」に改称された占領地に新たなイメージが付与されようとしていた。しかし、その紙面の一部をなす「花の町」は、小説内部に幾つもの日付を取り入れ、〈あの日〉による時間の断絶を拒否し、読者に占領地を流れる〈あの日〉以前の過去を想像するように促していた。〈あの日〉とそれ以降が「生れ変つた昭南」として捏造され、「史実」と化されつつある同時代において、その背景に隠れている近い過去の暴力を呼び覚ます日付を反復する「花の町」は、まさに「花の町」として表象される「昭南」の捉え直しを要求した小説であったのだ。

のみならず、毎日の日付を伴う新聞紙面が現在進行形で「史実」を作っていく過程への意識は、同時期の井伏の執筆プロセスそのものを形作っていた。日付に日付をもって対抗する。書き手を占領者側と被占領者側とに分担させ、「内地」と占領地における〈あの日〉以前と以降の時間を交差させながら紡がれていく井伏のテクスト群は、〈あの日〉の断絶による「史実」の形成を遅延させ、集合的記憶への亀裂をもたらそうとしたのである。フィクショナルな空間の表象は、「生れ変つた昭南」＝「偶像」の破壊を試みていたのだ。

離れた空間を占領する時間が帝国主義の根幹にあるとするならば、彼ら＝イギリス人、日本人によって占領された時間を相対化する契機を占領者側の読者に与えることは、帝国主義に対する一つの対抗になり得るだろう。

# 第Ⅲ部　〈断絶的時間〉に対抗する〈連続的時間〉

## 第Ⅲ部の時間

これまでの議論を小林多喜二を中心にまとめると次のようになる。第Ⅰ部では、治安維持法体制において、小林多喜二の小説が「×（殺）され」ないための「持続可能な抵抗」を模索していたと述べた。その小林多喜二が治安維持法の違反で検挙され、殺された後、傷だらけのまま出版された『党生活者』を第Ⅱ部で扱った。戦争に対抗する読者との連帯可能性に開かれた場として『党生活者』を読んだ。そして、第Ⅲ部では、小林多喜二の死後、戦争が終わり、治安維持法も廃止された後の時間を捉えることになる。あの時、可能であったかもしれない読みの再現が辿る最後の過去である。

小笠原克(1)は、一九六六年一〇月、北海道で開催された「北海道文学展」を回想し、多喜二の遺体の写真の前で言葉を失った多喜二の姉である佐藤チマの姿と、初日の記念講演会での次のような中野重治の言葉を思い起こす。

この人たちが(小林多喜二・久保栄・小熊秀雄・今野大力・島木健作・本庄陸男―引用者)、ある条件のもとで死んだ、あるいは死ななければならなかったということは、私どもには、あるいは日本の文学には、そう小さくなかったことだと思います。小さくなかったことでもあるし、また今日も将来も小さくないことがあると思います。(二五四頁)

小林は承知のように、逮捕されたその日のうちに警察の中で殺されました。殺されるという言葉を私は文学的表現として使うのではありません。言葉どおり物理的に殺されたのですから、これは、日本の作家の問題として非常に特殊な、同時に一般性を含んだ問題だと思います。(二五七頁)(2)

このような記憶のなかで小笠原は、「国家権力による虐殺、という事実を、単純自明な事実として全集を読みかえしながら、しかし、それはほんとうに読んだことになっていたか」(傍点原文)と自問していた。どうすれば、「読んだことにな」るのか。過去との関係を断ち切らずに、その記憶を生々しく保ちながら小説を読むこと、国家権力による多喜二の死を史実としてではなく現在の問題として甦らすことでかろうじて「読んだことにな」るのか。

第Ⅲ部で扱う敗戦直後という時間を、多喜二の死後と定義しよう。中野重治は、作家を死なせた「ある条件」を、過去の出来事ではなく、「今日も将来も小さくないこと」として、〈連続的時間〉として受け止めることを述べていた。

そして、多喜二の死を、「殺されるという言葉」を、決して「文学的表現」と見なさないよう強く語っていた。多喜二の死は、もはや「蟹工船」論（第3章）で「×（殺）され」ないという言葉にかけた二重の意味、すなわち言葉の抹殺（伏字）とフィクションの世界を生きる作中人物達のスローガンのいずれでもない。「言葉どおり物理的に殺された」。それは、もはや架空の死ではなくなっている。このような時間を第Ⅲ部では扱う。

## 「思い出」としての歴史認識

序章において、バフチンが〈断絶的時間〉を警戒していたことを喚起したい。不意に呼び出される「思い出」としての過去、未来を色あせてみせるその「歴史のさかしま」を指摘してから、バフチンはつづけてこのように述べていた。「哲学思想においてこの歴史のさかしまに対応するのは、「原初」をあらゆる存在の濁ることなき清澄な源泉であると高唱し、永久に価値あるもの・理想的で時間の外にある存在の仕方をいつのる立場である」。ここから「日本の、また日本人の精神生活における思想の「継起」のパターン」を読み取るため、「歴史はつまるところ思い出だ」といった小林秀雄を取り上げた丸山真男(3)との共通性が浮かび上がってくる。丸山は、「思い出」としての歴史認識について次のように説明していた。

> ……新たなもの、本来異質的なものまでが過去との十全な対決なしにつぎつぎと摂取されるから、新たなものの勝利はおどろくほどに早い。過去は過去として自覚的に現在と向きあわずに、傍におしやられ、あるいは下に沈降して意識から消え「忘却」されるので、それは時あって突如として「思い出」として噴出することになる。
> （一三頁）

「「思い出」の噴出」が「国家的、政治的危機の場合にいちじるしい」ことを合わせて指摘する丸山が、この著書において戦時中を振り返り、戦争を可能にした天皇制国家の構造を明らかにしようとしていたことを考えなければなるまい。戦時中、「万世一系」の天皇制は、バフチンのいうまさに「永久に価値あるもの・理想的で時間の外にある存在」として「思い出」のように呼び出されていた。それが「未来を犠牲にして」まで「豊かなものに変えられ」、「未来を空虚に、稀薄に」し、「未来から血の気をうしなわせ」（バフチン）たことは、〈断絶的時間〉が含意する危険性のよい例になる。

さらに本書の全体を考えるうえでも注目すべきは、丸山が、戦時中の治安維持法体制から戦後の象徴天皇制が成立するまでの間をまさに〈連続的時間〉として捉えていたということだ。

> ……治安維持法の「国体ヲ変革シ」という著名な第一条の規定においてはじめて国体は法律上の用語として登場し、したがって否応なくその「核心」を規定する必要が生じた。大審院の判例は、「万世一系ノ天皇君臨シ統治権ヲ総攬シ給フ」国柄、すなわち帝国憲法第一条第四条の規定をもってこれを「定義」（昭四・五・三一判決）した。しかしいうまでもなく、国体はそうした散文的な規定に尽きるものではない。過激社会運動取締法案が治安維持法及びその改正を経て、思想犯保護監察法へと「進化」してゆく過程はまさに国体が、「思想」問題にたいして外部的行動の規制――市民的法治国家の法の本質――をこえて、精神的「機軸」としての無制限な内面的同質化の機能を露呈してゆく過程でもあった。（三六～三七頁、傍点原文）

ここに引用した一行の最後につけられた注において、丸山は「敗戦によるポツダム宣言の受諾は、ふたたび、しかし今度はきわめて絶望的な状況の下で、「国体」のギリギリの定義を日本の支配層に強いることとなった」と述べ、象徴天皇制の成立過程を詳しく説明している。その説明で再び「思い出」という言葉が現れていることに注目せねばならない。

……つい昨日まで「独伊も学んで未だ足らざる」真の全体国家と喧伝されたのに、いまや忽ち五カ条の御誓文から八百万神の神集いの「伝統」まで「思い出」されて、日本の国体は本来、民主主義であり、八紘為宇の皇道とは本来universal brotherhoodを意味する（極東軍事裁判における鵜沢博士の説明）ものと急転した。（三九頁、傍点原文）

敗戦直後、治安維持法の撤廃をはじめ、戦争犯罪者の逮捕とともに人権指令による政治犯の釈放、農地改革、国家神道の廃止、婦人参政権の確立、労働組合法公布などポツダム宣言に基づく占領改革が次々と行われた。その一方で、天皇の靖国神社参拝、元号制の存続の発表、「人間宣言」、巡幸など天皇制の維持、即ち象徴天皇制への移行の道が露呈された。そうしたなかで、一九四六年一一月三日に日本国憲法が公布され、一九四七年五月三日に施行されたのである。この短い期間の日本は、まさに〈断絶的時間〉と〈連続的時間〉が格闘する場にほかならず、ここで〈連続的時間〉を獲得せねば、また、過去は繰り返し「思い出」されるであろうという危機感があった。そこで丸山は、戦時中から戦後へ、〈断絶的時間〉に抗する〈連続的時間〉をもって「国体」という言葉の持ち越され方の亀裂を読み取ったのである。

### 継続する空所

小説テクストにおける空所は、戦時中と戦後とで如何に変化したのか。第Ⅱ部で検討したように、戦時中においては、伏字と削除箇所が眼に見える形の空所としてテクスト上に現象する一方で、自己検閲を経た眼に見えない空所がテクストを覆っていた（〈伏字的テクスト〉）。果たしてこれら空所は、戦争が終わると同時に消えたのであろうか。十重田裕一[4]は、「ＧＨＱ／ＳＣＡＰのメディア規制は、実地を明示的にしない特色があった。それゆえに、伏字のように検閲の痕跡を明示する対応とは理念において大きな相違が見られた」と指摘する。そのうえで戦後日本を「内務省の検閲からは解放されたが、占領下では新たな検閲が開始される」、「解放されると同時に閉ざされるという、引き裂かれた言説空間」として捉える。特に一例として挙げられている「内務省による検閲の痕跡を残したテクストが、占領期に再び検閲を受けるケース」が目を引く。そこでは、戦時中に伏字にされていた文章をそのまま引用しようとしたところ、それが過去の検閲制度の結果であったにもかかわらず、むりやり補填させられたことが紹介されている。伏字が検閲制度を露わにするが故に、明示化を拒否する占領期の検閲制度が伏字を消し、空所を埋めてしまったのだ。

　このことは、イロニーとしては片付けられない。この一例にみられる過去の空所を消す行為の意味は、単に現在なお続いている検閲を隠してしまったことにとどまらないからである。問題の核心は、敗戦と占領がともに過去との断絶を図り、テクストの空所、すなわち過去（＝戦時中の歴史）と対決する機会を逃したことにあろう。

　第Ⅰ部から第Ⅱ部まで確認してきた治安維持法体制は、その後、どうなったか。占領改革のなかで治安維持法が廃止されたということで、戦前を断絶した出来事として記憶してよいのか。荻野富士夫(5)は、敗戦直後、特高警察と治安維持法の廃止にのみ注目が集まり、「思想司法」の問題を認識できなかったことで、治安体制を主導した人々の復帰がはかられていく様を鋭く指摘した。そして「司法部は全体として、八・一五と一〇・四（「人権指令」―引用者）の二度の衝撃にもかかわらず、戦前から戦後へ、切れめなく連続していった。それは、戦後の治安体制の再編に大きな意味をもった」と述べた。日付を契機にして行われた時間の認識、ほかならぬ〈断絶的時間〉が結果的に過去の復活を容認してしまった。

　このような占領改革の流れが、過去を「思い出」として呼び出したことは驚くに当たらない。象徴天皇制が新しい憲法に刻まれることになる。テクストを覆っていた傷跡（＝空所）がその姿を消したことが決して検閲制度からの解放を意味することにはならなかったのと同様に、戦時中の天皇制の在り方を切り捨てていま象徴になったそれは、この後見えないタブーとなってテクストの空所を生産しつづけていく(6)。

まとめよう。戦争は終わった。だが、検閲制度、治安維持法体制、〈象徴〉天皇制などその姿を変えた制度が継続を試みる。戦前／戦後という〈断絶的時間〉に隠れて、〈連続的時間〉を不可視化するという意味で一貫性を見せた敗戦直後の日本という時空間において、小説テクストは如何なる形であったのか。この刹那を生きた作者と読者、そして現在まで続いている小説テクストの〈歴史的時間〉を第Ⅲ部では捉える。扱うのは、太宰治のテクストである。日高昭二(7)は、一九四六年に発表された太宰の二つの戯曲、「春の枯葉」と「冬の花火」に共通しているのが「季節のイレギュラーな循環を超えた深い「滅び」への予感である」と指摘した。戦後、太宰はまさに「冬」、「春」といった〈循環的時間〉と歪に絡み合う〈歴史的時間〉を表すようなタイトルをもって創作に挑んでいたのである。このような時間認識のねじれは、戦後太宰文学の方法論的試みのすべてを規定する。

具体的な分析に入る前に、その端的な例を挙げよう。一九四六年六月の『新文芸』に発表された太宰の「苦悩の年鑑」の構造を見返すと興味深いことに気づく。「苦悩の年鑑」の冒頭は「時代は少しも変らないと思う。一種の、あほらしい感じである」という文章から始まり、つづけて「いまは私の処女作という事になっている「思い出」という百枚ほどの小説の冒頭」が引用されている。その場面は、小さな「私」が「てんしさま」、「いきがみさま」に対して「何か不敬なことを言った」記憶である。そしてテクストの最後で「私」は、「保守派」を宣言しながら「十歳の民主派、二十歳の共産派、三十歳の純粋派、四十歳の保守派。そうして、やはり歴史は繰り返すのであろうか。私は、歴史は繰り返してはならぬものだと思っている」と述べ、天皇を倫理の基盤にした新思潮の台頭を望む。

この難解な論理を如何に捉えればよいか。「苦悩の年鑑」の冒頭と最後とで否定されている、「少しも変わらない」「繰り返」されるような時間が〈歴史的時間〉ではないことは明らかである。一回きりの〈歴史的時間〉を取り戻すためには、〈断絶的時間〉によって保証された「思い出」される過去に対抗せねばならない。しかし、戦争が終わってもなお反復しようとする「歴史」を嘆いたこの文章が、最初と最後に円環構造としての天皇を配置しているのだ。

この表現方法の意味は、第Ⅲ部で太宰の敗戦直後のテクストにおける表現方法を確かめ、戦時共同体に属していた読者に向けて発せられた言葉の意味を探ってから再び吟味すべきである。

## 第Ⅲ部の順序

第9章で扱う太宰治の『パンドラの匣』は、一九四五年一〇月二二日から翌年一月七日にかけて『河北新報』に連載された小説である。この連載の期間は、初期占領改革が行われる一方で、天皇制の維持、即ち象徴天皇制の成立への道を露呈する時期であり、まさに戦中から戦後へ、軍国主義の〈断絶〉と天皇制の〈連続〉の運動が同時進行している時期であった。この時期、読者との共通の記憶を呼び起こす形で展開される『パンドラの匣』に〈歴史的時間〉を見出す。

第10章では、「私」に町の名誉職が聞かせた「女の嘘」を扱っている太宰治の短い小説、「嘘」（一九四六）を読む。戦中から戦後へ、〈連続的時間〉は、語りの権力性によって名指される「女の嘘」と、「嘘」とは決して呼ばれなかった「男」の語りの問題を暴き出す。

第11章で扱う太宰治の「女神」（一九四七）の読者は、敗戦直後の時間に遡ってテクストにちりばめられた記号を追跡しない限り、「少しもわからない」小説を読むことになる。ここでは、〈歴史的時間〉を召喚してのみ小説テクストとして生成されるように仕組まれた「女神」を、方法論的可能性を示した戦後文学として位置づける。

第12章では、太宰治の『冬の花火』（一九四六）と『斜陽』（一九四七）における小説内部の時間を、〈歴史的時間〉との交差のなかで捉えていく。このような読みを通して日本国憲法の公布から施行の間に垣間見える革命の質を問うことが、戦後七〇年の現在、過去と未来を含む現在において要請されていると考える。

第9章

# 〈断絶〉と〈連続〉のせめぎ合い

## 太宰治『パンドラの匣』（一九四五～一九四六）論

### 1. 『パンドラの匣』における「連続」と「断絶」の問題

太宰治の『パンドラの匣』は、一九四五年一〇月二二日から翌年一月七日にかけて『河北新報』に連載された。『パンドラの匣』の研究史において中心をなしてきた問題は、大きく二つにまとめられる。第一に、創作にまつわる事情である。『パンドラの匣』は、戦中に「木村庄助日誌」をもとに書き上げた『雲雀の声』が出版前に焼失し、その残った原稿に基づいて戦後再び書き直したものである。そのため、作者の戦後第一作がなぜ対米英開戦以降の一九四三年というまさに戦争の最中に書かれたものを書き直したものであったのかという問題が常に問われてきた。

第二に、太宰の戦後テクストとしては異例の明朗さと、それにそぐわない「天皇陛下万歳！」という叫びに代表される時代錯誤的表現といった小説の内容に関する問題である。「天皇への絶対的な崇拝の念を取り除きさえすれば」「安全無害なジュニア向きの作品」という塚越和夫の評価(1)は、その両面を端的に物語っていよう。「天皇陛下万歳！」という叫びに関しては、増田四郎(2)が「流行の天皇制批判に対する風刺」を見るか「太宰治が蒙つた戦争の影響、内在精神」を見るか、いずれにせよ、太宰の「思考の一端」を探ることが可能であろうと指摘して以来、『パンドラの匣』を読むうえで欠かせない問題でありつづけてきた(3)。

そして、多くの先行研究では、第二に挙げた内容的な矛盾は、第一の創作の問題に起因するものとして説明されてきた。磯貝英夫(4)は、テクストにみられる齟齬、乖離、破綻の原因を改稿に求め、『パンドラの匣』を「戦後作品であるがむしろ戦時作品群の一環としてあつかうことが適当な作品」と見なした。矢島道弘(5)も、太宰の他の戦後テクストとは「異質」な「中期的特色」を『パンドラの匣』から読み取り、饗庭孝男(6)も「純粋に戦後の作品と言えぬ要素」を指摘した。

そもそも、なぜ書き直しによる矛盾をはらむ形で戦後第一作が書かれたのかを問うたのは、東郷克美である。東郷(7)は、一九四五年八月一五日を描くテクストの冒頭に注目し、この場面が戦時中の「雲雀の声」における一九四一年一二月八日の開戦の日の書き替えではないかと推測し、「『雲雀の声』の基本的な骨格について、敗戦直後の心境を盛り得るものとして何らの不都合も思想的な齟齬も感じなかった」ことに「太宰における戦中戦後の連続性」があり、「そこに通底しているのは、太宰における天皇の問題である」と指摘した。

「太宰文学における戦中―戦後の〝断続〟の意味を問い直し」た安藤宏(8)は、「新郎」(『新潮』一九四二年一月)を分析しながら、戦中の太宰文学のキーワードである「信じる」という言葉に注目し、「信じきってみせる事によって――初めて描く側と描くべき対象との距離が確定されてゆく」という「作品の力学」を明らかにした。そのうえで安藤は、一九四五年八月一五日を機に、「こうした仮構の力学は、一気にそのバランスを崩し始める」と見なし、「対象」そのものを不安定にする「戦後」という状況にその原因を求めた。「距離」を「確定」させるための「対象」に戦時中を支配した家族国家イデオロギーの中心である天皇を置いた際、「戦中から戦後へ」、「歴史の転換点」において太宰文学が「ふたつの時代を〝継続〟として描こうとしたがゆえに、結果的により一層〝断絶〟の意味を浮き彫りにしてしまう逆説」を見せるという安藤の指摘は、東郷が『パンドラの匣』から読み取った「天皇」という「連続性」の問題へとつながってくる。

本章では、戦中から戦後へ、太宰文学に表れる「連続性」（東郷克美）とそれゆえの「断絶」（安藤宏）に関する以上の議論を受け継ぎつつ、とりわけ『パンドラの匣』における「連続」と「断絶」の問題が、テクストのなかに如何に形象化されているのか、それは、敗戦直後の日本において如何なる意味をもつのかを問うていきたい(9)。小説テクストと〈歴史的時間〉の関係を議論の射程に入れるため、戦中から戦後へ、断絶的な側面と連続的な側面を〈断絶〉と〈連続〉という二つの〈 〉を用いて表す。

小説内部の議論を敗戦直後の日本という外部へつなげる手掛かりとして、本章では手紙という形式に注目する。「僕」が、「君」に送った一三通の手紙からなっている『パンドラの匣』は、その形式ゆえに、「僕」と「君」を含む「僕たち」という複数を表す表現や自分も相手も知っている事柄をさし示す「あの」という指示代名詞が多用されている。そして、手紙における一人称の「僕」が二人称の「君」に発する言葉は、「新聞小説」というメディアを通して同時代の作者と読者の関係へ置き換えられる可能性を内包し(10)、「あの」という空白の記号は、小説を読んでいる読者のいま・ここに「僕たち」の共通の記憶を呼び起こすことで埋められていく。その際、テクストの内部に手紙の日付という形式で現れる時間は、作者が小説を執筆する時間と当時の読者が小説を読む新聞連載日とに生じるズレのはざまに記憶の想起を促す。おそらくここに、作者が「新聞小説には前例が少かつた」のにもかかわらず「現実感が濃い」「手紙の形式」を取り入れた理由があったろう(11)。以下、手紙の日付に注目しつつ、基本的に小説内部の時間性に即して議論を進める。

## 2.「あの日」を描く

「昭和二十年八月二十五日」付の最初の手紙には、「幕ひらく」というタイトルが付与されており、そこには、戦中から戦後への転換が鮮やかに描かれている。戦時下、病弱で自らが「余計者」だという意識に悩まされていた「僕」は、敗戦間際の世界の情勢を敏感に感じ取り、「あの日」の到来を予感しつついた。

世界の風車はクルクルと眼にとまらぬ早さでまはつてゐたのだ。欧洲に於いてはナチスの全滅、東洋に於いては比島決戦についで沖縄決戦、米機の日本内地爆撃、僕には兵隊の作戦の事などほとんど何もわからぬが、しかし、僕には若い敏感なアンテナがある。〔中略〕ことしの初夏の頃から、僕のこの若いアンテナは、嘗つてなかつたほどの大きな海嘯の音を感知し、震へた。（九頁）

ここには、日本が敗戦に至るまでの一連の出来事が刻まれている。実際に「欧洲に於いて」ドイツが降伏文書に調印したのが一九四五年五月八日であり、「東洋に於いては」、一九四五年三月三日にフィリピンのマニラが陥落し、三月一〇日にB29による東京大空襲、四月一日に米軍が沖縄に上陸し、六月一九日には、沖縄の日本軍の組織的戦闘が終了している。「僕のこの若いアンテナ」が「嘗つてなかつたほど」「震へた」「ことしの初夏の頃」の状況は、本文に書かれていないが、おそらく、一九四五年七月一六日、アメリカがニューメキシコで最初の核実験を成功させた次の日、連合国首脳によるポツダム会談が開催され、二六日にポツダム宣言が発表される過程を示すであろう。それから、アメリカは八月六日には広島に、九日には長崎に原子爆弾を投下し、八日にソ連は日本に宣戦布告をした。このような戦局の悪化が、国内において「国体護持」という目的のもとで先延ばしされていた最終的な決断を促し、「僕」が喀血した「最後の夜間空襲」、即ち一九四五年八月一四日の翌日、やがて「あの日」が明けたのである。「僕」は「あの日」の感激を次のように語る。

或る日、或る時、聖霊が胸に忍び込み、涙が頬を洗ひ流れて、さうしてひとりでずゐぶん泣いて、そのうちに、すつとからだが軽くなり、頭脳が涼しく透明になつた感じで、その時から僕は、ちがふ男になつたのだ。〔中略〕或る日、或る時とは、どんな事か。それは君にもおわかりだらう。あの日だよ。あの日の正午だよ。ほとんど奇蹟の、天来の御声に泣いておわびを申し上げたあの時だよ。（六頁）

「僕」が「あの日の正午」、「ラジオ」から聞いた「天来の御声」とは、いうまでもなく「終戦の詔書」が発せられた「玉音放送」をさすであろう。だが、「僕」は、一九四五年八月一五日と一つの日付を確定し、「玉音放送」と命名する代わりに、「或る日、或る時」、「あの日」、「あの日の正午」という形で表現している。まず、「あの」という空白の記号が作動するのは、手紙の送り手＝「僕」と受け手＝「君」の関係においてであろうが、同時代において「あの日」に至るまでの一連の出来事を共有し、それに基づいて「あの日」を確定できるのは、「僕」と「君」を含む「僕たち」、即ち敗戦を迎えた戦時共同体にほかならない。

そして「或る日」を特定することなく、共通の記憶を呼び起こすことで戦時共同体を入れ込む「あの日」という表現にこそ、「あの日」の重層性を読み解く緒が潜んでいる。前述したように、東郷克美は、この場面が戦中の「雲雀の声」における一九四一年一二月八日の開戦の日の書き替えである可能性を指摘したが、その根拠として挙げたのは、戦前の短編小説である「十二月八日」（『婦人公論』一九四二年二月一日）との表現上の類似性であった。次は、「十二月八日」(12)の引用である。

「大本営陸海軍部発表。帝国陸海軍は今八日未明西太平洋において米英軍と戦闘状態に入れり。」
しめ切つた雨戸のすきまから、まつくらな私の部屋に、光のさし込むやうに強くあざやかに聞えた。二度、朗々と繰り返した。それを、じつと聞いてゐるうちに、私の人間は変つてしまつた。強い光線を受けて、からだが透明になるやうな感じ。あるひは、聖霊の息吹きを受けて、つめたい花びらをいちまい胸の中に宿したやうな

気持ち。日本も、けさから、ちがふ日本になつたのだ。(一六頁)

二つの引用を比べることでその類似性は明確であるが、さらに注目すべきなのは、『パンドラの匣』の「あの日」の描き方が開戦の日を連想させてしまうのは、必ずしも太宰文学に限らないということである。むしろこの場面は、戦時共同体に開戦の日を描いたエクリチュールの記憶を召喚するのに充分な記号を持ち合わせていたのである。次に伊藤整を一つの例に挙げておく(13)。

十二月八日の昼、私は家から出て、電車道へ出る途中で対米英の宣戦布告とハワイ空襲のラジオニュースを聞き、そのラジオの音の漏れる家の前に立ちどまつてゐるうちに身体の奥底から一挙に自分が新しいものになつたやうな感動を受けた。(伊藤整「十二月八日の記録」『新潮』一九四二年二月)

十二月八日宣戦の御詔勅が煥発され、大東亜戦争に日本は入つた。この開国以来の大戦争に直面して、私はこの月余、自分が心から洗はれ、新しい人間となつたやうな想ひをしてゐる。(伊藤整「文芸時評――自己を説する作家たち――」『知性』一九四二年二月)

「十二月八日」を迎えた伊藤整の表現は、太宰の「十二月八日」のそれと驚くほど酷似している。そして、このような戦時共同体のエクリチュールの記憶が、『パンドラの匣』における敗戦の日に刻まれることによって、「あの日」は重層性を帯びることになるのである。

ここで、「あの日」を描く三つの引用における表現の共通性をまとめると、まず、「あの日」の出来事が個人の身体感覚として表現されていることに気づかされる。また、「あの日」を契機に「古い/新しい」という形容詞が、いま生起している出来事を捉える認識の軸になっていることも共通している。つまり、「あの日」の出来事は、個人と国家の一体化を促すとともに、それを受け入れる主体にそれ以前との〈断絶〉を強いるものである。だが、『パンドラの匣』の冒頭における「あの日」は、その重層的な表現を通して過去を切り捨てる〈断絶〉を否定し、さらに表現の背景に〈連続〉として存在する天皇の姿を浮き彫りにしたのである。

こうした「あの日」を描くのに際して浮かび上がってくる〈断絶〉と〈連続〉のせめぎ合いのなかで、「僕」は、「あの日」を機に容易く「天来の御声」に従うことを決めるのである。「あの日」を契機に「新しい日本」の「新しい男」になるという「僕」の論理に〈断絶〉を見るのは簡単だが、「あの日」の重層性を考慮すれば、「天来の御声」のまま、開戦を受け入れたのと同様に敗戦を迎えるところに〈連続〉を読み取り、そこに「新しい日本」という戦後の言説に対する反動を見出すのも可能であろう。「愛国思想」や「戦争の責任」を議論するうちに「尊いお方の直接のお言葉のままに出帆する」という「僕」の言葉は、その読みを裏づけ、「古い」日本の「あの日」を振り向かず、「新しい日本」の「あの日」を迎える戦時共同体に対する痛烈な批判になる。

だが、依然として、敗戦に至る状況を極めて正確に捉え、「二度とあんな事を繰り返したら世界中の鼻つまみになるかも知れぬ」と戦中を厳しく批判する「僕」が、なぜ「あの日」以降、「天来の御声」によって「新しい日本」を生きるのかは説明されない。小説に「終戦の詔書」の内容は書かれていないが、「天来の御声」は「朕ハ茲ニ国体ヲ護持シ得テ忠良ナル爾臣民ノ赤誠ニ信倚シ」と「国体」が守られたことを告げていたはずだ(14)。だが、戦中、まさにその「「万世一系ノ天皇」という神話的な妄想が入り込んだ「国体」という概念」(15)によって「非国民」として暴力的に排除されていた「僕」は、そのような「古い」日本の記憶を消去し、「新しい男」を掲げるのである。次節では、この問題を問うため、「あの日」以降を検討する。

## 3. 「新しい日本」をめざす

「あの日」以降、「新しい男」になろうと決心を固めた「僕」がさっそく乗り出した行動は、親に喀血を告げ、結核療養所に入ることであった。一通目の手紙において新しい時代の開幕を象徴した出来事が「玉音放送」が流れた一九四五年八月一五日であったとしたならば、二通目の手紙にはもう一つの転機が示されている。手紙の日付である「九月三日」が喚起する、前日のミズーリ号において天皇が不在のまま行われた「降伏文書調印」がそれである。こうして手紙のタイトルである「健康道場」という空間にも、占領の始まりが刻印される。

「健康道場」は「新館と旧館と二棟にわかれて」おり、「旧館で相当の鍛錬を積んだ人が」新館に「移されて来る事になつてゐる」。そして、「健康道場」の場長の指針は、括弧付きの「病気を忘れる」ことで表され、忘却こそが「全快の早道」というスローガンが「健康道場」という空間を規定していくことになる。

> 僕は、いま、自分のこの胸の病気に就いても、ちつとも気にしてはゐない。病気の事なんか、忘れてしまつた。病気の事だけぢやない。何でもみんな忘れてしまつた。（五頁）
>
> 病気の事なんか忘れてしまつた。この「病気を忘れる」といふ事が、全快の早道だと、ここの場長さんが言つてゐた。（一三頁）
>
> 僕はもう何事につけても、ひどく楽天居士になつてゐるやうでもある。心配の種なんか、一つも無い。みんな忘れてしまつた。（一三頁）

戦中、「僕」を「非国民」にしたのが「結核」という「亡国病」であったことを考えれば、「病気」そのものを戦中の記憶の隠喩として読むことも可能であろう。だが、「健康」に戦後を生きるために戦中の「病気」を「忘れる」という要求は、個人と国家が直結する戦中の論理によって排除されていた結核患者たちに、再び同じ論理によって「新しい日本」の「新しい男」になることを強いる結果になる。そのためか、「僕」と同じ病室の人々は、「深夜、奇妙な声を出して唸る事があ」ったり（つくし）、戦中のことを思い起こす質問に「怒り出した」り（越後獅子）することはあっても決して戦中を語ることはない。

「健康道場」が占領という現実を背負う空間であることは、進駐軍や婦人参政権など小説に描かれる様々なエピソードからも確認できるが、「病気を忘れる」という指針そのものも、軍国主義を切り捨て、民主化・反軍事化をめざす戦中から戦後への〈断絶〉を掲げた占領方針と重なってくる。治癒すべき「病気」は戦中の「古い」日本として、治癒を通してめざすべきなのが「新しい日本」として読まれるのである。だが、ここで注目すべきなのは、「古い」過去を切り捨て、「新しい」未来を指向するという点で、「健康道場」の方針そのものは、「あの日」を受け入れた「僕」に違和感なく受容されることである。それゆえに、「新しい日本」をめざす「僕」と「君」は次のような決意を表明するのである。

もう僕たちの命は、或るお方にささげてしまつてゐたのです。僕たちのものではありませぬ。それゆゑ、僕たちは、その所謂天意の船に、何の躊躇も無く気軽に身をゆだねる事が出来るのです。これは新しい世紀の新しい勇気の形式です。（三九頁）

天皇の「お言葉」のままに戦場に向かう青年たちとしか捉えられないような「新日本再建」の担い手の決意は、読み手に「まちがってけずり残されたのではないか」(16)という疑問を抱かせるほど、戦後日本においてアナクロニズムを帯びている。だが、この場面は、第2節で確認した「あの日」の重層性と同様に、過去を「忘れる」ことで始まろうとする現在に対して、絶え間なく介入してくる過去の記憶として理解せねばならない。

「古い日本」を「忘れる」ことから始まる「新しい日本」という構想が如何に挫折していくのかは、小説の後半を待たなければならないが、「新し」さを強いる「健康道場」がもつ「古」さという矛盾は、まもなく露呈されてしまう。占領政策を象徴するかのような「特殊な闘病法」は、「健康」を害することを理屈に「本を読む事はもちろん、新聞を読む事さへ禁ぜられてゐる」という徹底的な言論統制を行い、「新しい」という言葉に温存されている「古」さを如実に見せてしまったからだ。しかし、「はじめから新館にいれられた」「僕」は、「とても瀟洒な明るい建物」として描かれる新館に相応する形で「古い」ものを否定し、「みんな忘れてしまつた」と述べ、「新しい男」になると繰り返す。

それでは、一体「新しい男」とは何か。以降、手紙は「女の話」に傾き、「新しい男」は「女に対して」「さつぱりしてゐるもの」と定義される。一見、唐突に思われる展開だが、この「女の話」は、「僕」が戦後を生きるアイデンティティを模索していく過程とパラレルな形で展開しており、その点において注目せねばならない。「新しい男」をめざす小説の前半では、女性に関しても「僕」は「感覚の新しいところがあ」るマア坊に好感を抱き、「ひどく古い」「親切の形式」の持ち主である竹さんには興味を示さない。だが、マア坊の「不可解」さは、「僕」が「さつぱりした」「新しい男」になるのを妨害してしまい、次のように表現される。

　マア坊つてのは、わからないひとだ。〔中略〕僕はあのひとと逢ふたんびに、それこそあの杉田玄白がはじめて西洋の横文字の本をひらいて見た時と同じ様に、「まことに艫舵なき船の大海に乗出せしが如く、茫洋として寄るべなく、只あきれにあきれて居たる迄なり」とでもいふべき状態になつてしまふ。(二九頁)

いままで「新しい時代」を「新造の船」に乗って「船出」することになぞらえてきた「僕」が、江戸中期の医者である杉田玄白が西洋文物に接した際の感覚を用いてマア坊を「艫舵なき船」に喩えることには注目せねばならない。この比喩は、「古」さを通して「新し」さを表しているのみならず、「船」の表象を介して、現に「古い」日本と「新しい日本」をつなげる象徴的な出来事、ペリー提督の旗艦の星条旗が掲げられたミズーリ号をも喚起するためである。拡声機を通して「アメリカの進駐軍がいよいよこの地方にも来るといふ知らせ」を聞く場面が描かれる「マア坊」と題された手紙の日付が、九月一五日GHQ本部設置の次の日、「九月十六日」付となっていることを合わせて考えれば、マア坊の身体に託されている「不可解」さは、占領下の日本へのそれに拡張していく。

まとめると、占領下日本を象徴する空間として描かれる「健康道場」において「僕」は、「古い」日本を「忘れる」ことを強いられ、戦中と戦後の〈断絶〉の意識のもとに「新しい日本」の「新しい男」をめざしていき、同じ方向性をもって女性表象も展開される。だが、天皇によって「あの日」以降「新しい男」になることを命じられた「僕」が、戦中の日本を否定することで戦後の日本を築き上げようとする占領空間において感じる「不可解」さは常につきまとう。次節では、「新し」さを掲げる現実に対して「古」さに戻って抵抗しようとする小説の後半を考察する。その切っ掛けとなったのは、「新しい男」の象徴のような「固パン」が「進駐軍」への恐怖を告白したことであった。

### 4. 「古」さに回帰する「新し」さ

助手（＝看護婦）達に英語を披露してきた「固パン」は、万が一道場にアメリカ部隊がきたら通訳として引っ張り出されるかもしれないという不安をもっており、念を入れて「英文」まで準備していた。英語が話せない「我輩」が「赤子」、さらに「不具者」と譬えられている「英文」は、「神」と「赤子」になぞらえられてきた戦中の日本における天皇と臣民の関係を想起させ、占領下日本の現実を刻印させる契機になる。

こうして「不具者」同様の「赤子」として進駐軍の前に立たされた男性たちは、戦後を生きる思想の模索のために「会談」を行う。まず、この「会談」が「現代の日本の政治界」の議論を取り入れ、世代論を意識して描かれたことを強調しておきたい。最高齢の越後獅子を除いて「僕」とかっぽれ、固パンの三人は二〇代に敗戦を迎えた若い世代である。その一人である固パンは、「空気の抵抗があつてはじめて鳩が飛び上る事が出来る」ように、「闘争の対象」を要する「自由思想」の「本来の姿」は「反抗精神」と「破壊思想」にあると主張するのだが、越後獅子は彼の比喩から当時の政治家である鳩山一郎(17)を喚起した後、「自由思想の内容は、その時、その時で全く違ふもの」と応酬し、次のような話を聞かせる。

「むかし支那に、ひとりの自由思想家があつて、時の政権に反対して憤然、山奥へ隠れた。時われに利あらずといふわけだ。さうして彼は、それを自身の敗北だとは気がつかなかつた。彼には一ふりの名刀がある。時来らば、この名刀でもつて政敵を刺さん、とかなりの自信さへ持つて山に隠れてゐた。十年経つて、世の中が変つた。時来れりと山から降りて、人々に彼の自由思想を説いたが、それはもう陳腐な便乗思想だけのものでしか無かつた。彼は最後に名刀を抜いて民衆に自身の意気を示さんとした。かなしい哉、すでに錆びてゐたといふ話がある。」（一〇〇頁）

「十年」前の「支那」の話は、まず話が語られる一九四五年の現在からすれば、一九三五年に中国国民党を避け、まさに「山に隠れてゐた」中国共産党を連想させるであろう。だが、「現代の日本の政治界」を語る文脈から考えれば、この手紙（「固パン」）の日付は「十月十四日」になっており、そこで四日前の一〇日に政治犯釈放が行われ、徳田球一が声明を出したことを想起しなければならない。そうすると、越後獅子の述べる「時の政権に反対して」「山奥へ隠れ」、「十年経つて」「山から降りて」きた「自由思想家」とは、一九三〇年代前半までに検挙され、「十年」を獄中で過ごした共産党幹部と自然に重なってくる。「人民に訴ふ」と題する彼らの宣言では「世界開放のための連合国軍隊の日本進駐」が歓迎されると同時に、天皇制の打倒が唱えられていた。このような現実を背景にして、越後獅子は、「錆びて」しまった「政治思想」、「陳腐な便乗思想」を批判したうえで、「真の自由思想家」が「叫ばなければならぬ事」を述べるのである。

越後獅子はきちんと正坐し、「天皇陛下万歳！　この叫びだ。昨日までは古かつた。しかし、今日に於いては最も新しい自由思想だ。〔中略〕わしがいま病気で無かつたらなあ、いまこそ二重橋の前に立つて、天皇陛下万歳！　を叫びたい。」（二〇一頁）

「今日に於いて」「最も新しい」思想を、「昨日まで古かつた」主張に求める越後獅子の論理が、「健康道場」において過去を「忘れる」ことから成り立った「新しい日本」の論理を覆すためのものであることはいうまでもない。その意味で、第1節で確認したように、この主張を「新型便乗主義」を批判するための「保守派宣言」として捉えることに異議はない(18)。だが、同時にこの場面が、過去を切り捨てる「新しい日本」を批判するために用いた「古い」論理が、如何に容易く「古い」日本を復帰させてしまうのかを露呈している点も強調せねばならない(19)。戦後日本の「新しい」思想を説明する二〇代の青年は、「君民一如の民主政治」を説き、まさに「新しい日本」において天皇制という「古い」システムの温存を主張した保守的な自由主義者、鳩山一郎を呼び出した越後獅子の言葉に感動の涙を流すのである。

ここにおいて「あの日」の描写においては決して「天皇」という言葉を用いることなく、周到な表現によって開戦の日と敗戦の日を重ね合わせることを可能にした小説の冒頭と連動して、「天皇陛下万歳！」と叫ばれるこの場面は、開戦の日と敗戦の日を呼び起こす「あの日」の主体を召喚することになる。また、「あの日」の重層性によって「天皇陛下万歳！」という叫びも必然的に、開戦以降、熱狂的に戦争を讃美し、協力した戦時共同体の過去をも呼び込んでしまう(20)。同時に、敗戦直後の日本という現実において依然として「天皇陛下万歳！」と連呼している戦時共同体の姿を喚起させ、「新しい日本」を批判するための「古い」日本への復帰が、再び「あの日」の主体、天皇への回帰につながる危険性を露呈するのである。

このように「新しい日本」の思想の根拠が最も「古い」ものに求められるのと併行して、「新しい」女性として描かれたマア坊も否定され、「天皇陛下万歳！」を叫んでいた越後獅子に「母親は、よつぽどしつかりした女に違ひない」と評価された竹さんは理想化されていく。女性の価値を判断する基準を「母」の問題へ帰結させ、「家」の領域に女性を取り戻す動きは、女性に戦中の価値を強要する行為である点で、「天皇陛下万歳！」に「新しい日本」の思想を求める男性の論理と同様な指向を示しているといわざるを得ない(21)。

以上、「健康道場」における〈断絶〉と〈連続〉のせめぎ合いを確認したうえで、次節では、それまでの議論を無効にする決定的な出来事を考察する。

## 5. 再び「あの日」へ

「僕」に呼び掛けられる「君」、同時代的な出来事を喚起する日付をともなう手紙の形式によって、戦時共同体としての「僕たち」が集合的記憶を呼び戻す過程を追ってきた。ここで改めて、手紙が「健康道場」の内部と外部をつなげる手段であったこと、内部にいる「僕」が、内部の出来事を描く独占的な書き手であったことに注意を促したい。『パンドラの匣』は、「僕」から「君」へ送った一三通の手紙から成り立っており、「僕」の手紙に「君」の返事の一部が引用されることはあっても、そのまま挿入されることはない。それ故に、「僕」が描いた「健康道場」の内部が相対化されること、具体的には「君」である友達の訪問と「僕」の外出によってその内部と外部の境界が崩れることは、『パンドラの匣』の展開に決定的な転機を与える。いままでの議論に相対化が迫られることも避けられない。そのような様相を、以下、最後の二つの手紙を通して確認する。その際、手紙のタイトルがそれぞれ「古い」男女を表象する「花宵先生」(=越後獅子)と「竹さん」に当てられ、「古」さへの復帰を表わしていることは象徴的である。

「花宵先生」の章において手紙の受け手である「君」(=友達)は、いよいよ「健康道場」を訪問する。ここでは、「僕」が統御してきた「健康道場」の話が、とりわけ竹さんの評価において転覆される点に注目したい。いままで「僕」は、竹さんが「ちつとも美人ではな」く、「お色気の無い」ことを強調してきたが、実際に竹さんに会った友達は、彼女が「すごい美人」であることに気づく。だが、「僕」は、竹さんが「色気無しに親愛の情を抱かせる若い女」であることを再び主張し、新しい「男女の間」における「信頼と親愛」を強調するが、竹さんを描く際に用いられた「幻想」や「夢」という表現は、すでにそのような理想化の虚構性を予感させていた。それから、最後の手紙、「竹さん」において「僕」は、次のように「白状」するのである。

> 僕は白状する。僕は、竹さんを好きなのだ。はじめから、好きだつたのだ。〔中略〕僕はマア坊の美点ばかりを数へ挙げて、竹さんの悪口をたくさん書いたが〔中略〕こんどは、僕は戦法をかへて、ことさらに竹さんをほめ挙げ、さうして、色気無しの親愛の情だの、新しい型の男女の交友だのといつて、何とかして君を牽制しようとたくらんだ、といふのが、これまでのいきさつの、あはれな実相だ。僕は色気が無いどころか、大ありだつた。
>
> (一三一~一三二頁)

「君」の訪問で暗示されていた疑惑は、「僕」が「健康道場」の外に出て竹さんと「健康道場」の場長の結婚話を聞かされたことを切っ掛けに明かされた。一三通からなっている小説テクストのなか、一二通の手紙を否定する最後の手紙のタイトルが「竹さん」であることは偶然ではない。『パンドラの匣』のもとになったといわれる「木村庄助日誌」に竹さんたる人物が登場しないことは、すでに指摘された通りであり(22)、作者によって創造された竹さんの正体が明かされる場面の重要性は、最初の原稿が届いた一九四五年九月三〇日の時点で「竹さんなる女性の顔は、当分挿画のほうには出さないよう」と作者に頼まれたという編集者のエピソード(23)からも窺える。

それでは、竹さんの結婚とそれまでの手紙を否定する行為は如何に捉えるべきか。「病気を忘れる」という「健康道場」の方針を決め、統率してきた場長と竹さんが結ばれたことが明らかになった時点で、「僕」は竹さんの「色気」を否定して「古」さへ復帰することも、つづけて「新し」さを主張することも不可能になったわけである。最後の手紙の日付は「十二月九日」、一九四五年一二月は、天皇を「人間」にする準備の一環として行われた占領政策によって、国家神道の廃止と徹底した政教分離の指令が出され、日本政府が元号制の存続を発表した時期である。戦中から戦後へ、〈断絶〉を打ち出した占領改革が天皇制の存続という〈連続〉の路線をはっきりと示したのである。

ここに至って、「あの日」、天皇によってもたされた「新日本再建」と占領改革の主張する「新しい日本」が合致することで天皇と戦時共同体から過去が切り捨てられることになり、忘れようとする過去を想起することで辛うじて保っていた〈断絶〉と〈連続〉がせめぎ合う議論の場も、その終息を迎える。「四箇月振り」に初めて「健康道場」の外に出て竹さんの喪失という現実を知らされた「僕」が、マア坊と見上げた空に「アメリカの飛行機」が飛んでおり、「ああ、あれも、これも、どんどん古くなつて行く」と述べた「僕」は、「新しい男の看板」を「撤回」するのである。いまや、「あの日」を描くエクリチュールが露呈していた戦中の記憶も「みんな忘れ」られるであろう。

さらに、象徴的なことに、竹さんを擁護するために新しい「男女の間」における「信頼と親愛」を強調していた「僕」がその主張を破棄するに至る最後の章が新聞に連載される最中（一九四六年一月一日、三日〜七日）、天皇制存続を露わにした「年頭詔書」、所謂「人間宣言」が発表されている。そこには、本来、天皇と国民との関係は「信頼ト敬愛トニ依リ結バレ」、〈連続〉としてあることが説かれていた。「尊いお方の直接のお言葉」に追従すべく「あの日」

を迎えた「僕」に、もはや〈断絶〉と〈連続〉のせめぎ合いによって思想を模索することも中断させられた「僕」に、もう一つの「あの日」が訪れたのである。

## 6.『パンドラの匣』と〈歴史的時間〉

『パンドラの匣』が連載された期間は、敗戦後、戦争犯罪者の逮捕とともに人権指令による政治犯の釈放、治安維持法の撤廃をはじめ、農地改革、国家神道の廃止、婦人参政権の確立、労働組合法公布などポツダム宣言に基づく占領改革が行われる最中であった。その一方で、天皇の靖国神社訪問、元号制の存続の発表、年頭勅書など天皇制の維持、即ち象徴天皇制の成立への道を露呈する時期でもあった。まさに戦中から戦後へ、軍国主義の〈断絶〉と天皇制の〈連続〉の運動が同時進行していたのである。

米谷匡史[24]は、「戦後民主主義の〈始まり〉」を再検討することで、「〈断絶〉と〈連続〉をたくみに複合させる再編構想」によって「戦中から戦後への転換」が行われるプロセス、日本政府と占領軍の合作として「天皇を国民統合の象徴とする戦後日本国家が成立した」過程を明らかにしている。そのなかで天皇の「玉音放送」が流れた「八・一五」という日付の意味が捉え直され、「年頭詔書」が「天皇にとっては、神格化の切り捨てによる〈連続〉の提示でしかなかった」ことが暴き出された。この〈断絶〉による〈連続〉の提示こそ、後に戦争責任の回避の問題へつながるのである。

まさにこの時期、『パンドラの匣』は、「健康道場」というフィクショナルな空間を創造し、その冒頭に一九四一年一二月八日の開戦の日を呼び起こす形で「玉音放送」が流れた一九四五年八月一五日を「あの日」として描いた。そして、「あの日」を〈断絶〉として受け入れる「僕たち」に対して、戦後日本の思想を「天皇陛下万歳！」という叫びに求める、即ち〈連続〉の主張を突きつける様相が描かれたのである。「八・一五」を決して〈断絶〉として捉えさせない重層的な「あの日」の描かれ方は、「新しい」という言葉に象徴される〈断絶〉が絶え間なく「古い」思想を召喚すること、その背景に「あの日」の主体が〈連続〉として存在することを浮き彫りにしたのだ。

つまり、戦中から戦後へ、『パンドラの匣』は、新時代の開幕という認識に留保をつける空間として「健康道場」を設けていたのであり、その場は、同時代において戦時共同体が過去の記憶を「忘れる」ことによって築き上げようとする「新しい日本の建設」というスローガンに対する抵抗になり得た。だが、小説テクストの最後に刻印された〈断絶〉と〈連続〉がせめぎ合う場の終息は、戦後日本における〈連続〉としての天皇制が戦時共同体としての「僕たち」に戦中を切り捨て戦後を生きるという〈断絶〉を保証してしまったことを示すものだった。

第10章

# 語ることが「嘘」になる時間

太宰治「嘘」(一九四六)論

## 1. 「女の嘘」を問い直す

太宰治の「嘘」は、一九四六年二月、『新潮』に発表された。「嘘」は、生家に疎開していた語り手の「私」のところに小学校時代の同級生でいまは町の名誉職である人物が訪ねてくることで始まる。名誉職は、「私」に「女の嘘」にまつわる話を聞かせる。それは、名誉職の親戚である圭吾が起こした脱走事件をめぐる逸話であった。軍隊に入隊せず脱走した圭吾の話を警察署長から聞いた名誉職が、圭吾の家を訪問し、嫁(圭吾の夫人)に圭吾が帰ってきたらよく説得して自分に知らせるように頼んで帰ろうとしたとたん、圭吾がすでに帰って隠れていたことが発覚する。嫁の嘘に憤慨する名誉職と話を聞いた「私」の短い会話で「嘘」は終わる。

筋のみを述べると以上のように簡単だが、複層の構造や話を展開する際の飛躍、登場人物の間に交わされる謎めいた会話など、短い小説でありながら決して解釈が容易なテクストではない。それ故か、「嘘」には、正反対といっていいほど異なる読みが提示されてきた。

同時代においては名誉職が聞かせる「女の嘘」を如何に評価するかに焦点が当てられた。正宗白鳥[1]は「嘘」に「男とちがつて深刻な嘘を吐く」「女」の姿が「短い世間話のうちに表現されてゐる」と評価し、それに対して岩上順一[2]は、旦那の脱走をかばう「女の嘘」に「底ふかい人間性の真実」を読み取り、それを「女性に特有な性癖」としか捉えられない太宰に批判の矛先を向けた。

初めて「嘘」を単独で論じた細谷博[3]は、「もっぱら女の不可解、おそろしさ」を強調する議論に反発し、「女の嘘」に驚く名誉職の「人の好さ」、「いまはまた夫婦仲良」く暮らしている「愚かで純朴な百姓の姿」に「作品の基調にある明るさ」と「美談」的側面を読み取ろうとした。その際、「嘘」が全体の語り手である「私」と「女の嘘」を語る「私」＝名誉職という二つの「私」をもっていることを強調し、名誉職の話に登場する主人公たちの「むきだしの生の前で」、「聞き手」であると同時にテクスト全体の「語り手」である「私」が冒頭で行う戦後批判は「色あせて見えてくる」と述べた。

それに対して鈴木直子[4]は、「嘘」における男性の連帯による女性の他者化を可視化し、「嘘」が決して「美談」になり得ないことを明らかにした。男性たちの「お国のため」という論理に隠れた「自己保全」を暴き出し、戦後において戦時下の日常を回想する際になぜ「女の嘘」が焦点化されたのかを問題にした。結論としては、戦後、あえて「お国のため」という戦時中の論理に基づく「三人の男たちの「戦時の苦労」の物語」を描き、それを「愚弄」するものとして「女の嘘」を描いたところに「主体性を欠いた戦後の民主主義」に対する太宰の批判が潜んでいるということである。そのうえで、戦時中の論理を持ち出すことで戦後を批評する際に用いられたジェンダー構図に、戦時下において決して主体になり得なかった女性への認識が欠如していると批判されるのである。

「女の嘘」を批判するべきか否かという問題に拘泥していた先行研究に対し、「嘘」が「女の嘘」を描いているという前提を覆し、男の論理に潜んでいる「嘘」を読み取ったうえでさらに戦後日本の問題へつなげた鈴木の重要な問題提起を、本章では基本的に継承する。しかし、この議論が「嘘」におけるジェンダーを対立的なものと見なすことによって、「女の嘘」を語るという行為そのものを相対化する視点の存在を看過している点は指摘せねばならない。「嘘」における明らかに非対称的なジェンダー構図は、細谷がすでに指摘した二人の語り手をもつテクストの構造とともに考察せねばならないのである。また、鈴木の議論において「嘘」がもつ戦後批評の側面は、同時代における太宰の発言に求められ、「嘘」がいかに「戦後の民主主義」に対する批判になり得たのかがテクストに即して解明されていない。

そこで本章では、敗戦直後の日本を舞台に二人の男性の会話から始まる「嘘」が、その内部に「女の嘘」という戦時中の物語を挿入している、入れ子逆入れ子の構造(5)であること、このようなテクストの構造が、一九四五年一月という物語内部の時間と、同年一二月という物語が語られる時間と絡み合ってコンテクストの複層性を喚起することに注目する。そこから、物語内部の時間とそれを語る時間との間を隔てる敗戦という契機によって、戦時中の出来事が再構成され、その意味が変容する過程を明らかにし、「嘘」が暴き出す「嘘」の内実を問い直す(6)。

## 2. 「嘘」の構造と問題設定

「嘘」は、三つの場面から成り立っている。㈠「私」と名誉職の短い会話から始まり、㈡名誉職の逸話、㈢「私」と名誉職の会話に戻る。場面㈠と㈡の間には、「私」から名誉職へと、「私」という一人称の語り手の移譲が明示されている。

次のやうな田舎の秘話を語り聞かせてくれた。以下「私」といふのは、その当年三十七歳の名誉職御自身の事である。(一七一頁)

こうして、三つの場面とも「私」をもって語られるため、便宜上、場面㈠と㈢、すなわち「嘘」全体の語り手である「私」を私Aとし、場面㈡の名誉職の「私」を私Bとしたうえで議論を進めたい。
場面㈠の冒頭は、次のように始まる。

「戦争が終つたら、こんどはまた急に何々主義だの、何々主義だの、あさましく騒ぎまはつて、演説なんかしてゐるけれども、私は何一つ信用できない気持です。主義も、思想も、へつたくれも要らない。男は嘘をつく事をやめて、女は慾を捨てたら、それでもう日本の新しい建設が出来ると思ふ。」（一七〇頁）

戦後の世相を批判しながら私Aは、「日本の新しい建設」を妨げる要因として「男」の「嘘」と「女」の「慾」を問題視する。だが、私Bは「逆ぢやありませんか。男が慾を捨て、女が嘘をつく事をやめる、とかう来なくてはいけません」と「いやにはつきり反対」したうえで、その証拠として「女の嘘」というエピソードを語り始め、場面㈡に移るのである。

このように私Aの台詞によって始動された場面㈡のエピソードが、圭吾の脱走事件をかばう嫁の嘘を扱っていることは、前述した通りである。その話が語られた後、場面㈢において聴き手から語り手へ戻った私Aは、「そのお嫁さんはあなたに惚れてやしませんか?」と私Bに聞く。場面㈡を夫のために嘘を吐く女の話として捉えてきた読み手なら、おそらく私Bと嫁の関係を疑うような私Aの質問を前にして当惑するであろう。しかし、この不可解な質問に対して私Bの「まじめ」（二回の強調）な答えを聞いた私Aは、それを「過去の十五年間」において最も「正直な響きを持つた言葉」として受け取って「微笑」する。ここで「嘘」というテクストは閉じられているのである。

「嘘」の流れを確認したうえで、改めて問わなければならない問題を三つ設定したい。第一に、場面㈠の私Aは、なぜ「男」の「嘘」と「女」の「慾」を戦後「日本」の問題へつなげるのか。第二に、なぜ、私Bは、その反発として「女の嘘」を語らねばならないのか。第三に、場面㈢における私AとBのやりとりを如何に理解すればいいか。この三つの問いに答えるため、まず、次節では、タイトルの「嘘」と結びついてきた「女の嘘」、すなわち私Bによって語られる場面㈡を検討する。

## 3. 暴露される語りの「嘘」

これから「田舎の秘話」を語るという私Bは、自らを「駈引きといふ事がきらひで」、「ありのままを言ふ」ものとして強調し、信頼できる語り手であることを聴き手に認識させようと努める。そのうえで、私Aに声をかけることで聴き手を巻き込みながら話は展開される。しかし、見逃してはならないのは、そこに私Aの声が書かれることはないということだ。聴き手の私Aの介入が塞がれている場面㈡は、完全に私Bの語りが支配しているのである。たとえば、私Bが嫁を説明するために用いた「色気」に関する話に注目しよう。

へんな事をおたづねするやうですが、あなたと私とは小学校の同級生ですから、同じとしの三十七、いやもう二、三週間すると昭和二十一年になつて、三十八。ところでどうです、このとしになつても、やはり、色気はあるでせう、いや、冗談でなく、私はいつか誰かに聞いてみたいと思つてゐた事なのです。（二七五頁）

私Bは私Aを呼び出し、「へんな事をおたづねするやうですが」という前置きをしたうえで、「ところでどうです、このとしになつても、やはり、色気はあるでせう」と聞くが、その答えは書かれない。だが、つづく傍線の「いや、冗談でなく」という否定の言葉は、確かに私Aが示した反応に対してのものである。つまり、ここで「いや」は、聴き手の参入を防ぐことで進められる話の痕跡である。

この「いや」というノイズは、場面㈡に散見されるが、必ずしも私Aと私Bとの関係に限らない。聴き手の声を消去する語り手という意味では、圭吾の脱走事件を伝える警察署長の言葉を私Bが代わって語る、次のようなところにも表れる。

署長の願ひといふのは、とにかくあの圭吾は逃げ出したつて他に行くところも無い。この吹雪の中を、幾日かかつても山越えして、家へ帰つて来るに違ひない。死にやしない。必ず家へ帰つて来る。何せ、あれの嫁は、あれには不似合ひなほどの美人なんだから、必ず家へ帰る。そこで、あなたに一つお願ひがある。あなたは、あの夫婦の媒妁人だつた筈だし、また、かねてからあの夫婦は、あなたを非常に尊敬してゐる。いや、ひやかしてゐるのでは、ありません。まじめな話です。〔中略〕脱走兵を出したとあつては、この町全体の不名誉です。この町の名誉のために、一つ御苦労でもたのむ、といふやうな事でした。（一七三〜一七四頁）

「署長の願ひといふのは、」から始まって「といふやうな事でした」で括られている前掲の引用の傍線に留意してほしい。ここでも聴き手の存在——この場合は私B——は「いや」という言葉で初めて立ち上がってくるのである。以上、前後する二つの引用から語り手と聴き手との間における非対称性を確認したが、さらに、「いや」が用いられる箇所の内容を検討する必要がある。先まわりしていえば、聴き手の存在が垣間見える「いや」にこそ、語りの権力によって隠蔽されかけている問題を暴き出す可能性があるからだ。語り手が独占する話の亀裂、それを「嘘」と呼んでもいいだろう。

「嘘」に開示された話の順番から、警察署長の話に表れる「いや」の前後を単純化して再現してみると次のようになる。「あの夫婦は、あなたを非常に尊敬してゐる」と述べた警察署長に対して、私Bは「私をひやかしてゐますか」と反応し、警察署長は「いや、ひやかしてゐるのでは、ありません」と否定する。おそらく「あの夫婦」と私Bの関係を知っている警察署長の「尊敬」という言葉が、私Bにとっては「ひやかし」にしか聞こえなかったのである。この推測をさらに補強するのは、前に引用した「色気」に関する話である。呼び出された聴き手に私Bは、女性を判断する基準として「色気」の話を持ち出していた。要は、自分に「色気」を感じさせないところを「心の正しい」証拠として、嫁を「尊敬」できる女性として信じていたという話だが、嫁の嘘が発覚する本筋に入る前に唐突に挿入されている。そのことで「色気」の話は、かえって聴き手にその必然性を疑わせてしまい、夜中に若くて美しい女性である嫁を訪問することへの弁明として捉えるよう仕向ける。

ここまでの状況証拠によって私Bと嫁との関係が疑わしくなったであろう聴き手――私Bに対して聴き手である私A、または「嘘」の読み手――の前に、語り手の権力を取り戻した私Aが現れ、場面㈢が展開される。

「そのお嫁さんはあなたに惚れてやしませんか?」

名誉職は笑はずに首をかしげた。それから、まじめにかう答へた。

「そんな事はありません。」とはつきり否定し、さうして、いよいよまじめに（私は過去の十五年間の東京生活で、こんな正直な響きを持つた言葉を聞いた事がなかつた）小さい溜息さへもらして、「しかし、うちの女房とあの嫁とは、仲が悪かつたです。」

私は微笑した。（一八二頁）

ここに至って、「いや」というノイズの不完全な削除、内容展開における矛盾などによって私Bと嫁の関係に疑問を抱いた私Aが確信めいた質問をし、私Bの無意識から「うちの女房とあの嫁とは、仲が悪かつた」という答えを引き出したのである。つまり、私Aは、語りの権力によって私Bが独占していた話に亀裂が走ったこと、即ち「嘘」を見抜いて「微笑」したのだ。しかし、「女の嘘」を語る私Bの「嘘」を確認した私Aは、なぜ自らの「嘘」を暴露してしまった私Bの「まじめ」(二回も強調)な答えを、「過去の十五年間」においてもっとも「正直な響きを持つた言葉」として受け取っているのか。それが皮肉であることはいうまでもないが、「過去の十五年」という言葉が明らかに戦時中を想起していることには注意を払うべきであろう。次節では、再び「嘘」の入れ子逆入れ子の構造を喚起しながら、語ることへの欲望とそこに呼び込まれる〈歴史的時間〉を確認する。

## 4. 語ることへの欲望と〈歴史的時間〉

そもそも私Bが私Aを聴き手とし、「女の嘘」を聞かせたのはなぜか。私Aは、「東京にばかりいらつしやつたのだから」、「この地方」に関して情報がなく、その意味で「嘘」の読み手とほとんど立場は変わらない。話を進めるなか、私Aが長らく東京にいたことを繰り返し喚起することで、私Bは「この地方」の出来事を伝える特権的な語り手の位置を確かめていたのである。しかも、私Bの話の信憑性を問うために必要な唯一の証人、警察署長は現在「転任」によって不在であり、圭吾に関する情報も「美談といふわけのものでもない」ために明かされない。つまり、出来事の真相に近づくことが極めて難しい聴き手を設定し、語り手は話を進めたのである。こうして語りの確固たる位置を確保した私Bの話を可能にしたもう一つの背景は、次のように語られる。

今だから、こんな話も公開できるのですが、当時はそれこそ極秘の事件で、この町でこの事件に就いて多少でも知つてゐたのは、ここの警察署長と(この署長さんは、それから間もなく転任になりましたが、いい人でした)それから、この私と、もうそれくらゐのものでした。(一七一頁)

私Bは、戦争が終わった「今」が、「こんな話」=「田舎の秘話」=「極秘の事件」を語ることを可能にしたと述べ、これから展開する「女の嘘」をめぐる物語が戦後になってはじめて明かされる戦時中の「秘話」であることを強調する。具体的に、物語内部の時間は「ことしの正月」であり、それが語られるいまは「二、三週間すると昭和二十一年」であるとテクストは明確に提示している。つまり、私Aは敗戦直後に、私Bの敗戦直前の話を聞いているのであり、そして時間の経過と私Bの語りは密接に結びついている。

そして、このような出来事の真相を語る語り手の立場、その語りを促す時間の問題は、「小学時代の同級生」の私Bを名前ではなく「名誉職」と、物語の登場人物を警察署長、嫁という一般名詞で表すこととあいまって、同時代の人々にいくつものコンテクストを喚起する機能を果たしたであろう。「私」という一人称で物語が語られる途中、語り手が絶えず聴き手を参加させ、物語化への参与を促していたことは確認した通りである。以下、聴き手をテクストに呼び込む設定として一般名詞の同時代的な意味について考えたいが、とりわけ、場面(二)において権力をもって語りを進める名誉職とその共犯関係にある警察署長を敗戦直後の日本という時空間から確認し、物語への欲望について考察する。

まず、警察署長から検討しよう。周知の通り、一九四五年一〇月四日、好ましからざる人物を公職から罷免する装置、いわゆる「人権指令」が実施された。この指令では、当時の内務大臣(山崎巌)、内務省警保局長、東京・大阪「その他の大都市の警察首脳」、および全県の警察首脳の罷免を要求し、弾圧を実施した機関である首都圏・地方・府県の警察部、その他特定の警察機構の特別高等警察関係職員すべての罷免を命令した(7)。警察機能の改革との関連で司法省の保護観察行政も廃止され、廃止された法令に関連のある、つまり警保局長およびすべての都道府県ならびに市町村の警察署長が罷免の対象とされたのである(8)。このような文脈から、「嘘」において警察署長の不在の背景に戦後改革の影を読み取ることも可能であろう。とりわけ、物語が語られる一九四五年一二月、「警察の民衆化」と「警察署長の公選」を要求する声が新聞紙上に飛び交っていた(9)。

次に、「一八八八年に市制町村制が制定される過程のなかで、日本に登場した」(10)とされる名誉職について考察する。「嘘」を読むうえで注目したいのは、一九三七年日中戦争勃発後、国民精神総動員運動のなかで名誉職が果たしてきた役割である。主に「町村長や助役」(11)を務めていた名誉職には、戦時中における町内会の役割を強化することが要求されていた(12)。名誉職の直接の指揮下に置かれた町内会は、一九四三年法制化され、「権力側の国民動員のための実行過程に国民＝地域住民が丸ごと包摂されることによって、戦争遂行（＝国民の戦争への参加）が可能となった」。その具体的な機能が「新兵募集の儀式の開催」や「警察と共同して自警団の結成」(13)することなどであったことを考えると、「嘘」で圭吾を入隊させる名誉職の役割や、脱走事件を警察署長とともに解決する名誉職の姿も理解できよう。そして、敗戦直後の日本、直接的に公職追放の対象であった警察署長と異なり、名誉職は、適用範囲の境界領域にいた(14)。

さらに強調したいのは、「嘘」の物語が語られる時間、一九四五年一二月九日、第一次農地改革（農地調整法改正公布）が始まり、つづいて、一七日には婦人参政権が確立したことである。戦時中、「嘘」の名誉職は地主であり、嫁は小作人であったことからすれば、右の一連の改革は、そのような関係を解体するものにほかならず、小作人の女を脅威として浮上させてしまうところに名誉職の焦燥を読み取ることもできる。つまり、戦時中の戦争協力の罪が問われる敗戦直後の日本において極めて不安定な名誉職の立場と、独占的な語りをもって戦時中の出来事を「女の嘘」という物語に仕上げようとした彼の欲望は、無関係であるはずがないのである。

## 5. 戦後日本、語るという「嘘」の連鎖

場面(二)の分析を通して「女の嘘」という話そのものが語りの権力によって作り上げられたものである可能性を示し、そのような物語への欲望が、戦時中を語ることによって戦後を生き延びようとする敗戦直後の状況を背負っていることを確認した。戦後日本の問題を「男」の「嘘」と「女」の「慾」に求めた私Aの論理を覆すために語られた私Bの

話は、結果的に「男」の「嘘」と「慾」――「色気」を語る部分で顕著である――を露わにしてしまったのである。そしてテクスト内部に自身の語りをもたない「女」は、「嘘」と「慾」の主体になることすらできなかった。

ここまで第2節で設定した三つの問題を問うた後、さらに強調せねばならないのは、このような「嘘」の読みを可能にしたテクストの入れ子逆入れ子の構造である。この構造は、場面㈡の物語に亀裂を入れることで語り手の独占を露わにし、敗戦直前という物語内部の時間とそれが語られる敗戦直後の時間を場面㈠と㈢に刻み込むことで、語るという「嘘」を明らかにした。結局、タイトルの「嘘」は、冒頭における私Aの主張のように「男」の「嘘」を表すことになっているのである。

私Bが「女の嘘」を語る際に聴き手として参与し、その物語がはらんでいる亀裂を看破した私Aが、場面㈢の会話を通して語りの「嘘」を暴くというプロセス。「日本の新しい建設」のために排斥すべき「男」の「嘘」を主張することで私Bの話を始動し、その話にノイズを残すことによって「嘘」を暴露した編集者としての私Aの意図は明らかである。戦時中を語ることで築き上げようとした戦後主体の不安定さを描くことで、私Aは「日本の新しい建設」そのものの矛盾を批判していたのである。

このように戦後日本において語るという「嘘」を描いているテクストとして「嘘」を捉える際、場面㈡で私Bが嫁の「嘘」を表す表現は、意味深長に響く。ここで「嘘」は、同時代における「嘘」の連鎖へと拡張し、さらなるコンテクストを呼び込むからだ。

> 嫁のまるでもう余念なさそうに首をかしげて馬小屋の物音に耳を澄ました恰好は、いやもう、ほとんど神の如くでした。おそろしいものです。（一八一頁）

警察署長が私Bを、私Bが嫁を説得するために持ち出した論理は、「お国のため」という戦時中日本を支配していた価値体系に基づいたものであり、警察署長は「おかみのお叱りのないやうに」と表現することで「おかみのお叱り」と町、国との関係（罰の構造）を暗示していた。そして戦後日本において私Bは、自らが作り上げた「女の嘘」を「神の如くでした」と喩えるのである。戦時中の「女の嘘」を「神の如」き「嘘」といかにも不敬な言葉で表すことができたのは、戦時中を語ることを可能にした敗戦という出来事にほかならない。つまり、もはや「おかみのお叱り」という戦時中の論理が崩壊した戦後日本において「神の如」き「嘘」という表現が生み出されたのである。

さらに重要なのは、戦争が終わらなかったら、嫁を「永遠に信じてゐたでせう」と自らを「神の如」き「嘘」の被害者として位置づける私Bの論理である。私Bをして「嘘」の物語の創出を強いた背景には、まさに同様な論理構造をもって戦後日本を生き延びようとした「神」の文脈が存在するからである。物語が進められる「嘘」の時間に〈歴史的時間〉を重ねた際、一九四五年一二月の時点でまず想起されるのは、天皇の臣民が東京裁判に起訴され、戦時中の罪が問われるなか（近衛の自殺）、一五日に「神道指令」が下されたことである。まさに「おかみ」＝「国体」のもとで遂行された戦争責任が問われる際、「神」は「人間」として生き残る道（＝戦後主体形成のための物語化）へ着実に進んでいたのである。その意味で「嘘」は、敗戦直後の日本において、「私」という一人称をもって戦時中の出来事を物語化（編集・再構成）しようとする欲望の一つの表れであったかもしれない。それを見て取った聴き手＝私Aが、明らかに「十五年」戦争を喚起する「過去の十五年間」において、語り手＝私Bの言葉をもっとも「正直な響きを持つた」と「微笑」することは、もはやイロニーにしか受け取れないのだ。

## 6.「嘘」の時空間

本章では、テクストの構造と時間設定に注目し、語りの権力性によって名指される「女の嘘」と、「嘘」とは決して呼ばれなかった「男」の語りの問題を再考してきた。

二人の語り手をもつ入れ子逆入れ子の構造は、「女の嘘」を語る「男」の「嘘」を露わにし、語る行為そのものの「嘘」を問題にしていた。階級と性の明らかな非対称性を利用して進められる物語は、それが語られる過程において、聴き手の声を消す語り手（私B）の存在を露呈することによって相対化を迫られた。そして語り手（私B）の「嘘」を読み取った聴き手（私A）は、物語内容の信憑性を疑わせる形でテクストを編集したテクスト全体の語り手にほかならなかったのである。

敗戦という出来事を挟んで設定されている二つの時間軸は、「嘘」の物語が始動する〈歴史的時間〉を召喚し、戦後日本における戦時中を語るという「嘘」の連鎖を想起させた。他者を犠牲にして「嘘」の物語を作り上げる語り手が、戦争の責任が問われる敗戦直後の日本、公職追放の対象になる危機に直面している名誉職として設定されていることは、語り手の欲望を読み取るうえで欠かせないコンテクストであった。さらに、「女の嘘」を作り上げる際に用いられる語り手の表現は、同時代における戦時中を否定する物語化の進行とそれにともなう「嘘」のコンテクストへつながる契機を有していた。

このように、「嘘」は、物語を紡いでいく語り手（私A）によって語り手（私B）の物語の「嘘」が暴き出されるテクストであると同時に、戦時中を物語化することによって戦後を生き延びようとする際の欲望が如実に現れているテクストであったのだ。

第11章

# いま、「少しもわからない」小説

太宰治「女神」（一九四七）を中心に

## 1. 「少しもわからない」テクスト

太宰治の「女神」は、一九四七年五月一日『日本小説』に発表された。

敗戦直後のある日、「私」のところに、戦時中に「満洲」(1)へ行って永く消息が絶えていた飲み相手、細田が訪問してくる。最初、「私」は、変貌した細田の外見に驚くが、自分の妻が実は「女神」であると主張する彼の話を聞いているうちに、彼の「発狂」を確信し、「細君の許に送りとどける」ことにする。だが、細田の妻は、彼の「発狂」に気づいていないようで、「私」は「少しもわからな」くなる。帰宅後、その話を「家の者」に告げるが、彼女は平然として「狂つたつて、狂はなくたつて、同じ様なもの」と応酬するのみだ。こうしてテクストは、「私」が抱く不可解さが登場人物の誰とも共有されないまま、終わるのである。

「女神」の研究は極めて少ない。奥出健(2)は、細田の女性賛美から「戦争にみた男性論理の不毛の反省と今後は融和する男女の世界が必要」という論理を見出し、それを「願いながら無頼の世界へ放浪」する「私」に戦後の太宰の姿を重ね合わせる。だが、テクストの表面上の言説をそのまま作者のものとして受け取ることでは、「私」が細田を「狂人」として捉える理由を説明することができない。そこで「太宰個人」を越えた作品論を展開し、「女神」を「〈戦後〉における言説の葛藤それ自体の映し絵」として捉えたのは、菅聡子(3)である。菅は、テクストにちりばめられた記号を丁寧に分析することで「表層の女性賛美」と裏腹に「大日本帝国における神話の語り直し」が潜んでいることを明らかにし、「女神」の「〈戦後〉を貫く批評性」を評価した。

菅によって戦後文学として「女神」の重要性が浮き彫りにされた。そのうえで、本章で考えたいのは、「女神」というテクストのあり方である。それは、方法論と言い換えることができる。菅の読みから明らかになったのは、「女神」は、そこに配置されている記号を読み解くことなくしては、「少しもわからない」テクストであるということである。つまり、「女神」に戦後日本に対する批評性をもたせたのは、菅という読者なのである。テクストは、謎解きのように読者の前に提示されるのみである。それは、作者(4)が読者(5)に記号の解釈を託す形で生成されたテクストともいえよう。

このような観点に基づいて本章では、「少しもわからない」「女神」が戦後テクストとして生成される過程そのものに注目する。議論の順序は次のようである。

第一に、記号が配置されたテクストのあり方を確認し、第二に、記号の意味を解くため、おそらく要求されるであろう読者のコンテクストを探る。その際、菅の「戦後」という用語をさらに分節化し、「女神」の物語内部の時間と発行時である一九四七年にしぼってコンテクストを具体化する。第三に、それらの記号の意味化を通して「女神」の読みを提示する。第四に、テクストに作者が姿を現す瞬間に注目し、それによって新たに喚起されるコンテクストとともに語る・書く場が揺れることを確認したい。最後に、「女神」が戦後テクストとして成立するのは、時間の点滅によっていまは忘れかけている過去の時間を〈歴史的時間〉として再び召喚し、テクストの記号の意味を獲得していく読者の作業であることを明らかにしたい。

## 2. テクストに配置された記号

まず、テクストのあり方を検討しよう。テクストは、次のように始まる。

れいの、璽光尊とかいふひとの騒ぎの、すこし前に、あれとやや似た事件が、私の身辺に於いても起つた。（七七頁）

この冒頭は、これから展開される「私の身辺」にまつわるエピソードが「璽光尊とかいふひとの騒ぎ」と「やや似た事件」であることを示している。同時に「れいの」という表現によって、その「騒ぎ」が共有されるべき記号であることが提示され、それを読み解くことで「すこし前」として設定されているテクストの時間が明らかになる、というような仕組みである。この一文の後、「私の身辺」に起こった細田の訪問が描かれるのである。

突然、「私」の前に現れた細田が最初に発した言葉は、「私は、正気ですよ。正気ですよ。いいですか？ 信じますか？」であった。つづいて、「私」が到底名を明かすことのできないほどの「大偉人」を長男、細田自身を次男、「私」を三男とする「生みの母」が、細田夫人＝「女神」であると、細田は主張する。「女神」が細田に「その事を打ち明けてくれたのは、満洲から引揚げの船中に於いて」であったらしい。これを聞いて「私」は、即座に「満洲で苦労の結果の発狂」と判断し、細田を家に届けることにする。だが、その間も彼の話は止まらない。

「けふは実に、よい日ですね。奇蹟の日です。昭和十二年十二月十二日でせう？ しかも、十二時に、私たち兄弟はそろつて母に逢ひに出発した。まさに神のお導きですね。十二といふ数は、六でも割れる、三でも割れる、四でも割れる、二でも割れる、実に神聖な数ですからね。」〔中略〕彼のいま住んでゐるところは、立川市だといふので、私たちは三鷹駅から省線に乗つた。省線はかなり混んでゐたが、彼は乗客を乱暴に掻きわけて、入口から吊皮を、ひいふうみいと大声で数へて十二番目の吊皮につかまり、私にもその吊皮に一緒につかまるやうに命じ、

「立川といふのを英語でいふなら、スタンデングリバーでせう？　スタンデングリバー。いくつの英字から成り立つてゐるか、指を折つて勘定してごらんなさい。そうれ、十二でせう？　十二です。」

しかし、私の勘定では、十三であつた。

「たしかに、立川は神聖な土地なのです。（八四〜八五頁）

「私」が細田の「発狂」を判断する根拠を、彼が発する言葉に求めるのならば、「満洲」をはじめ、前掲の引用における「奇跡の日」、「神のお導き」である「昭和十二年十二月十二日」、「十二」という「神聖な数」で結びつけられる「神聖な土地」の「立川」といった記号は、重要になってくる。これらの記号の意味を解くことは次節に譲ることにして、とりわけここで注目したいのは、解釈を強いる多くの記号の存在であり、それらの記号に対する註釈も「私」の解釈も付け加えないテクストのあり方である。

引用において「私」の役割は、細田が発する言葉の意味を探り当てることにない。「私」は、「十二」という数字に執着する細田の言葉の連関を説明する代わりに、その数字の細部の訂正をするのみである。このように細田を観察し、言葉を聞いているだけの「私」が、果たして記号の意味を察して細田の「発狂」を確信しているかすら判断し難く、それらの記号がなぜ細田の「発狂」を裏づけているのかを読者が解することは至難の業である。テクストは記号を配置したが、それらを放置しているのである。

記号の意味を共有しないいまの読者は、「私」の判断に即して細田の言葉を狂人のそれとして、意味をなさないも

のとして捉えるだろうか。それとも、具体的な事件名と日付とトポスを表す記号を読み飛ばすことに違和感を覚え、それらの意味を探し当てるだろうか。前者を選んでテクストを読み進めようとする読者は、最後の場面、即ち「私」を除くすべての登場人物が細田の「発狂」を問題にしないという「少しもわからない」状況を謎のままにして取り残される。

つまり、「女神」というテクストは、語り手である「私」が感じる不可解さを説明しないでそれを読者に転嫁し、テクストは、配置された記号の解釈すべてを読者に課するあり方を取っているのである。それゆえに読者は、〈歴史的時間〉の構築を通して記号の意味を探り、テクストの意味化を試みなければならなくなる。

## 3. 読者の再現 ①――記号のコンテクスト

ここでは、記号が呼び込む〈歴史的時間〉を検討することで、テクストが要請する読者の役割を再現してみよう。その際、菅が指摘している記号の解釈を参照しつつ(6)、一九四七年のテクストとして「女神」に焦点を当てることでいままで注目されてこなかった記号のコンテクストや記号同士の関連性について考察を深めたい。

同時代におけるテクストの位置づけや物語内部の時間設定を集約している冒頭の「璽光尊」から確認しよう。「爾光尊」とは、敗戦直後に大きな反響を呼び起こした新興宗教である璽宇教のリーダー、長岡良子をさす。璽宇教の信者のなかには、相撲界でもはや伝説的存在となっていた元横綱の双葉山や、囲碁の名人呉清源などがいたため、ジャーナリストの注目をあびていた(7)。「璽光尊」の存在が新聞紙上に集中的に報道されたのが、一九四七年一月から二月までであることを調べた読者は、「去年の暮」という「女神」の物語内部の時間を一九四六年一二月として確定することができよう。この時期と「女神」が発表された一九四七年五月を前後にした「戦後」のコンテクストを背景に細田が発する言葉における記号の空白を埋めていく。

細田と「私」が、「満洲」から引揚げてきて「神聖な土地」＝「立川」に住んでいる「女神」に会いにいく「けふ」は「奇跡の日」となっている。「八紘一宇」、「万邦ヲシテ各々所ヲ得シメ」る（「日独伊三国条約締結ノ詔書」）という日本の帝国主義支配の性格をいみじくも示す「満洲」というトポス、陸軍飛行場として戦争末期まで陸軍航空部隊の重要拠点の一つであった「立川」(8)、南京陥落の日付である「昭和十二年十二月十二日」まで、これら記号が、戦時中を連想させるものに満ちていることがまずいえよう。それでは、戦後においてはいかなるコンテクストを呼び込むのか。

まず、「満洲」と南京陥落の日に注目したい。『朝日新聞』は、一九四六年八月八日から八月三十日までほぼ連日「溥儀氏証人台へ」との記事を報道している。一九四六年九月、所謂「バクロ雑誌」の『真相』(9)の表紙には、「皇帝溥儀は何をしたか」という大文字タイトルの下に「かつて日本天皇と兄弟のチギリまで結ばされたロボット満洲国皇帝、今は東京裁判の証人台にたつ、数奇の主溥儀の全貌を知れ！」と書かれている。つまり、同時代における「満洲」という記号は、読者によって、戦時中の満洲国皇帝であった溥儀が戦後において東京裁判の証人台に立つという出来事と強く結びつけられていたはずである。

南京陥落の日はどうか。いくつか例を挙げてみよう。『人民評論』において金子廉二(10)は、南京虐殺事件を紹介しつつ、「国民の大部分は、無智と卑屈の故を以てこの犯罪を支持した」と述べ、国民が自ら戦争責任者を「徹底的に追及」することを促している(11)。南京陥落の日は、同時代においては日付だけで喚起され、国民に戦争責任を突きつける出来事であったのだ。実際に「昭和十二年十二月十二日」の新聞には「専門家も予想外　南京半歳で陥落す――科学戦と智勇の所産」との記事が前面に出されており(12)、日本国内で南京陥落のニュースに接した人々は、上海派遣軍最高司令官松井石根陸軍大将らに宛てて「タイショウヲシュクス」という祝電を打ち、提灯行列を行い、口々に「バンザイ」を連呼して歓喜していた(13)。

そして、一九四六年八月三十日の『朝日新聞』には、写真つきの記事である「溥儀氏の筆跡鑑定　被告・法廷風景」の下段に、「描く戦慄の〝白昼夢〟南京虐殺の証拠を提出　上海侵略段階へ」という記事が一緒に載っていたのである。つまり、「満洲」と南京陥落の日という記号は、戦時中の記憶を召喚しつつ、戦後、続々明かされる戦争の「真相」と戦争責任の問題を呼び起こしてしまうのである。

ここまで記号のコンテクストを確認したうえで、次節では、このような記号の配置によってテクストがいかなる意味を生成していくのかを考えたい。

## 4. 読者の再現②――記号の意味化

いままで同時代において記号が喚起するコンテクストを明らかにした読者は、もはや細田の言葉を狂人のそれとして無視できなくなる。たとえば、次のような「愚劣極まる御託宣」の内容は解釈を迫るものへと化する。

> 私は実は女神だといふ事、男の子が三人あつて、この三人の子だけは、女神のおかげで衰弱せず、これからも女性に隷属する事なく、男性と女性の融和を図り、以て文化日本の建設を立派に成功せしむる大人物の筈である事、だからあなたも、元気を出して、日本に帰つたら、二人の兄弟と力を合せて、女神の子たる真価を発揮するやうに心掛けるべきです（八一～八二頁）

「女神」とその子たる三人兄弟が成し遂げるべき「文化日本の建設」というスローガンは、細田の訪問の少し前、一九四六年一一月三日に日本国憲法が公布され、「女神」が発表された二日後である一九四七年五月三日に新憲法の施行が行われたというコンテクストとともに敗戦直後における重要な局面、具体的には新憲法と象徴天皇制の成立を呼び起こしてしまう(14)。新憲法公布の詔勅の最後は、「この憲法に基づいて文化国家を建設する」となっており、小森陽一[15]が指摘しているように、この「文化」という言葉こそ、過去の忘却を促すことで「敗戦後の天皇制権力を生き延びさせる重要な概念」であったのである。

こうした大枠の設定と文脈を背景に、記号の意味化を試みると、まず、「満洲」と南京陥落の日付が結びつけられ、一つのコンテクストを呼び起こす。

「日本天皇と兄弟」であった「満洲国」の溥儀は証人台へ上り、南京陥落の英雄であった松井石根は「南京事件」の責任者としてA級戦犯になった[16]。だが、「日本天皇」の戦争責任が問われることはなく、同時期に「文化」という名のもとに生き延びることが新憲法によって保証されたのである。「いかに言論の自由とは言つても、それは少しここに書くのがはばかりのあるくらゐの、大偉人」の「長兄」と「満洲」から帰ってきた「狂人」の細田というテクストの設定から、前者を「日本天皇」に後者を「満洲国皇帝」に置き換えるという大胆な読みも可能であろう[17]。戦後、生き延びた天皇が戦時中から自らを切り離すため行った巡幸（一九四六年二月一九日から始まっている）において軍服ではなくソフト帽をかぶった背広姿であったのと対照的に、テクストのなかで戦時中は「おしやれな人」であった細田が、戦後、「軍服のやうなカーキ色の詰襟の服を着て、頭は丸坊主で、眼鏡も野暮な形のロイド眼鏡で、さうして顔色は悪く、不精鬚を生やし、ほとんど別人」になっていたことを想起しつつ。

このように読んでいくと、「私の身辺」にまつわる話を、「璽光尊とかいふひとの騒ぎ」の一つとして位置づける冒頭はさらなるコンテクストを呼び込む。なぜテクストが自称天皇を、なかでも「璽光尊」を選んでいるのかに答えるためのコンテクストである。璽宇教の敗戦直後の動きは、「天皇制の組み換え」と「世直し」に集約される。長岡良子の良子（ながこ）という改名した名前は、昭和天皇皇后の名前の模倣であり、「璽光尊」は「元号」を「霊寿」へ改元、住居を璽宇皇居と、転居は「御遷宮」、「奠都」と呼んでいた。璽宇の本部を璽宇皇居と称して盛んに「勅語」も出しており、自ら発布した私造紙幣に天皇を象徴する菊の紋を使うなど、「璽光尊」の昭和天皇へのこだわりは随所に見られる[18]。昭和天皇を「先帝」といい、自ら「天皇」になった「璽光尊」の存在は、昭和天皇及び天皇制のパロディにほかならなかったのである。それは、かつての天皇制のパロディであると同時に、いま成立しつつある象徴天皇制のパロディにもなるだろう。だが、「女神」が発表された時点で、パロディの対象の生き方とは異なり、天照大神の降下である「璽光尊」の「超国家主義的言動」は「世を惑わす」とされ、彼女は精神鑑定によって「狂人」として扱われる(19)。

最後に、戦後の「女神」はなぜ「立川」にいるのか。敗戦を境界に立川は米軍の基地として利用される。降伏文書調印式の次の日、一九四五年九月三日に立川飛行場に米軍が進駐してくると、飛行場を巡る一帯に金網の柵をめぐらし、至るところに警告や立入禁止の立札を立て外部と遮断した。英語を直訳した二世が書いたものと思われる「原住民立入禁止」の標識など、立川の風景は一変することになった(20)。細田がいま住んでいる「神聖な土地」とは、このように「占領」を象徴する場所であり、土地の「神聖」さを強調するため、わざわざ「英語」で「スタンデングリバー」と訳するという皮肉めいた細田の言動は、そのような現状を強調する。

まとめると、戦後、「女神」を中心とした「文化日本の建設」という細田の主張のなかに、戦時中を想起させる記号、「神のお導き」、「神聖な数」、「神聖な土地」が含まれていることは、戦時中の「神」が、占領下の日本でもなお生き続けることを表象しているといえよう。ここに至って、細田の「発狂」そのものに敗戦直後日本の矛盾、戦争責任、新憲法と象徴天皇制の問題を読み取ることが可能になる。それ故に細田の「発狂」に気づかない・気づこうとしないものとしての細田夫人と家の者を前に、「私」は「少しもわからない」、さらには「眉間を割られた気持」になったのではないか。記号の意味化によって一つの読みが導かれる。

## 5. 作者の顕現

いまの読者が〈歴史的時間〉を召喚することでテクストの意味を確定していく過程を再現したうえで、今度は、唐突にテクストに姿を現す作者の存在に注目したい。

私は一緒に行くべきかどうか迷つた。いま彼をひとりで、外へ出すのも気がかりであつた。この勢ひだと、彼は本当にその一ばん上の兄さんの居所に押しかけて行つて大騒ぎを起さぬとも限らぬ。さうして、その門前に於いて、彼の肉親の弟だといふ私（太宰）の名前をも口走り、私が彼の一味のやうに誤解せられる事などあつては、たまらぬ。彼をこのまま、ひとりで外へ出すのは危険である。（八三頁）

「私」が細田を送り届けようと決心したのは、外に出た彼が「私（太宰）の名前」をいい、「私」が「彼の一味のやうに誤解せられる事」を心配したからである。ここで初めて明かされた「太宰」という固有名詞によって、読者は、語り手の「私」に作者を重ね合わせることになる。「私」は、細田と関わることを恐れ、自らを露出したのであり、それは、三人目の兄弟になることへの拒否である。だが、結論を先まわりしていえば、そのことが却って細田と距離を取っていた「私」の語る・書く場を揺るがしてしまう。

固有名詞で読者の前に現れた作者「太宰」は、テクストに記号を配置し、読者にその解釈を託した主体として可視化される。同時に、いままで分析した記号を作者側のコンテクストへ接続させる。「女神」以前の「太宰」の名において書かれた一連のテクストを呼び起こし、それらに「女神」に提示された記号の使用例、ひいてはテクストのあり方・作者の方法を探索するように促すのである。

例として、一九四〇年六月発行の満洲生活必需品会社の機関誌に発表されたものと推定される太宰の「三月三十日」を挙げてみよう。おそらくこの小品は、『太宰治全集11』（筑摩書房、一九九九年）を前にした読者にしか読まれないだろう。だが、ほとんど注目されなかったこのテクストでさえ「太宰」という作者が明かされることで読者のコンテクストになり得るのである。

戦争の最中に書かれた「三月三十日」は、「南京に、新政府の成立する日」である「三月三十日」に「満洲のみなさま」へ送る「私」の言葉から成り立っている。「私」は、自らを「政治の事は、少しも存じ」ない「あまり有名でない貧乏な」「無力の作家」と位置づけながら、「内地」の「私」がメディアによって捉えている「外地」における出来事を「和平建国」のスローガンなどの括弧付きの言葉で表している。だが、「日本でニユウス映画を見てゐても」、「報告文を読んでも」、「外地」の「日常生活の感情」が伝わらないことを嘆く。「私」は、「五年十年と、満洲に、「一生活人」として平凡に住み、さうして何か深いものを体得した人の言葉に、期待する」のみで、「満洲に住んで」いる「私の知人」にそれを望む。

「三月三十日」の「私」が「女神」の「私（太宰）」と同じ作者であるのならば、戦時中から戦後へ、作者は、大きな変化を遂げたに違いない。形式の面では、「三月三十日」は、手紙の形式を取りながら、自らが参照しているコンテクストを明らかにしており、いままで見てきた「女神」とはかなり異なる方法が取られている。内容の面で二つのテクストをつなげて読めば、戦時中には接することができなかった「外地」での「真相」が戦後になってようやく明かされた際、「私」は、「満洲」から帰ってきた「知人」の言葉をもはや発狂した者の言葉としか受け取れなくなっていた。戦後もなお戦時中の時間にとどまっている「知人」は「私」を困惑させるのである。だが、戦時中における「内地」の「私」が「和平建国」というスローガンのもとで「外地」のこと、ひいては戦争そのものに目隠しされていたことを、「太宰」という作者の名において集められたテクストは突きつける。

こうして顕現した作者は、自らと無関係な出来事として細田を描く足場を失ってしまい、事件そのものを「少しもわからない」テクストとして引き受けねばならなくなる。即ち、作者は、自らも読者になりながら、「私の身辺」の話として書かねばならないのである。戦時中から戦後へ、敗戦という出来事を経験している作者は、おそらくそれを共有しているであろう（もしくは共有してほしい）記号を配置することでテクストを生成していると同時に、その出来事を共に読んでいく読者でもある。半分を空白のままにしているテクストは、それを埋め・組み立てていく作者と読者との共同作業を通して戦後テクストとして成立するであろう。

## 6. しかし、「少しもわからない」

最後に、記号を配置したまま、それらの意味の確定を放棄したテクストである「女神」の戦後テクストとしての批評性と限界を考えたい。その際、「女神」が発表される少し前、一九四七年一月の『展望』に発表された中野重治の「五勺の酒」を視野に入れ、同年の前後する二つのテクストを比較することは、重要な示唆を与えてくれる。

「五勺の酒」は、新憲法が発布された日、「僕」が憲法特配の酒を飲んで友達に宛てた手紙を扱っている。「僕」は、連日報道される法廷に立たされた満洲皇帝と南京で行われた虐殺と暴行の真相に接し、そこから戦時中の様々な出来事を思い出す。「満洲皇帝」の日本来訪の時に天皇が駅に出迎えて握手をしたときのニュース(21)や南京陥落を提灯を以て祝った自らの記憶をも。それから、戦争責任と天皇制廃止、「民族道徳樹立」の問題を提起する。「もし天皇が不幸な旧皇帝を訪問して、日本の現在許されるかは別として、しかし許されるだろう、ふたりの不幸と不明とを抱き合つて悲しんでわびたのであつたら」と、そうでなかった過去を悔みながら、「僕」は、「天皇と天皇制との具体的処理以外、どこで民族道徳が生まれるだろうか」と嘆き、日本共産党がそれを主導することを強く訴えるのである。

一九四七年の二つのテクストに共有される記号を取り出すことは容易であろう。だが、その提示のされ方は大きく異なる。「五勺の酒」は、テクストの背景を敗戦直後と明かしたうえで、それぞれの記号の意味とそれらの関連性を語り手の「僕」に語らせ、最終的に「僕」の主張を「日本共産党」の党員である友人の「君」に開示する。それに対して「女神」は、その冒頭が象徴しているように、一九四七年のコンテクストなくしては「少しもわからない」記号を配置しながら「私の身辺」の話として語っていくのである。その記号は、読者によって解釈され・関連づけられることで意味化されない限り、読まれない。つまり、前者は、作者がテクストの意味をある程度確定することで批評性を有し、後者は、読者にテクストの意味を委ねることで批評性を獲得したり、獲得できなかったりする可能性を残す。

本章では、テクストに配置されている記号の解読を通して「女神」から戦後テクストとしての批評性を見出す読者の読む過程を再現し、語り手であると同時に書き手である「私」が、テクストの批評性を提示できる、安定した位置にいないことを確認した。読者にとって「私」の存在は、作者である「太宰」というコンテクストを喚起するもう一つの記号であったのだ。このように意味を確定しないテクストのあり方は、読む行為が終わっても「女神」が依然として「少しもわからない」テクストでありつづける可能性を内包するのである。同時代において記号のコンテクストを探り、それをテクストにおいて再配置し、意味化しようとする、その作業のすべては、極めて恣意的なものになるしかないからだ。読みの再現において露わになるのは、読者の限界と欲望のみかもしれない。

そうであれば、やはり、作者とテクストは、ある程度、読者を正しい読みの方向へ導く装置を施さねばならないだろうか。しかし、「女神」には、読みの方向が「わからない」ために読者の立場が問われるという意味において戦後テクストとしての批評性があるとはいえないだろうか。戦後テクストとして「女神」は、テクストの記号から敗戦直後の日本のコンテクストを呼び込まない、それらの記号を結びつけて関連性を考察しないことで「女神」から如何なる批評性も読み取れない読者を告発し、読者の無責任という責任を問い質しているのではないか。

本章では、こう結論づける。「少しもわからない」テクストを読むため、読者は一九四七年の日本という時空間に戻り、それを読む現在の欲望と関わらせながら解釈をする。そのように〈歴史的時間〉の獲得を誘導するテクストのあり方こそ、いまもなおつづく「戦後」を描いているテクストとして、一つの方法論的可能性を示しているのである。独占的な位置をもたない作者と、テクストの解釈をめぐって決して受動的であり得ない読者をもつため、テクストの意味を不確定なままにする「女神」は、いまもなお、誰にも特権的な権利を与えず、「わからない」がゆえに読者をその不可解さに向かわせながら戦後テクストとして機能しているのだと。

第12章

# 革命の可能性が問われる時間

## 太宰治『冬の花火』（一九四六）から『斜陽』（一九四七）へ

### 1. 『斜陽』の「母」をめぐって

太宰治の『斜陽』（『新潮』一九四七年七月～一〇月）を議論するうえで、母の死は、重要な問題でありつづけた。東郷克美(1)は、戦後の太宰文学における「死に行く「母」の系譜」が太宰の戦後に対する絶望への方向性と連動していることを主張した。母の死を描いた『斜陽』は、それを最も象徴的に表すテクストとして位置づけられた。ここで母とは、「自己同一性・連続性を保証するものとしての故郷・自然・共同体的人間関係・伝統などのメタファ」であり、その意味で「天皇」と「ほとんどパラレル」とされた。

安藤宏(2)は、「昭和二十一年前半」と母の死が書かれた『斜陽』の九月号を分水嶺に作者の思い描いた「戦後」のイメージ＝「ユートピア」が終焉を迎えたと捉える。だが、その「ユートピア」は、「戦時の家族国家論を戦後の自由思想に接続しようとするほとんど不可能な、絶望的な企て」にすぎず、その挫折を可視化したのが、母の死の場面であると指摘する。母の死を契機に「個人が「個」としてではなく、「血」を分かち合った運命共同体として「滅び」

ていく」過程を『斜陽』から見出した安藤の議論における母の存在も、戦時共同体にとっての天皇と連続線上にいるように思われる。

このように、太宰文学における母は、戦時中から戦後への連続性を表す存在として理解され、その意味において天皇と重ね合わせられる可能性が指摘された。そして母の死は、戦後の太宰文学がもはやテクストの中心に連続性を据えられなくなった、挫折の刻印として読まれたのである。

以上の議論は、「戦後」という用語で敗戦を境界に時間を区切りながらも、三年弱の戦後の太宰文学から共同体の連続性としての母とその母の死の瞬間を捉える。そこで太宰にとって「戦後」は、連続性をめぐる格闘そのものであり、格闘の局面々々がテクストに刻まれているという重要な視点が提示されたのである。

鈴木貞美(3)は、太宰文学において「〝母〟の発見が〝故郷〟の発見と重なっている」ことを指摘し、その意味で太宰は、戦時下にすでに「桃源境」＝「美しい日本」を発見しており、その観念は、敗戦を経てもなお続くと主張した。その限りでは、東郷の議論を引き受けているように見えるが、鈴木は、さらに主張する。「新憲法制定後」、太宰の転換があり、「その転換点に位置するのがほかならぬ『冬の花火』であり、そこに表れた寓意を読みとることこそ、太宰の敗戦文学全体の読みを決定する」というのである。そのうえで、『冬の花火』から『斜陽』へ、「母なる日本の衰退」と「汚れを抱いて爽やかに生きる新しい生の形」を読み取った。『冬の花火』と「新憲法制定」の関係が具体的に結びついて分析されることはなかったが、短い間隔で著しく変化する敗戦直後の日本に注目することで、戦後の太宰文学の節目に母の死から新しい生への可能性を提示したのは、極めて重要な指摘である。

それから、テクストと敗戦直後の日本をつなげる具体的な手掛かりを暗示したのは、高田知波(4)である。

(昭和二十一年四月から昭和二十二年二月七日まで―引用者)約十か月を《出来事》の時間における作品内現在としておいてよいと思われるが(これを歴史的時間と対応させると、第一次農地改革施行の直後から華族世襲財産法廃止の直前までの時間にあたり、日本国憲法が国会で成立した月に「お母さま」が死に、二・一ゼネスト中止の直後にかず子が最終書簡を起筆していることになる)、『斜陽』の特色は、この《出来事》の時間とかず子の《語り》の時間とが、単純な進行形でもなければ単純な回想でもないダイアレクティックな関係を形成しているところにある。(九四頁)

論旨は、『斜陽』における「《出来事》の時間と《語り》の時間との関係」に注目し、語り手が変貌する過程が「対他的行動」であることを強調するところにある。だが、見逃してはならないのは、( )によって括られている部分においてテクストの外部として「歴史的時間」(5)に言及し、テクスト内部の時間との対応を試みた点である。『斜陽』における母の死の前に「日本国憲法」があること、かず子の最後の手紙の前に「二・一ゼネスト中止」があることの指摘は、鈴木貞美の議論を発展させる方向を明らかにしてくれる。だが、テクストと「歴史的時間」との関係の意味が問われなかったがゆえに、結論では、「《出来事》と《語り》の相互作用という観点からすれば、「道徳革命」の実体はほとんど問題ではなく、かず子が自己表現としての「革命」という言葉を手に入れたという点」にのみ「意味の中心」が求められている。「「道徳革命」の実体」を「自己表現」という言葉の領域に収めた議論は、〈歴史的時間〉を召喚して「革命」の内実を問うてはじめて乗り越えられよう。

その試みが石井洋二郎と山崎正純の議論で行われたといってよい。石井洋二郎(6)は、『斜陽』の執筆時期が「日本国憲法の公布から施行にいたる半年間とほぼ重なり合っている」ことを指摘した。上原の子供を孕むかず子の「革命」を「貴族階級の再生産にみずから終止符を打つ」という「究極の闘争形式」として強調したのは、そこに日本国憲法による華族令の廃止をはじめとする従来の階級制度の変革をもたらした占領政策の影を読み取ったからである。

一方で、山崎正純(7)も同じく、物語内容の「時間枠」から〈歴史的時間〉を呼び込むが、『斜陽』に同時代の戦後民主主義革命の言説を重ね合わせ、「自由の主体化」や天皇制の存続の問題など、占領下で行われた革命の限界を見出した。そうしたなかで、「母との差異を確認」したかず子が「自由の主体化を遂げていく」過程を描いた『斜陽』は、最後に私生児の母になることで「ヒユウマニテイ」という闘争の形式を得、「〈革命〉の下絵（エスキス）」を提示したと評価された。

　以上のように展開されてきた議論を踏まえつつ、本章でもテクストの時間と〈歴史的時間〉とを交差させながら議論を展開したい。その際、注目するのは、『斜陽』が召喚する〈歴史的時間〉（〈連続的時間〉）が、〈断絶的時間〉への対決を試みているということである。その意味において改めて検討せねばならないのは、なぜ『斜陽』の読者（研究史）の多くが母と天皇とを重ねて読んできたのかという問いである。本章では、『斜陽』を読む過程で母と天皇とが重なる瞬間があるのならば、それは、共同体の連続性の保証という側面によるものではなく、小説テクストが呼び込む〈歴史的時間〉が、すなわち戦後における天皇（制）のコンテクストがテクストの母を引きつけているからだと考える。そこから本章では、〈断絶的時間〉によって戦後もなお共同体の連続性を「象徴」しようとした天皇と『斜陽』の母との差異に焦点を当てたい。

　周知の通り、敗戦直後の日本において極めて不安定に揺れ動いていた天皇（制）の位置を確定的にしたものが、ほかならぬ日本国憲法の存在である。本章では、この新しい転換である日本国憲法が公布される直前、『斜陽』の母の死が設定されたという高田知波の指摘をさらに考察する。その際、転換に辿り着くまでの過程から転換そのものの意味と限界を浮き彫りにするため、太宰の『冬の花火』（『展望』一九四六年六月）を重要な参照項として取り上げたい。『冬の花火』は、母と娘を描いている点においてしばしば『斜陽』との関連が指摘され[8]、その関係が天皇と戦時共同体[9]のそれとして読まれる可能性が示唆されてきた[10]。そこでテクストの発表時期と物語内容の時間が連続して設定されている『冬の花火』を『斜陽』とともに検討し、鈴木貞美の議論につづけて新しい転換の質を問う根拠にしたい。

## 2.『冬の花火』と〈歴史的時間〉

戯曲『冬の花火』の数枝は、睦子という六歳の娘とともに東京で「罹災」し、実家に戻ってきている。物語内容を単純化すれば、数枝の「美しい母」と「桃源境」への希望から絶望へとまとめられようか。村の男に脅かされている数枝は、継母のあさに助けられたことを切っ掛けに、あさを「美しい母」として理想化し、そこから「桃源境」(=「ユートピア」)を夢見る。だが、あさが数枝を助けたのは、自らの過去に対する復讐としての行動であったことが明らかになり、数枝は、「美しい母」も「桃源境」も否定するに至る。

このような展開のなかで注目すべき点は、三つある。第一に、数枝が「美しい母」そのものを「桃源境」として捉えていることである。第二に、数枝が夢見る「桃源境」の内容と自らの言動が矛盾している点である。第三に、「桃源境」の崩壊を数枝がすでに予感していたことである。

あたしはこの母を、あたしの命よりも愛してゐます。さうして母も、それと同じくらゐあたしを愛してゐるのです。あたしの母は、立派な母です。さうして、それから、美しい母です。〔中略〕ねえ、アナーキーつてどんな事なの？　あたしは、それは、支那の桃源境みたいなものを作つてみる事ぢやないかと思ふの。気の合つた友だちばかりで田畑を耕して、桃や梨や林檎の木を植ゑて、ラジオも聞かず、新聞も読まず、手紙も来ないし、選挙も無いし、演説も無いし、みんなが自分の過去の罪を自覚して気が弱くて、それこそ、おのれを愛するが如く隣人を愛して、さうして疲れたら眠つて、そんな部落を作れないものかしら。あたしはいまこそ、そんな部落が作れるやうな気がするわ。(三八九〜三九一頁)

数枝が「美しい母」と「桃源境」の理想を語る場面である。数枝は「あたしの母」を「立派な母」、「美しい母」として祭り上げた後、つづけて「自分の過去の罪を自覚」し、「おのれを愛するが如く隣人を愛」する場所、「支那の桃源境みたいなもの」を構想する。その対極にあるものとして挙げられている「ラジオ」、「新聞」、「手紙」、「選挙」、「演説」といった言葉は、明らかに敗戦直後の日本の現実をさしており、数枝がその現実とは異なるあり方として、「美しい母」と「桃源境」を理想化したことを示してくれる。

しかし、数枝自身、「過去の罪を自覚」するどころか、「戦争中」を「みんな忘れる。これからは一生、お母さんの傍にゐるわ」と述べている。あさの過去に対しても「よしませう」と強い拒否反応を見せながら「あれも忘れる事にしよう。何もかも忘れる事にしよう。あたしはお百姓になつて、さうしてあたしたちの桃源境を作るんだ」と過去の出来事の忘却を強引に促すことで、数枝は自分の理想を推し進めるのである。あさの告白を遅延させ、「日本」に残された唯一の希望としての「美しい母」を語り続ける数枝の姿は、逆説的にも、その崩壊を予感していたことへの反証になる。その虚構性を自覚していたからこそ、それが暴露されると同時に、あたかも待っていたかのように絶望することが可能だったのである。そして、つづく数枝の絶望の言葉のなかで「美しい母」の崩壊は、そのまま、「桃源境、ユートピア、お百姓」の崩壊を指し示すことになっており、絶望は、そのまま「日本の現実」に対する絶望として語られるのである。

こうして「桃源境」の構成員それぞれが「過去の罪を自覚」しなければならないと主張しつつ、「美しい母」＝「桃源境」そのものは、過去の否定や忘却を促すことでしか立ち上げられないという数枝の矛盾は、あさの過去の告白によって崩れることになる。あさの過去を封印することによってかろうじて維持しようとした「桃源境」の崩壊は、「桃源境」の論理そのものが「美しい母」に委託されていたことに原因をもつ。「桃源境」が「美しい母」を保つことで保証されているかぎり、数枝を含む構成員に「美しい母」の過去を許すという選択肢はなく、「美しい母」の崩壊は、そのまま「ユートピア」の喪失になるしかないのである(11)。

このような『冬の花火』の展開に刻印されている時間は、戯曲が設定している「時」と登場人物の歳、それからあさが告白した過去の時間＝「六年前」の三つである。この物語内容の時間を〈歴史的時間〉における共同体の連続性をめぐる議論とともに考えよう。

「時」は、一九四六年一月末頃から二月までである。この時期、天皇とかつての戦時共同体は大きく変わろうとしていた。所謂「人間宣言」が行われ、天皇は、戦時中を切り捨て「国民」との関係を新たに定義し直すことで戦後を生き延びることを試みた。新しい関係を示すための巡幸が始まったのも、二月である。こうして天皇は〈断絶的時間〉による連続性への歩みを始めたわけだが、一方で『冬の花火』では、〈断絶的時間〉によって理想であり得た「美しい母」＝「桃源境」が、あさの過去＝「六年前」の告白によって挫折することを描いている。「六年前」である一九四〇年は、紀元二六〇〇年記念式典が行われた年であり(12)、戦時共同体にとっては鮮明な過去の記憶として残っているはずの時間である(13)。神武天皇の即位から二六〇〇年とされた一九四〇年に行われたこの行事は、長引く日中戦争の時期から準備され、国体観念を徹底させることで以降の戦争を遂行していくための重要な思想的基盤を構築したものである。物語内容において現在あさが「美しい母」ではないことの証明になっている時間が、「神」としての天皇を刻印していた過去の時間を召喚するのだ。

同年、数枝の娘である睦子の誕生が設定されているのも見逃してはなるまい。敗戦直後の日本でもはや「日の丸の小さい旗」を手に入れることができなくなったあさは、その代わりに睦子に季節外れの「花火」を買ってあげた。この「花火」は、あさから睦子に受け継がれることのできない戦時中の日本を象徴すると同時に、睦子がその過去を背負って戦後を生きる世代として位置づけられていることをも暗示する。過去を断絶させることであさの連続性は保たれず、過去の時間を刻印して睦子は生きていくのである。

こうして戦時中の出来事の召喚によって崩壊してしまった戦後の「美しい母」は、戦争犯罪から逃れた天皇が自らを過去から切り離して「新日本ヲ建設」することを宣告した〈歴史的時間〉を浮き彫りにする。戦後もなお「美しい母」という連続性に委ねて「桃源境」を思い描いた数枝の挫折は、天皇と戦時共同体が「過去の罪を自覚」する空間を作り上げられなかった〈歴史的時間〉を呼び起こすのである。ここに、テクストが設定しているあさの歳から推定してその誕生年が一九〇一年であり、その年がまさに昭和天皇の誕生年と同様であることを、テクストの時間が〈歴史的時間〉のなかで初めて意味を生み出した瞬間として付け加えておこう。

## 3. 『斜陽』と〈歴史的時間〉

語り手のかず子によって語られていく小説『斜陽』は、詳細な時間設定が行われている。過去と現在、そして未来へ交差しながら、時間は、他者との関係性にも影響を及ぼしていく。ここでは、入り組んだテクストの時間の関係上、〈歴史的時間〉を交互に対応させながら読みを進めることにする。

『斜陽』は、「戦争が終つて世の中が変」ったため、伊豆の山荘に引っ越してきた母とかず子の生活から始まる。引っ越しを契機に衰弱していた母は、ようやく病気から立ち直って「神さまが私をいちどお殺しになつて、それから昨日までの私と違ふ私にして、よみがへらせて下さつたのだわ」と述べる(14)。だが、「昨日までの私と違ふ私」としての再生を宣告した母の言葉に、かず子は同意することができない。

しかし、イエスさまのやうな復活は、所詮、人間には出来ないのではなからうか。〔中略〕私の過去の傷痕も、実は、ちつともなほつてゐはしないのである。〔中略〕この山荘の安穏は、全部いつはりの、見せかけに過ぎないと、私はひそかに思ふ時さへあるのだ。これが私たち親子が神さまからいただいた短い休息の期間であつたとしても、もうすでにこの平和には、何か不吉な、暗い影が忍び寄つて来てゐるやうな気がしてならない。お母さまは、幸福をお装ひになりながらも、日に日に衰へ、さうして私の胸には蝮が宿り、お母さまを犠牲にしてまで太り、自分でおさへてもおさへても太り、ああ、これがただ季節のせゐだけのものであつてくれたらよい、私にはこの頃、こんな生活が、とてもたまらなくなる事があるのだ。(一三一〜一三二頁)

かず子が母の「復活」を否定するのは、いまもなお引きずっている「過去の傷痕」のためであり、それが治癒されない限り、かず子にとっていまの「安穏は、全部いつはりの、見せかけに過ぎ」ず、「神さまからいただいた」「平和」にも「不吉」な予感を抱かざるを得ないのである。そして、「過去」を切り離して連続性を保とうとする母とそれに不安を感じるかず子の対比は、〈歴史的時間〉を呼び込む。

母とかず子が「経済事情」に起因して引っ越したとされているのは、一九四五年一二月であり、華族として設定されているかず子一家の事情から、その直前、一九四五年一一月二〇日に実際に皇室の財産が凍結されたことが思い起こされる。さらに、同月一五日、国家神道の廃止と徹底した政教分離の指令が出され、天皇が「人間」になる準備の一環としての占領政策が始動し、翌年の元旦、「人間宣言」が行われるという一連の出来事は、母の「復活」の宣言を読み返すように仕向ける。「違ふ私」が、敗戦とともに一度死んだ天皇が「人間宣言」を経て生まれ変わったことと響き合う言葉だとしたら、母を「人間」として「よみがへらせて下さつた」「神」は、当時の新たなる神、「第二の天皇」と呼ばれたマッカーサー元帥の存在を喚起するからである。しかも、母は「アメリカから配給になつた罐詰」で作ったスープを飲んでいた。

それでは、あの決定的な場面、死に直面した母が新聞で見た天皇の写真とは何だったのか。坪井秀人(15)は、母とかず子が新聞紙上の「陛下のお写真」をみる場面の時間に注目し、『斜陽日記』との比較を通して『斜陽』において太宰が「人間」としての天皇を描こうとしたことを明らかにした。そして、多くの可能性のなかで一九四六年一〇月二三日付で『朝日新聞』に掲載された「人波にもまれて動けぬ陛下」という写真を選んだ。

多くの可能性とは、北原恵(16)が検討しているような写真、「国民に敗戦の屈辱を刻印したというマッカーサーの会見写真、「人間宣言」とともに発表された写真、その後独立にいたるまでの元旦の皇室写真など」である。そこには、人間天皇が「ジェンダー政治学」を利用した演出のよい例、「一九四六年元旦、天皇は皇后や娘という女性だけの家族をともなって背広を着て新聞に登場した」ことが含まれよう。

さらに注目すべきは、「複製技術時代の申し子」である写真が「事実記録の膨大な近代的蓄積」のなかでもっとも、「なんらかの外見的連続性を記録し、それが記憶から失われたことを強調する」ものであるということである(17)。アイデンティティの連続性を保証すると同時に、記憶の断絶を促す〈断絶的時間〉のが写真なのである。それを戦後の天皇の写真ほど上手く象徴するものはなかろう。「復活」を試みながら死んでいく母が見ている写真はこのようなものだ。

次に、前記の引用において注意したいのは、かず子が、衰弱していく母とその母を「犠牲」にして生き延びていく自らの姿を予感し、そのことを蛇の表象を通して表している部分である。蛇は、過去を蘇らせる契機であり、過去と現在が紡ぎ出す『斜陽』の語りを考えるうえで最も重要な表象である。

テクストに蛇が登場する発端は、引っ越しの後、かず子が起こした「蛇の卵」事件である。蛇の卵を発見したかず子は、それを蝮のものだと思って近所の子供たちと一緒に焼いてしまう。だが、蝮ではなく、普通の蛇の卵であったことがわかり、かず子は、「子供たちに卵を火の中から拾はせて、梅の木の下に埋めさせ」、「小石を集めて墓標を作つてやつた」後、子供とともに「合掌」する。

蛇の卵を蝮という脅威の存在と捉え、それを「焼いちやはう」というかず子の言葉に「をどり上がつて喜」んだ「子供たち」から戦時共同体の姿が蘇り、さらなる「合掌」の場面は、近い過去の想起を促すであろう。『斜陽』の語りの現在時である一九四六年四月、天皇は、靖国神社で戦後初の戦没者合祀を行っている。そして同月二九日は、A級戦犯二八人が起訴された日でもある。天皇は、死者を英霊にしたが、生者の戦争犯罪者を切り離した。

しかし、「合掌」することで、この出来事が、そして加害者としてのかず子の存在が忘れ去られることを、テクストは決して許さない。以降、いくら切り離そうとしても戻ってくる「過去の傷痕」が、この蛇の表象をもって表れ、テクストを織りなすことになるからである。この「蛇の卵」事件を契機に、かず子は、「自分の胸の奥に、お母さまのお命をちぢめる気味わるい小蛇が一匹はひり込んでゐるやう」な気がしてならず、やがてこの予感は、「火事」を起こすことで実現される。重要なのは、蛇が「復讐」の担い手をかず子にして、「復讐」の内容を、母殺しにしている点である。そして、かず子をして自らの家を焼かせ、母を殺すことが、蛇の「復讐」であることは、加害者としてのかず子自身が被害者の蛇の「復讐」を引き受けることを意味する。結局、「火事」は失敗に終わるが、かず子の「胸に意地悪の蝮が住み、こんどは血の色まで少し変つ」てしまい、それまでの編み物の代わりに「畑仕事」をしはじめる。そして、この行為は、再びかず子に戦時中に徴用された記憶を呼び起こす。語り手のかず子に「脱線」をもたらし、戦時中の話を語らせるのが、ほかならぬ蛇なのである。

過去の記憶を突きつけ、母の死を促す意味で、母にとって蛇と同様な役割を果たす直治の存在にも注意を払わなければならない。『斜陽』において直治の帰還が描かれているのは、睦子の実父とあさの息子が「未帰還」で「いづれも登場せず」とされている『冬の花火』との差異を明確に示す。過去から断絶した連続性を夢見た『冬の花火』の数枝と異なり、過去との連続としての生を生きる『斜陽』のかず子が語り手であるからこそ、『斜陽』は、直治を登場させ得たのである。

直治は、「復活」を宣言した母をして「恥づかしい過去」[18]を思い出させる存在であった。「大学の中途で召集され、南方の島へ行つたのだが、消息が絶えてしまつて、終戦になつても行先が不明」であった直治の帰還は、母と娘の「いつはり」の生活に終止符を打って「地獄」の始まりをもたらす。戦争の記憶を刻印した帰還兵として戦後日本に戻ってきた直治が、母の生き延びている現在を否定するのである。それを象徴的に表すのが、直治が帰ってくる二〜三日前から「外見はなんの変りも無い」にもかかわらず舌が痛んでしまう母に、直治が「きつと、心理的なもの」だといい、「直治の言ひつけに従つて」母がマスクをかけられる場面である。

やがて母の死が近づき、病床の母の死を確定するのは、再び現れる「私（かず子―引用者）のために卵を焼かれたあの女蛇」だ。「合掌」という行為では防ぐことができない蛇の出現、蛇の「復讐」を行うかず子、「恥づかしい過去」を想起させる直治によって、母の死が訪れたのである。現在に介入してくる過去が、母の生を中断し、かず子の生を継続させる。過去（戦時中）を切り捨てて現在、それから未来（戦後日本）を生きようとした天皇と戦時共同体に対して『斜陽』が突きつけるのは、絶え間ない過去の召喚と記憶の「復讐」であった。

## 4.『冬の花火』から『斜陽』へ

『冬の花火』から『斜陽』へ、二つのテクストを異なるものにしたのは、時間の捉え方であった。『斜陽』のかず子は、過去の召喚と記憶を引き受けたが故に、すなわち〈連続的時間〉をもってはじめて後の展開を可能にしたのである。『冬の花火』にない『斜陽』の展開とは、母の死とかず子の革命である。それを描かせたのが、〈歴史的時間〉であったのだ。

再び確認しよう。『冬の花火』は、一九四六年六月に発表され、『斜陽』は、一九四七年七月から一〇月まで発表された。『冬の花火』は、一九四六年一月末頃から二月までを描いており、『斜陽』は、一九四六年四月を現在とし、一九四七年二月までを描いている。この一九四六年四月を現在とすることで『斜陽』は、『冬の花火』とは異なる〈歴史的時間〉、日本国憲法の公布から施行への過程を有することになる。

『斜陽』の現在、一九四六年四月に帝国憲法改正案正文が公表されており、母の死が設定された一〇月に日本国憲法が帝国議会を通過し（七日）、母の死後、明治天皇誕生日である一一月三日、日本国憲法が公布され、天皇から国民へ主権の移譲が宣告された。そしてかず子の革命は、母の死の直後とされている。

『冬の花火』の数枝は、「美しい母」に中心を置き、「罪」を認識する人々がいる「桃源境」を夢想したが、過去を忘れること〈断絶的時間〉で築き上げようとした虚構の空間は、あさの過去によって崩壊してしまっていた。しかし、その後、『斜陽』のかず子は、すべてを「美しい母」に託し、希望し、絶望することだけではいられない。戦時共同体は、天皇によって主権を移譲され、戦後日本の国民、すなわち主権者になることが要求されたのである。その出来事を転換点とし、『斜陽』では、母に死が宣告され、罪の記憶を背負ったかず子が新しい「道徳革命」を宣言したのである。

それから、「十月になつて、さうして菊の花の咲く頃」、母は死に、直治は、母の死に遅れないように、自殺を遂げた。直治の遺書には、「『母』の生きてゐるあひだは、その死の権利は留保されなければならない」と自らの死が遅延させられた理由が述べられている。遺書はさらにつづく。直治は、「姉さん」とかず子を呼び、「いつたい、僕たちに罪があるのでせうか。貴族に生れたのは、僕たちの罪でせうか。ただ、その家に生れただけに、僕たちは、永遠に、たとへばユダの身内の者みたいに、恐縮し、謝罪し、はにかんで生きてゐなければならない」(傍点原文)のかと反問する。結局、自らは答えを出せないまま、同じ「家」の構成員であることだけで「罪」を背負わせられた「僕たち」として、被害者として直治は死んでいった。「恐縮し、謝罪し、はにかんで生き」ることの代わりに死を選んだのだ。

しかし、かず子は、「お母さまのいよいよ亡くなるといふ事がきまると」、母の死を待っていたかのように、新しい章に「戦闘、開始」という文字を表す。最後の手紙(一九四七年二月七日付)でかず子は、「こひしいひとの子を生み、育てる事が、私の道徳革命の完成なのでございます」と自らの革命を定義し、今度生まれる子供=戦後世代とともに自らの革命を成し遂げて行くことを決心する。かず子とともに戦後を生きる「私生児」が内面化しているのは、蛇であり、直治であり、上原である。上原の子を、直治の子供として上原の夫人に抱かせたいというかず子の決意は、被害者、「犠牲者」としての他者を引き受けたうえで、戦時中の記憶を刻印した身体〈連続的時間〉で戦後を生きることへの意志表明にほかならないのだ(19)。しかもその子供は、日本国憲法の施行日であり、東京裁判の一周年である一九四七年五月三日の(20)後、生まれる予定なのである。過去の残滓として、未来の萌芽としての現在が刻印された日付を、ここでも確認できる。

こうして戦時中の記憶も罪も、そして戦後を生きる価値をまで母に委託していた「ユートピア」を主張した数枝から(『冬の花火』)、母殺しを終え、過去の記憶と罪を引き受けて自ら「道徳革命」を宣言するかず子へ(『斜陽』)の変化は、日本国憲法の公布から施行という〈歴史的時間〉のなかで初めて評価される。

だが、同時に最後の手紙の日付が、占領下における革命の限界を想起させる点も見逃せない。当然ながら『斜陽』の母は実際の天皇ではなく、周知の通り、実際の天皇は象徴天皇制の成立とともに生き延びることになった。文学テクストと異なる敗戦直後の日本の現実は、たとえばこのような場面から見受けられる。母の死後、かず子が「革命」のために上原のところに行き、二人が再会する際、「二つのコップ」が「乾杯」をあげた瞬間、「カチと悲しい音がし」、同時に「ギロチン、ギロチン、シユルシユルシユ」という歌が始まった。日本国憲法の公布から施行の間、占領下における「ギロチン」のなかった「革命」を風刺しているかのように。それは、二・一ゼネストの中止というGHQによる革命の挫折が刻印された最後の手紙の日付、一九四七年二月七日の時点において明らかにされていた。敗戦直後の日本の現実と異なる文学テクストの欲望が、母の死、そして直治の殉死、かず子の革命を創造し、そこに刻み込まれた〈歴史的時間〉が〈断絶的時間〉に対する格闘、革命の可能性と限界を浮き彫りにしたのである。

## 5. 革命の可能性と未来

本章では、『冬の花火』と『斜陽』の物語内容の時間から〈歴史的時間〉を読み取ってきた。

一九四六年一月末頃から二月までをテクストの時間に設定している『冬の花火』では、戦時中の忘却を通してのみ、戦後においてその連続性を維持することができる「美しい母」=「桃源境」が崩壊する過程を描いて見せた。崩壊を決定的なものにする過去の日付は、戦時中の罪から自らを切り離すことで戦後日本の中心であり続けようとする天皇と、過去との断絶によって新しい未来（戦後日本）を思い描く戦時共同体とに、再び戦時中の集合的記憶を突きつけた。

一方で、一九四六年四月を現在としながら、常に戦時中の記憶にさらされている『斜陽』は、そのなかに詳細な日付をもって〈歴史的時間〉を召喚し、戦後日本における連続性をめぐる様々な局面を呼び起こした。それから、一九四六年一〇月の母の死を契機に、過去との断絶によって保たれた連続性に終止符が打たれる。それは、挫折する数枝から革命を遂行するかず子への変化を可能にした出来事であり、『斜陽』が日本国憲法の公布から施行までの〈歴史的時間〉を有することではじめて描けた出来事であった。

このように戦後の太宰文学において共同体の連続性をめぐる問題は、母の表象をもって語られてきたが、本章では〈断絶的時間〉によって存続する天皇制の問題を明らかにし、それを打開する可能性として〈連続的時間〉を提示した瞬間を『斜陽』から読み取ろうとした。その際、『斜陽』のみを考えると、戦後民主主義革命の限界、天皇制を存続させた占領下の日本における憲法の問題が際立って見えるかもしれない。だが、『冬の花火』から『斜陽』へ、その間の国民主権が成立していく過程を見出してはじめて、過去を引き受ける現在、そこから未来を主導していこうとするかず子の革命の可能性が垣間見られる。

これからかず子が遂行していく「道徳革命」とは、「美しい母」から導かれた価値ではなく（『冬の花火』）、「古い道徳」に立ち向かって自らの手で「新しい倫理」を創っていくことへの宣言である。もはや過去の忘却によってのみ保証される「美しい母」が、そのまま戦後日本を指し示すことはできない。天皇から国民への主権の移譲を背景に、過去の罪の記憶を刻印されたかず子は、その記憶を背負って初めて革命を強く欲望する存在になったのだ。

『冬の花火』から『斜陽』へ、日本国憲法の公布から施行の間に戦後革命の可能性の瞬間を捉えることは、それが占領下における限界をもった革命であってもなお重要である。連続性の象徴を背景にして過去の忘却を促すのではなく、主権をもった国民個人々々が過去の記憶を背負って生きることで革命をつづけること、タイトルは「斜陽」であってもかず子が「太陽のやうに生きる」ことを決心するところで『斜陽』は終わった。革命の限界を、文学テクストに表れた可能性の側面から見直し、それが失敗したと挫折するのではなく、革命を継続させることは、戦後七〇年を迎えて間もないいまなお重要な示唆を与えてくれるのではないか。

終章

# 〈歴史的時間〉の獲得としての読書

## 1. 私（読者）の時間（歴史）認識を露わにする過程

戦時体制が作られつつあった時期に書かれた井伏鱒二の初期作品に〈歴史的時間〉を召喚する〈循環的時間〉を見出した第Ⅰ部、戦時中の伏字・伏字的テクストから文学の空所をめぐって浮かび上がってくる〈歴史的時間〉を素描した第Ⅱ部、敗戦直後の日本において〈断絶的時間〉に対抗して〈連続的時間〉を手に入れるよう促していた太宰治の戦後テクストを考察した第Ⅲ部まで、全体を通して本書では〈歴史的時間〉の獲得としての読書を構想していた。小説を読む過程で、時間性を有しないように見えるものにすら、たった一回きりの、反復しない時間の意味を見て取ること、ある特定の日付にしか理解できない空所に迫ること、過去を切り捨てようとする現在に対して記憶の連続体としての〈歴史的時間〉をつきつけることを試みた。

第Ⅰ部の第1章では、井伏鱒二の小説が改稿される時間に〈歴史的時間〉を呼び込んだ。他者との対話可能性に開かれていた「幽閉」（一九二三）から弱者の否定と他者への暴力に向かった「山椒魚」（一九三〇）へ、小説の改稿は、一九二五年体制が実行されていく一九三〇年前後、「帝国臣民」の境界を生成する過程で行われた暴力の連鎖を浮き彫りにした。このように動物を主題にした童話を寓話として読み直したのは、〈歴史的時間〉にほかならなかった。

第2章では、井伏鱒二の「谷間」と中野重治の「鉄の話」を一九二九年に発表された、時間を共有するテクストとして読んだ。両作の作中人物を拘束する背景として一九二九年における治安維持法体制の現状が浮かび上がってきた際、「谷間」における作中人物であると同時に書き手である「私」という設定の効果も明確になった。「谷間」は、二重の「私」を通してテクストを書く行為に加わった暴力的状況そのものも、国外の戦争を遂行するために国内の言論・思想の弾圧を行った〈歴史的時間〉の内実もテクスト上に現象させることができたのである。

同じく一九二九年に発表された二つのテクストを扱った第3章では、小林多喜二の「蟹工船」と井伏鱒二の「炭鉱地帯病院——その訪問記——」を並べている。そこに共通して表れた〈個人〉を〈集団〉のなかに隠す戦略から、改悪された治安維持法体制のもとで前者が模索していた持続可能な抵抗を後者も共有していたことを示し、両者の連帯可能性を探った。「×（殺）され」ない持続可能な抵抗を評価軸に据えたのは、（芸術的）抵抗／非抵抗という既存の評価軸への対案としてであった。それは、第Ⅱ部の転向文学（転向＝生／非転向＝死）の研究史の問題へ直結していく。権力に対する抵抗を評価するため、明確な芸術的抵抗、非転向、さらに死という基準しか用意しなかった批評史を再考せねばならない。殺されてしまった作者の死を抵抗の象徴にする前に、彼の小説が「×（殺）され」ないための持続可能な抵抗を考えていたことを評価していかねばならないのだ。

第4章では、「満州事変」が勃発した直後に発表された井伏鱒二の「洪水前後」（一九三二）が、当時、「アレゴリー」として読まれていたことに注目し、そのように読まれなくなった現在から過去の読みの再現を試みた。ある特定の時間にしか理解することができない言語表現を取り戻すことこそ、〈歴史的時間〉の獲得にほかならない。「アレゴリー」も寓話（第1章）と同様に、テクストから導き出された〈歴史的時間〉の開示である。そのことで「満州事変」をめぐる言説空間に対峙していた小説の歴史的意味と限界が読み返された。

このように第Ⅰ部では、井伏鱒二の初期小説を対象に、〈循環的時間〉に絡み合う確かな〈歴史的時間〉の痕跡を見て取った。

第Ⅱ部の第5章では、小林多喜二の『党生活者』（一九三三）が多くの伏字や削除箇所に覆われていたにもかかわらず、小説の方法を通して戦争に対抗する読者の連帯を創造していたことを確かめた。明らかになったのは、伏字や削除箇所が情報を遮断するだけではなく、小説の空所として想像力を促すと同時に、それを書けなかった状況そのものを告発するということであった。小説に空所を残した、書かれなかったところを再現し、その状況を想像することは〈歴史的時間〉を手にする過程であった。

第5章の問題意識が中野重治のいわゆる転向五部作を扱った第6章へ継続する。ここでは、転向五部作を中野重治の転向とその後の心境を描いた小説として読んできた研究史に対し、伏字や削除箇所に覆われた前の二部作と、それを少なくして読者へ届けるような工夫を施した後の三部作という位置づけをして、小説の方法的実践の軌跡を辿った。特に、検閲をはじめとする言論弾圧にさらされながら小説を書かねばならない状況を小説化した中野重治の「小説の書けぬ小説家」（一九三六）を中心的に読み、書けなかったところをこそ読むような読者を要求していた小説の方法を明らかにした。小説の表現方法から〈歴史的時間〉を捉える過程を通して、転向五部作の新たな側面が浮かび上がってきた。

第7章では、読者に繰り返し小説を読むことで「疑惑」を生成するよう促していた太宰治の『新ハムレット』（一九四一）を扱った。この小説は戦時中に書かれたが、戦後、修正を経て作者の「あとがき」を加えて再び発表されていた。二つの〈歴史的時間〉をまたぐ再読の時間を想像することで、小説の再読を要請したのは、国家と戦争に対抗する「疑惑」を創出するためであったことを確かめた。戦時共同体の戦争責任が、小説を読む読者の責任と重なる瞬間がここに現れた。

第8章では、日本軍によって占領されたシンガポールから送られてきた新聞連載小説である井伏鱒二の「花の町」

(一九四二)を読んだ。新聞紙面が作り上げる新たな占領地のイメージに対して、その紙面の一部をなしながらその内部にいくつもの時間を取り入れ、占領以前の過去を呼び戻していた小説の方法を検討した。そのことで新聞紙面は、「内地」と占領地とを同時性へと導き、日本占領下に平和に収まった「昭南」の現在という集合的記憶を構築しようとする欲望と、その空虚さと暴力性を告発する物語とがぶつかり合う空間として捉え直された。

第Ⅲ部の第9章で扱った、占領改革の最中に連載された太宰治の『パンドラの匣』(一九四五～一九四六)は、敗戦直後の日本における〈断絶〉と〈連続〉とのせめぎ合いをフィクショナルな空間のなかに組み入れていた。それは、戦中から戦後へ、〈断絶的時間〉が促していた過去の忘却に対抗する〈連続的時間〉の提示にほかならなかった。

第10章で扱った太宰治の「嘘」(一九四六)は、二つの時間と二人の語り手をもつ構造で、敗戦という契機に始動される語ることの「嘘」を暴き出していた。

第11章では、太宰治の「女神」(一九四七)が様々な、難解な記号がちりばめられたテクストであることに注目した。それらの記号を通して〈歴史的時間〉を構成し、〈歴史的時間〉によってそれらの記号の意味を捉えることなくしては決して読まれない、戦後文学の方法的可能性を垣間見させたテクストであった。

第12章では、太宰治の『冬の花火』(一九四六)と『斜陽』(一九四七)を、小説内部の時間と〈歴史的時間〉との交差のなかで読み進め、〈連続的時間〉の獲得による戦後革命の可能性の瞬間を捉えようとした。

以上、本書では、一九二五年前後から一九四五年前後までの約二〇年間に発表された小説テクストを読んできた。小説テクストに刻まれた様々な時間(物語内容の時間、物語言説の時間、初出時、改稿の時間、再収録の時間、再読の時間)を手掛かりに、〈歴史的時間〉を読み取ろうとしたのは、私(読者)の時間(歴史)認識を露わにする過程でもあった。最後に、その認識を作った時空間、小説を読んでいた時間を、近い過去として振り返ってみる。

約二〇年間の小説の読みが召喚した〈歴史的時間〉は、戦争が如何に始まり、深化し、終わったのかを素描することになった。いま、戦後七〇年を迎えて間もない。振り返れば、日本の戦後は、一〇年ごとにそれを更新できたことを祝い、さらにそれを継続させるための警戒として〈歴史的時間〉の獲得を促してきたのではないか。

## 2. 過去の未来としての現在――新たな〈あの日〉をめぐって

戦後文学を継承するという大江健三郎の『あいまいな日本の私』（岩波書店、一九九五）には、一九九四年のノーベル文学賞受賞記念講演のほか、同時期の講演が収録されている。そこには、「井伏さんの祈りとリアリズム」（一九九四年一一月二〇日、広島県福山市市民会館「井伏鱒二さんを偲ぶ会」にて）という講演記録があり、本書の第1章で扱った「山椒魚」（「幽閉」―引用者）が取り上げられている。大江は、「山椒魚」と『黒い雨』（一九六六）に「同じ植物の眺め」を書いた場面があることを指摘し、「井伏さんが二十歳のころに書かれた小説から、その晩年まで、大切なものを持ち続けられた」ことを評価する。

注目すべきは、このような井伏文学が見出されたのは、大江という読者の読む現在、読む主体に差し迫った必要のためであったということである。広島に原爆が投下されたことを扱った『黒い雨』が、「ヴェトナム戦争に呼びさまされ」て書かれたものであったように、大江が「山椒魚」と『黒い雨』を読んだのは、「いま四十九年で、来年が五十年。戦後五十年ということを契機に」、「私たちは、井伏さんがお書きになった五十年前の歴史を覚えている必要がある」という現状認識があったからである。作者が小説を書く、読者がそれを読むことについて、〈歴史的時間〉を抜きにして語ることはできないことがここで再び確認される。

それから、さらに二〇年後の戦後七〇年、再び、だがさらなる必要に迫って本書は「山椒魚」の時間を呼び出した。本書では、「山椒魚」前後の時間へ執拗に遡ることで議論を始め、「三・一五事件」を経て緊急勅令による治安維持法の改悪が行われた一九二八（昭和三）年を幾度も繰り返し強調したのである。なぜその必要に迫られたか。

私が日本語で（日本語の）小説を勉強するため渡日したのは、〈あの日〉から一か月も経たないうちであった。様々な過去を一気に呼び戻し、呼び戻された過去をめぐって〈断絶的時間〉と〈連続的時間〉の格闘を始動させる〈あの日〉は、新たな日付を歴史上に更新していた。「三・一一」。二〇一五年は、「三・一一」を経た戦後七〇年であったのだ。そして「三・一一」以降、とりわけ注目された過去が、「昭和」初期であった(1)。

無論、この時間は「三・一一」の以前から注目をあびていた。林淑美(2)は、中野重治の詩「雨の降る品川駅」（一九二九年）に関する議論を「この詩が書かれた、あるいは書かねばならなかった一九二八年という年についての論」にしている。「雨の降る品川駅」は、「初めての普通選挙によって総選挙が行われた翌年、昭和天皇の即位式があった二カ月後」の『改造』の一九二九年二月に発表された。そして、林は、「緊急勅令」と「御大典」という「権力の両面であり国家の抑圧装置と国家のイデオロギー諸装置との二つを表示する」ものに対抗し得た詩テクストとして〈歴史的時間〉のなかで位置づけている。

治安維持法を体系的に研究してきた歴史学者の荻野富士夫も「三・一一」以前から一九二九年に発表された小林多喜二の『蟹工船』に注目していた。しかし、「三・一一」以降、「特定秘密保護法と多喜二」という問題が議論に浮上する(3)。ここで「満州事変」の前、帝国主義戦争のために弾圧が強化された過去を現在に重ね合わせ、未来の萌芽を読み取ろうとする、すなわち〈歴史的時間〉の獲得が試みられたのだ。


多喜二文学がそういう秘密保護の対象たるべき軍隊とその背後のからくりに迫る「反戦文学」だからこそ、為政者層にとっては非常に脅威ととらえられ、それを排除、抹殺しようとしました。そして多喜二そのものを抹殺してしまったのです。多喜二は「帝国軍隊―財閥―国際関係―労働者」という一本の糸としてこのからくりを追及し、その真相に迫ろうとしました。現代においてもこうした多喜二のとらえ方は、大きな示唆・手がかりを与

えてくれるはずです。（一六三頁）

多喜二を抑圧した過去の状況が、「現代」における「戦争ができる普通の国家」づくりの「一連画策の一角を構成」する「特定秘密保護法」の面貌を照らし出す。刑法学者である内田博文(4)が近年の著書において一九二八年から現在を読もうとするのも同一線上にある。内田が「その後の戦線拡大にとって重要な意味を持つと同時に、戦時体制を支える柱の一つの治安維持法の展開にとっても画期となる年」として「満州事変に先立つ昭和三年」に注目したのは、「この昭和三年の段階ではまだ引き返すという選択肢もあり得た」という認識のためであったのである。

このような現状認識への共感が、私が普通選挙法と治安維持法が成立した一九二五年体制前後に戻って小説を読んだ契機であった(5)。そして、先に引用した大江という読者が、「三・一一」を経た二〇年後もやはり同じ時間に遡っていたのは、同じ理由からではなかったのか。今度は作者としての大江健三郎の『晩年様式集(イン・レイト・スタイル)』（講談社、二〇一三年）(6)を開く。「「三人の女たち」がもう時はないと言い始める」（傍点原文）の章には、中野重治の「春さきの風」（『戦旗』一九二八年八月）が次のように引用されている。

もはや春かぜであった。
それは連日連夜大東京の空へ砂と煤煙とを捲きあげた。
風の音のなかで母親は死んだ赤ん坊のことを考えた。
それはケシ粒のように小さく見えた。
母親は最後の行を書いた。
「わたしらは侮辱のなかに生きています。」
それから母親は眠った。

（一八七頁）(7)

小説に小説の一部が引用されている、この簡単な記述では表せないように、この箇所は可能なかぎりに最大の複雑さをもって引用されている。小説だからこそ可能な複雑さである。事実を単純化するとこうなる。焦点人物の「私」は、「七月十六日、代々木公園」で「呼び掛け人」の一人として「十万人集会」にいた。そこで「三・一一」以降の現在をよく捉える言葉として、中野重治の「春さきの風」を引用しながら話をした。そこには、妹の「アサ」が参加しており、兄の話のなかで「春さきの風」を中野重治の自伝的小説として説明しているところを聞いてその間違いに気づいた。「アサ」は「私」への手紙のなかでそのことを述べ、呼び掛けの内容には賛成しながらもその「ザッ」さは鋭く批判する。その手紙を読んだ「私」は、「私」が書いている小説の一部としてそれを取り込んでいる、という設定である。『晩年様式集（イン・レイト・スタイル）』の読者は、このすべての過程に巻き込まれた後、やがて一九二八年の「三・一五事件」を描いた小説、中野重治の「春さきの風」の一部を読むことになるのだ。

このような過程を経て中野重治の「春さきの風」を読んだ読者は、今度『晩年様式集（イン・レイト・スタイル）』の作者として刻印された「大江健三郎」という固有名詞を通して、中野重治の「春さきの風」の一部が引用され、拡散されていく現実の諸過程にも参加することになろう(8)。たとえば、二〇一二年七月一七日付『朝日新聞』（朝刊、社会の一面）には、「脱原発、怒りの炎天下　東京・代々木公園で大規模集会」（澄川卓也）という写真つきの記事が掲載されていた。

> 「脱原発」を訴える大規模な市民集会「さようなら原発10万人集会」が16日午後、東京・代々木公園で開かれた。作家の大江健三郎さん（77）らが呼びかけた署名運動の一環。約17万人（主催者発表）が全国から集まり、原発再稼働に踏み切った野田政権に方針撤回を迫った。〔中略〕続いて大江さんは、約750万人分の署名の大半を首相あてに提出した翌日に政権が原発の再稼働を決めた経緯に触れ、「私らは侮辱の中に生きている。政府のもくろみを打ち倒さなければならないし、それは確実に打ち倒しうる」と訴えた。〔中略〕警視庁は公式発表

していないが、警察関係者によると、把握した参加者数は約7万5千人だったという。

「大江健三郎」を呼び掛け人の一人にした「さようなら原発10万人集会」に直接に参加していなかったとしても、『晩年様式集(イン・レイト・スタイル)』の読者なら、この新聞記事が大江の言葉として要約している「　」のなかがどのような過程を辿っているのかを知っている。記事は明示していないが、そこには、中野重治の小説の言葉が生きていて、またそこには、過去の時間が刻まれている。そして〈あの日〉以降、過去の言葉が幾度となく生き返ってきて現在を捉えようとする状況に気づいた読者の前に、中野重治の「春さきの風」が発表された一九二八年の時間が〈歴史的時間〉として迫ってくる。しかも読者は、その時間を「ザツ」にではなく、正確に捉えねばならないという警戒をもって、その時間と向き合わざるを得ないのだ。

未来を含む現在を表す言葉を過去から探り当てることで、新たな〈あの日〉に向き合う。「三・一一」以降の文学論を書いた木村朗子[9]は、「小説世界の時空間は、過去や現在を優に超えて、未来を指し示し続ける。その意味で小説は常に過去の災禍の記録ではなくて、未来への予言の書となる」と述べていた。その予言を読み取る読書は、本書で述べてきた、〈歴史的時間〉の獲得としての読書と響き合う。「三・一一」以降のいま現在、小説を読む行為にかけられた期待が共有されつつある。

そして、このような〈歴史的時間〉を獲得しながら小説を読み進める読者のイメージは、ベンヤミン[10]が描いた「歴史記述者」と似ている。

過去を歴史的に関連づけることは、それを「もともとあったとおりに」認識することではない。危機の瞬間にひらめくような回想を捉えることである。歴史的唯物論の問題は、危機の瞬間に思いがけず歴史の主体のまえにあらわれてくる過去のイメージを、捉えることだ。〔中略〕過去のものに希望の火花をかきたててやる能力をもつ者は、もし敵が勝てば〈死者もまた〉危険にさらされる、ということを知りぬいている歴史記述者のほかにはない。そして敵は、依然として勝ちつづけているのだ。（六〇頁）

方法としての〈歴史的時間〉は、いまを生きる一人の読者として、個別テクストを読むことで実践していくしかない。だが、それは、死者が再び危険にさらされないように、依然として勝ちつづけている敵から未来を奪われないように、そのようにしてつづけて行かねばならない。

# 註

## ●序章　小説、時間、歴史

1　ジェラール・ジュネット、花輪光、和泉涼一訳『物語のディスクール』水声社、一九八五年。

2　後に日本近代文学会編『ハンドブック日本近代文学研究の方法』（ひつじ書房、二〇一六年）に再録されたが、引用は初出に拠る。

3　その業績として、小森陽一、紅野謙介、高橋修ほか『メディア・表象・イデオロギー』（小沢書店、一九九七年）と金子明雄、高橋修、吉田司雄ほか『ディスクールの帝国』（新曜社、二〇〇〇年）が言及されている。

4　グレアム・ターナー、溝上由紀他訳『カルチュラル・スタディーズ入門――理論と英国での発展――』作品社、一九九九年、一五〜一六頁。

5　富山太佳夫「歴史への転回」『現代批評のプラクティス――2　ニューヒストリシズム』研究社、一九九五年。

6　鵜飼哲「ポストコロニアリズム」『〈複数文化〉のために』人文書院、一九九八年。

7　理論の問題意識を継承した研究が多くの成果を出していることは疑えない。だが、その一方で、すでに定着した方法論としてのみ使われる傾向があることも否定し難い。本書は、支配的言説、とりわけ帝国主義の構造に迫り、それに抵抗するために立ち上がったカルチュラル・スタディーズやポストコロニアリズムが一時の流行として、単なる方法論として捉えられてはならないという立場をとる。

8　バフチンの議論は、時空間（クロノトポス）に関するものであるが、彼の議論が空間から時間を見て取る能力を問題にしている限り、重点が置かれているのは時間の方であるといわざるを得ない。

9　ミハイル・バフチン、佐々木寛訳「教養小説とそのリアリズム史上の意義（一九三六―三八年）」『ミハイル・バフチン全著作第五巻――小説における時間と時空間の諸形式』水声社、二〇〇一年。

10　ミハイル・バフチン、北岡誠司訳「小説における時間と時空間の諸形式――歴史詩学概説（一九三七―三八、一九七三年）」『ミハイル・バフチン全著作第五巻――小説における時間と時空間の諸形式』水声社、二〇〇一年。「歴史的時間」を中心に据え、「小説が時間をみずからのものとしてゆくその後の発展過程」を素描したものである。

11　ホミ・K・バーバ、本橋哲也、正木恒夫、外岡尚美、坂本留美訳『文化の場所――ポストコロニアリズムの位相』法政大学出版局、二〇〇五年。

12　B・アンダーソン、白石隆、白石さや訳『定本　想像の共同体――ナショナリズムの起源と流行』書籍工房早山、二〇〇七年。

13　本書の第Ⅱ部第8章では、小説が、作者と読者を空虚な同時性へ追いやることで、「想像の共同体」の創造に寄与しているだけではないことを明らかにしている。そこで小説は、同じ日付が、決して記憶の同質性を保証しないことを暴露することで、共同体を分裂させるような機能を果たしている。

14　ミシェル・フーコー、小林康夫、石田英敬、松浦寿輝編『フーコー・コレクション4――権力・監禁』筑摩書房、二〇〇六年。

15　バフチンの「小説における時間と時空間の諸形式――歴史詩学概説」がそもそもジャンルや作者を中心に置いた文学史であったことを考えれば分かる。

16　鍛治哲郎は、「読むことをめぐる理論構成が、読者の個別的な関心や興味の存在をまったく無視してなされるならば、それは奇妙な事態であろう」と的確に指摘している（「3　読むことの個別性と社会性――ブース、フィッシュ、イーザーの読者反応論をめぐって」『岩波講座　文学　別巻──文学理論』岩波書店、二〇〇四年）。

17 W・イーザー、轡田収訳『行為としての読書』岩波書店、一九九八年、五八～五九頁。

18 註17に同じ、三二二～三二三頁。

19 ミハイル・バフチン、伊東一郎訳『小説の言葉』平凡社、一九九六年。

## ●第Ⅰ部〈歴史的時間〉を召喚する〈循環的時間〉

1 東郷克美の「井伏鱒二の〈方法〉──「山椒魚」と「鯉」の形成」（『井伏鱒二』尚学図書、一九八一年）と「井伏鱒二・川と谷間の文学」（『季刊国語』一九八二年七月）は、後に『井伏鱒二という姿勢』（ゆまに書房、二〇一二年）に再収録された。

2 井口時男「山川草木／天変地異」『国文学　解釈と鑑賞』別冊、一九九八年二月。

3 無論、「同時代のコンテクスト」のなかで井伏文学を読み直す作業は着実に行われており、それらの意義と限界については、各章の研究史においてまとめている。

4 小田切秀雄『近代日本の作家たち』厚文社、一九五四年。増補版（法政大学出版局、一九六二年）から引用した。

5 平野謙の『昭和文学史』（筑摩書房、一九六三年）が代表的である。

6 市古貞次『日本文学史概説』（改訂版）、秀英出版、一九五九年、二二一～二二五頁。「はしがき」には、「近代」の項目が三好行雄の協力を得て書かれたとある。

7 麻生磯次『日本文学史概論』明治書院、一九六七年、二八四～二八六頁。

8 佐々木基一「新感覚派及びそれ以後」『岩波講座　日本文学史　第十五巻　近代』岩波書店、一九五九年。

9 福田清人、松本武夫『井伏鱒二　人と作品42』清水書院、一九八一年、九五～九九頁。

10 H・R・ヤウス、轡田収訳『挑発としての文学史』岩波書店、一九七六年。

## ●第1章　小説が書き直される間──井伏鱒二「幽閉」（一九二三）から「山椒魚」（一九三〇）への改稿問題を中心に

＊──「幽閉」と「山椒魚」の引用は『井伏鱒二全集第一巻』（筑摩書房、一九九六年）に拠る。

1　先行研究において「幽閉」と比較される「山椒魚」は、「山椒魚──童話──」（『文芸都市』一九二九年五月）を用いる場合が多いが、本章では、翌年、単行本に収められた際の「山椒魚」を用いる。タイトルから「──童話──」が削除されたことの他、解釈にまつわる両者の大きな本文異同は見られない。

2　井伏鱒二全集の「解題」では、「幽閉」は「『山椒魚』の原型である」と説明されている（「解題」『井伏鱒二全集第一巻』筑摩書房、一九九六年、五八九頁）。

3　関良一「『山椒魚』」『言語と文芸』Ⅰ、一九六〇年一〇月、Ⅱ、一九六一年三月。

4　熊谷孝・夏目武子〈対談〉井伏鱒二の文体──成立過程（第二回）『幽閉』が『山椒魚』の原型であるということの意味」『文学と教育』一九七六年二月。

5　伴悦「『山椒魚』の成立をめぐって」『文学年誌』一九七七年一二月。

6　佐藤嗣男「『幽閉』から『山椒魚』へ──自然主義的表現方法との訣別──」『表現学体系』一九九〇年一〇月。

7　中村明「井伏文体の胎動──『幽閉』から『山椒魚』へ──」『日本文芸の表現史』おうふう、二〇〇一年。

8　松本鶴雄『井伏鱒二論全集成』沖積舎、二〇〇四年。

9　佐藤嗣男「井伏鱒二の文体──改稿の問題を中心にして──」『昭和作家のクロノトポス　井伏鱒二』双文社、一九九六年。

10　東郷克美「「くつたく」した「夜更け」の物語──初期井伏鱒二について」『成城国文学論集』一九八一年三月。後に『井伏鱒二という姿勢』（ゆまに書房、二〇一二年）に再収録された。

11　日高昭二「プロレタリア文学という歴史──「所有」という観念をめぐって」『昭和作家のクロノトポス　井伏鱒二』双文社、一九九六年。

12　平浩一「「ナンセンス」を巡る〈戦略〉──井伏鱒二「仕事部屋」の秘匿と「山椒魚」の位置──」『昭和文学研究』二〇〇七年九月。

13 滝口明祥『井伏鱒二と「ちぐはぐ」な近代――漂流するアクチュアリティ』新曜社、二〇一二年。
14 註10に同じ。
15 註7に同じ。
16 初出は、『創作月刊』一九二九年三月。
17 松尾尊兊『普通選挙制度成立史の研究』岩波書店、一九八九年、三〇七〜三〇八頁。
18 成田龍一『大正デモクラシー』岩波書店、二〇〇七年、一九三頁。
19 註18に同じ、一九四〜一九六頁。選挙権者のなか、「貧困により公私の救助または扶助を受くる者」が除外されていた。また、同一選挙区内に一年以上居住することも条件づけられ、実質的に移動の多い「貧困者」が排斥された。女性や植民地の人々の参政権も認められなかった。
20 初出は、『文芸公論』一九二七年九月。
21 初出は、『新青年』一九三〇年二月。
22 日高昭二は、「モダニズムの文法あるいは井伏鱒二」(『日本近代文学』一九九七年一〇月)において山椒魚が蛙を閉じ込める行為をはじめ、初期井伏文学における「暴力性」の問題を指摘している。
23 「山椒魚」の最後の場面について補足しておきたい。「幽閉」という状況を考える場所である「入口」に「幽閉」から逃れる可能性を見出すのであれば、「山椒魚」の最後の場面は極めて示唆的である。蛙という弱者を抑圧する場所、「岩屋の窓」において山椒魚は、自らの暴力の犠牲者に「どういふことを考へてゐる」かと聞いているからだ。蛙を「幽閉」するという抑圧の転移の場が再び他者の「考へ」を聞く場所へ変わろうとする瞬間が、蛙が死に直面している時であったことは絶望的だが、「山椒魚」にいたって「入口」の可能性が完全に閉ざされているわけではないことは確認できよう。

## ●第2章 「私」を拘束する時間――井伏鱒二「谷間」(一九二九)を中心に

＊――本文引用はすべて初出に拠る。
1 淀野隆三「末期ブルジョア文学批判(1)――小ブルジョア文学としてのいはゆる「芸術派」の文学について」『詩・現

実』一九三〇年九月。
2　小林秀雄「定説是非——井伏鱒二の作品について」『都新聞』一九三一年二月二四日〜二六日。
3　涌田佑「『谷間』『川』『さざなみ軍記』を貫くもの」『現代文学』一九七八年三月、後に『私注・井伏鱒二』（明治書院、一九八一年）に再収録される。
4　東郷克美「「くつたく」した「夜更け」の物語——初期井伏鱒二について」『成城国文学論集』一九八一年三月、後に『井伏鱒二という姿勢』（ゆまに書房、二〇一二年）に再収録される。
5　日高昭二「プロレタリア文学という歴史——「所有」という観念をめぐって」『昭和作家のクロノトポス　井伏鱒二』双文社、一九九六年。
6　野中寛子「井伏鱒二「谷間」改稿前後——削除部分の考察と、のちの作品へのつながり」『近代文学論集』二〇〇七年一一月。
7　滝口明祥『井伏鱒二と「ちぐはぐ」な近代』新曜社、二〇一二年。
8　さらに、「御大典」の際の失敗が鉄の家族を取り返しのつかない破綻に導いたことは、昭和三年（テクストが発行された前年度）の昭和天皇の即位の御大典の際に行われた弾圧のコンテクストをも呼び込む。
9　荻野富士夫『昭和天皇と治安体制』新日本出版社、一九九三年。
10　「谷間」には、丹下氏が渡した「名刺」が、「私」によって翻訳されて提示されるが、そこには、「鉄の話」の大地主とも重なる丹下氏の経歴が書かれている。たとえば、「郡会議員たること二回に及び」「明治二十五年の大水に於て」「橋梁を修築」し、日清戦争の最中である「二十八年凱旋記念公益事業」と詳細にその功績が書かれている。中村政則が指摘しているように、明治地方自治制が確立していくなかで、寄生地主は「自他町村の村の小作人に対する経済的支配を通じて、農村社会における政治的・社会的権威を確立」し、「貴族院多額納税議員制度によって国政の中枢に乗りこんだ」のであり（「天皇制国家と地方支配」『講座日本歴史8　近代2』東京大学出版会、一九八五年）、このような歴史的事実からすると、丹下氏の「名刺」には、地主から資本家へと近代日本における農業資本主義化の過程が刻まれているといっていい。
11　ジェイ・ルービン、今井泰子、大木俊夫、木股知史、河野賢司、鈴木美津子訳『風俗壊乱——明治国家と文芸の検閲』世織書房、二〇一一年。

12　本章では『鉄の話』の方法にはふれておらず、同時代のプロレタリア文学と共有していた「谷間」の問題意識と表現方法を明らかにするための限定した分析にとどまっている。

13　最初、「私」が、丹下氏が村の「壮丁」たちを集めて演説しているのを見て、「徴兵点呼」だと思ったことが記されている。同時代、一九二七（昭和二）年に公布された兵役法（＝徴兵令）下で市町村長は、徴兵人口のリストである「壮丁名簿」を作成することになっている。つまり、村の「収入役」である丹下氏が「在郷軍人」を中心とした「壮丁」たちを集めたことが、「私」に「徴兵点呼」と思われたのも当然なのである。

14　中村政則『昭和の歴史第二巻　昭和の恐慌』小学館、一九八二年、一〇九頁。

15　吉見俊哉「ネーションの儀礼としての運動会」『運動会と日本近代』青弓社、一九九九年。

16　そもそも、日露戦争後の一九一〇年、在郷軍人会を組織したのが他ならぬ田中義一であった。在郷軍人会は「軍隊と国民とを結合する最も善良なる連鎖となる」ことを目的に掲げ、郷土の名誉という観念を拠り所にし、軍人精神の鍛練と軍事知識の増進によって戦時動員を準備するものとして組織され、以降、国民思想の統制にも積極的に関与していく（山室信一『日露戦争の世紀――連鎖視点から見る日本と世界――』岩波書店、二〇〇五年）。丹下氏と「在郷軍人」らが隣村を罵倒する論理には、「郷土」の語が頻出しており、また、争議が行われた契機である彰徳碑自体、戦争の記憶と密接に関わるものである（和田春樹他『日露戦争と韓国合併――一九世紀末―一九〇〇年代』岩波書店、二〇一〇年）。天皇制国家を作り上げる一環として成立した地方自治制の暴力を背景にした葛藤を鎮圧する過程において、国家事業を遂行する末端としての丹下氏は、明らかに近代国家と戦争を想起するような形で組織を形成し、捕虜の訊問まで行ったのである。

## ●第3章　持続可能な抵抗が模索される時間――小林多喜二「蟹工船」（一九二九）と井伏鱒二「炭鉱地帯病院――その訪問記」（一九二九）を中心に

＊――本文引用はすべて初出に拠る。ただし、「蟹工船」の伏字の復元に関しては、『小林多喜二全集第二巻』（新日本出版社、一九九三年）に倣う。

1　平松幹夫「八月の創作評」『三田文学』一九二九年九月。

2 「解題」『小林多喜二全集第二巻』新日本出版社、一九九三年、五四五頁。
3 蔵原惟人「作品と批評」『東京朝日新聞』一九三一年六月一七〜二一日。
4 右遠俊郎「『蟹工船』私論」『民主文学』一九七三年二月。後に『文学・真実・人間』（光和堂、一九七七年）に再収録された。
5 佐藤孝雄「『労働』を媒介とする感性と認識をめぐってその三『蟹工船』論」『異徒』一九八三年四月。
6 日高昭二「『蟹工船』の空間」（『日本近代文学』一九八九年五月）と「『蟹工船』の黙示録」（『日本の文学』一九八九年一一月）は、後に日高昭二『文学テクストの領分』（白地社、一九九五年）に再収録された。
7 高橋博史「小林多喜二『蟹工船』」『国文学　解釈と鑑賞』一九九三年四月。
8 副田賢二「『蟹工船』の『言葉』——その『団結』と闘争をめぐって」『昭和文学研究』二〇〇二年三月。
9 「蟹工船」における「身体」の重要性はすでに指摘されている。小森陽一は、マルクス主義文学が日本の近代文学に新たに「身体」を問題化したことを指摘しながら、「船という閉鎖的企業体にとり込まれた「身体」と同時に、国境を越える船によって国家の権力支配から離脱する「身体」をとらえていた」「蟹工船」に言及している（『〈ゆらぎ〉の日本文学』日本放送出版協会、一九九八年）。
10 多喜二の伝記的事実は、島村輝「小林多喜二『蟹工船』と地下活動化する社会主義運動」（『国文学　解釈と教材の研究』二〇〇二年七月）を参考にした。
11 渡部直己『不敬文学論序説』太田出版、一九九九年、一八一頁。
12 東郷克美は「昭和四年は、井伏鱒二がようやく作家として自立する年であり、作風の上でもひとつの転換をみせる時期である」と述べている（『井伏鱒二という姿勢』ゆまに書房、二〇一二年、六四頁）。
13 前田貞昭「『炭鉱地帯病院』管見——「私」の機能と作品構造をめぐって——」『国文学攷』一九八六年三月。
14 木村幸雄「『炭鉱地帯病院』小論」『大妻女子大学紀要文系』二〇〇五年三月。
15 滝口明祥『井伏鱒二と「ちぐはぐ」な近代』新曜社、二〇一二年。
16 三浦世理奈「井伏鱒二「炭鉱地帯病院——その訪問記——」論——プロレタリア文学への批判意識について——」『別府大学国語国文学』二〇一一年一二月。

17　同時代の新聞記事には、争議の「首謀者」が如何に処罰されているのかが中心になって書かれていた。たとえば、「首謀4名を解職　三越の争議」（『朝日新聞』一九二九年四月二三日、朝刊、七面）や「東支鉄、罷業に弾圧を加う　首謀者は国外に追放」（『朝日新聞』一九二九年七月二四日、朝刊、二面）などがある。

## ●第4章　アレゴリーを読む時間──井伏鱒二「洪水前後」（一九三二）を中心に

＊──「洪水前後」の引用は初出に拠るが、その他は『井伏鱒二全集第三巻』（筑摩書房、一九九七年）から引用する。

1　東郷克美の「井伏鱒二の〈方法〉──「山椒魚」と「鯉」の形成」（『井伏鱒二』尚学図書、一九八一年）と「井伏鱒二・川と谷間の文学」（『季刊国語』一九八二年七月）は、後に『井伏鱒二という姿勢』（ゆまに書房、二〇一二年）に再収録された。

2　滝口明祥「『川』の流れに注ぎ込むもの──シネマ・意識の流れ・農民文学」（『国文学研究』二〇一〇年六月）は、後に『井伏鱒二と「ちぐはぐ」な近代──漂流するアクチュアリティ』（新曜社、二〇一二年）に再収録された。

3　日本側の五項目の要求条項を提示しているこの声明は、「満州事変」の展開を考えるうえで重要な史料である。内容は次のとおりである。㈠相互的侵略政策及び行動の否認、㈡中国領土保全の尊重、㈢相互に通商の自由を妨害し国際的ぞう悪の念をせん動する組織的運動の徹底的取締、㈣満洲の各地における帝国臣民の一切の平和的業務に対する有効なる保護、㈤満洲における帝国の条約上の権益尊重。

4　無論、このように「満州事変」の原因を説明することは、東北の「特殊権益」を正当化することへつながる危険性がある。このことについてはすでに多くの人々が指摘しているが、副島昭一「中国東北侵略と十五年戦争の開始」（『十五年戦争史1』青木書店、一九八八年、七三頁）を参照した。

5　一九三一年一一月一四日付『東京日日新聞』（朝刊）の三面に掲載されている日本新聞協会の「満州事変」に対する声明がよい例である。「支那はわが好意を濫用し、満蒙においては、わが条約上の権益を無視し、これを蹂躙し、たゞにわが同胞を圧迫するばかりでなく、その生命と財産とを危険に陥れ、然も支那全土にわたりては、排日教育を普及せしめ、排日本、排日貨は、殆ど日常の年中行事となりてゐる、而してその横暴の極まる所が、這回の満洲事件である」と述べている。その内容は、帝国政府や軍部の声明といささかも変わらず、「現時の出兵情態は、日本が満蒙における権益の自衛とて（ママ）、最小限度のものだ」とさらに煽動するようなものであった。

6 井伏鱒二「「川」の出版」『限定出版江川書房月報』第五号、江川書房、一九三三年一一月、六三六頁。『井伏鱒二全集第三巻』（筑摩書房、一九九七年）から引用した。

7 松浦幸穂「井伏鱒二論――「川」を中心として」『愛媛国文と教育』一九八四年一二月。

8 この時期に井伏が書いた文章は、タイトルですら「酒場街風景」「湘南風景」「荒廃の風景」と連なるように、「風景」「叙景」「光景」といった言葉がまぎれもないキーワードとして用いられていた。

9 滝口（註2に同じ）は『川』における物語の断片性や空白がかえって「読者の能動的な関わり」を刺激すると評価していたが、本章では、『川』の通読が推測に充ちた出来事の真相を探るような余裕を読者に与える前に「川」のごとく流されてしまう、その速度にこそ注目した。

10 萩原得司は、『井伏鱒二自選全集』に『川』が収録されなかったことを指摘しているが（『井伏鱒二の魅力』草場書房、二〇〇五年）、本書では井伏自身が『川』を評価することのできなかった理由の一つとして自己検閲的テクストという視点を提示したい。

11 物語内部の時間性が、その外部の時間へ拡張することを塞いでいる良い例である。『川』を流れる〈循環的時間〉はそこに〈歴史的時間〉を読み取ることを防ぐように作られている。

12 註1に同じ。

### ●第Ⅱ部　小説の空所と〈歴史的時間〉

1 牧義之『伏字の文化史――検閲・文学・出版』森話社、二〇一四年。

2 註1に同じ。牧義之は「制度としての検閲が存在しない現代においては、その使用目的は官憲の圧力回避ではなく、読者の興味を煽るためか、単に書かれた記事内容の特定を避けるために専ら用いられている」と捉え、「文化記号」として伏字を位置づけた。だが、〈伏字的テクスト〉を射程に入れる本書では、現代もなお〈伏字的テクスト〉は生産されつづけているという立場をとる。詳しくは、第Ⅲ部の導入を参照してほしい。

3　井伏鱒二「松田解子――伏字について」『文学界』一九三四年八月。『井伏鱒二全集第四巻』（筑摩書房、一九九六年）から引用した。

4　「テクスト共同作業の諸レベル」については、ウンベルト・エーコの『物語における読者（新版）』（篠原資明訳、青土社、二〇一一年）を参照した。

5　井伏鱒二「明治・大正の大作家再検討　森鷗外論」『新潮』一九三二年九月。『井伏鱒二全集第三巻』（筑摩書房、一九九七年）から引用した。

6　S・フィッシュ、小林昌夫訳『このクラスにテクストはありますか』みすず書房、一九九二年。

7　高田知波「治安維持法と文学表現」『日本文学史を読む6（近代2）』有精堂出版、一九九三年。

## ●第5章　××を書く、読む時間――小林多喜二『党生活者』（一九三三）

＊――本文引用はすべて初出に拠り、掲載号、章、頁は引用の末尾に表示する。ただし、伏字の復元は『小林多喜二全集第四巻』（新日本出版社、一九九三年）に倣い、ルビをもって記す。

1　「一九三二年八月二日中村恵宛」『小林多喜二全集第七巻』新日本出版社、一九九三年、五九四頁。

2　「一九三二年八月下旬中村恵宛」『小林多喜二全集第七巻』新日本出版社、一九九三年、五九五〜五九六頁。

3　広津和郎（「おのずから襟を正す小林多喜二の遺作」『読売新聞』一九三三年三月一八日）や宮本百合子（「同志小林の業績の評価に寄せて」『プロレタリア文化』一九三三年四月）などが代表的である。

4　蔵原惟人「解説」『独房・党生活者』岩波書店、一九五〇年。

5　『一九二八年三月十五日・党生活者』（新興出版社、一九四六年）をもって初めて完全に復元された。

6　津田孝「「党生活者」論と愛情の問題」『民主文学』一九七三年二月。

7　「小林多喜二の生活がさまざまな偏向と誤謬とを孕んだマルクス主義文学運動のもっとも忠実な実践者たることから生じた時代の犠牲者を意味していた」と主張した平野謙（「ひとつの反措定」『新生活』一九四六年四月）をはじめ、「後代は、一九三〇年代のはじめ頃「日本共産党」という密教的な前期集団があり、小林多喜二という作家が、その集団の生活を、「党生活者」という作品にえがいたと記録するとおもう」と辛らつに批判した吉本隆明（「党生活者・小林多喜二――低劣な人間認識を暴露した党生活記録」『国文学　解釈と鑑賞』一九六一年五月）まで後を絶たない。

8　西野辰吉「『党生活者』をめぐっての感想」『年刊多喜二・百合子研究　第2集』河出書房、一九五五年。

9　伊豆利彦「『党生活者』の問題」『日本近代文学研究』新日本出版社、一九七九年。

10　右遠俊郎「「党生活者」私論――ふたたび「私」の功罪について」『民主文学』一九七一年三月。

11　中村三春「反啓蒙の弁証法――表象の可能性について」『国語と国文学』二〇〇六年一一月。

12　前田角蔵「「党生活者」論――異常空間からのメッセージ」『日本文学』一九八六年一〇月。

13　島村輝は、「地下活動をしている主人公「佐々木安治」と多喜二とを同一視するような見方」に反対し、「具体的な場面での活動家の姿を、その弱点や欠点までも含めてリアルに描き出」したことを『党生活者』の意義として述べた（「「党生活者」論序説――「政治」と「文学」の交点」『国文学　解釈と鑑賞』別冊、二〇〇六年九月）。小森陽一は、『党生活者』における「私」と笠原をめぐる「言葉の運動」は、読者にそれが「人間を道具にする行為の合理性なのか」それとも「互いに異なる人間が対話によって異質性を確認しながら、相互の理解を実現していくような、反省をうながす合理性なのか」を問いかけていると主張した（「解説」『独房・党生活者』（改版）、岩波書店、二〇一〇年）。

14　ノーマ・フィールド「女性、軍需産業、そして《私》――「党生活者」はなにを訴えてきたのだろう」『日本近代文学と戦争』三弥井書店、二〇一二年。

15　註14に同じ、一六八～一六九頁。

16　ここで「読者」という用語に期待するのは、完全な形で『党生活者』を読むことが可能な現在の読者が、一九三三年の「転換時代」における伏字や削除箇所を再び読み起こし、同時代の読者を想像することでテクストの批評性を考えることである。したがって、本章では伏字や削除箇所などを含んだ初出時のテクストの仮題である「転換時代」ではなく、それらが復元された戦後のテクストの題目である『党生活者』を用いて議論する。

17　註10に同じ。

18　「「党」の署名の入つたビラ」「「ハタ」（機関紙）とパンフレット」の他にも『党生活者』には、様々なテクストの存在が描かれている。「私」が電車の隣に座った「銀行員らしい洋服」が読んでいる「東京朝日」に視線を注ぐ場面がある。「東京朝日」が公の場で読むことのできる、またその名前を文字として表すことができるテクストであることが示唆され、「私」が書いているビラと対比される。

19 実際、『党生活者』で「検閲」と「弾圧」という言葉は使われているが、それらの言葉は初出において削除箇所に含まれている。

20 多喜二の作品において戦争を煽動する主体として「青年訓練所・青年団・在郷軍人会の役割」が強調されてきたことは、荻野富士夫（『多喜二の時代から見えてくるもの――治安体制に抗して』新日本出版社、二〇〇九年、一一四頁）が指摘している。

21 「解題」『小林多喜二全集第四巻』新日本出版社、一九九三年、五二三～五二九頁。

22 註12に同じ。

## ●第6章　小説の書けぬ時間――中野重治「小説の書けぬ小説家」（一九三六）を中心に

＊――本文引用はすべて初出に拠る。

1 本多秋五「転向文学」『岩波講座　文学　第五巻』岩波書店、一九五四年。

2 杉野要吉「「小説の書けぬ小説家」前後」『中野重治の研究　戦前・戦中篇』笠間書院、一九七九年（初出は、『国文学解釈と鑑賞』一九七一年一一月）。

3 森山重雄「中野重治――転向五部作――」『文学としての革命と転向』三一書房、一九七七年、二五九～二九三頁。

4 島崎市誠「中野重治の「文学論」一瞥――転向五部作を眺める視点として」『芸術至上主義文芸』一九八九年一一月。

5 大塚博「「小説の書けぬ小説家」論」『文芸と批評』一九七九年七月。

6 西勝「中野重治と転向五部作」『明治学院論叢』一九八〇年九月。

7 金子博「『小説の書けぬ小説家』論」『国文学　解釈と鑑賞』一九八六年七月。

8 註2に同じ。

9　円谷真護「革命的市民の誕生――続・中野重治の転向小説をめぐって」『現代の眼』一九八一年六月。
10　註7に同じ。
11　北村隆志「中野重治の戦前「転向」」『民主文学』一九九二年五月。
12　李正旭「中野重治の転向以後の自己認識をめぐって――「小説の書けぬ小説家」」『文学研究論集』二〇〇九年二月。
13　佐藤健一『中野重治『村の家』作品論集成』（大空社、一九九八年）からわかるように、「村の家」は、その主な作品論だけで三冊の集成が編まれる程、議論されてきた小説である。
14　中澤俊輔『治安維持法』（中央公論新社、二〇一二年）を参照してまとめた。
15　伏字部分の復元は『中野重治全集第二巻』（筑摩書房、一九七七年）に拠った。全集では、初出と単行本の『小説の書けぬ小説家』及び『中野重治選集第3』（筑摩書房、一九四八年）によって復元を行っている。
16　荻野富士夫『特高警察』（岩波書店、二〇一二年）を参照した。
17　同時代評表記は、漢字の場合、旧字を新字に直し、ふりがなは省略した。
18　深田久弥「文芸時評　プロ小説を観る――困難なその表現術」『読売新聞』一九三四年一二月二八日。
19　正宗白鳥「新年号の創作表」『東京朝日新聞』一九三五年一月五日。
20　長崎健二郎「文芸時評」『文芸首都』一九三五年二月一日。
21　戸坂潤「文芸時評　言葉と道徳」『東京日日新聞』一九三五年三月二六日。
22　芹沢光治良「文芸時評　胸に迫る作品――中條百合子の力作『乳房』」『報知新聞』一九三五年三月二八日。
23　浅見淵「文芸時評」『信濃毎日新聞』一九三五年四月三日。
24　伊藤整「文芸時評　積極的な面貌」『中外商業新報』一九三五年四月六日。
25　片岡良一「現代作家・作品への瞥見」『中央公論』一九三五年五月一日。
26　室生犀星「文芸時評　作家の赤ん坊――読後のそれ〳〵の感想」『報知新聞』一九三五年七月二日。
27　十重田裕一は、「内務省の検閲下の出版社は、発売・領布の禁止を回避するべく、検閲に抵触する表現を伏字にする自己検閲を行っていた」ことを指摘し、「自己検閲としての伏字」の存在を説明した（「内務省とGHQ／SCAPの検閲と文学――一九二〇―四〇年代日本のメディア規制と表現の葛藤」『検閲・メディア・文学――江戸から戦後まで』新曜社、二〇一二年、九二頁)。

28 そもそも本章で試みている読みも、読者の責任を部分的に引き受けた一つの読みの実践にほかならない。

29 註14に同じ、一五二〜一五四頁。

30 註16に同じ、九一頁。

31 荻野富士夫『思想検事』岩波書店、二〇〇〇年、四五頁。

32 平出禾(司法研究第二部第十四回研究員名古屋区裁判所検事)『プロレタリア文化運動に就ての研究』(司法省調査部『極秘司法研究報告書二十八輯九プロレタリア文化運動に就て』一九四〇年三月の復刻版)柏書房、一九六五年、一六三頁。

## ●第7章 疑惑を生み出す再読の時間——太宰治『新ハムレット』(一九四一)論

＊——本文引用は『太宰治全集5』(筑摩書房、一九九八年)に拠る。

1 小泉浩一郎「『新ハムレット』論」『日本文学研究』一九七二年二月。

2 磯貝英夫「新ハムレット」論」『太宰治 一冊の講座』有精堂出版、一九八三年。

3 勝田真由子「太宰治とロマン主義の背理——『新ハムレット』への一視角」『百舌鳥国文』二〇〇七年三月。

4 北川透「パロディー、その喜劇への変換——太宰治『新ハムレット』考」佐藤泰正編『文学 海を渡る』笠間書院、二〇〇八年七月。

5 鳥居邦朗(「『新ハムレット』」『国文学 解釈と鑑賞』一九八三年六月)、城山之信(「『新ハムレット』論——太宰化の特徴とその意味するもの——」『古典の変容と新生』一九八四年一一月)、鶴谷憲三(「多義的な〈真実〉——「クローディアスの日記と「新ハムレット」と——」『シェイクスピア」を読む』笠間書院、一九九三年)など。

6 山崎正純「『新ハムレット』論」——表現の虚妄を見据える眼」『近代文学論集』一二号、一九八六年一一月。

7 富岡幸一郎「『新ハムレット』論——芸術家の仮面」『国文学 解釈と教材の研究』学燈社、一九九一年四月。

8 渥美孝子「『おふえりや遺文』と『新ハムレット』——メタ言語小説の観点から」『東北学院大学論集(人間・言語・情報)』一九九二年九月。

9　光木正和「パロディの脱構築（上）」『クリティシズム』一九九八年一二月。
10　津久井秀一「『新ハムレット』論――〈演じる者〉達」『宇大国語論究』二〇〇二年一月。
11　頼雲荘「太宰治『新ハムレット』論」『国語国文学研究』二〇〇三年三月。
12　中村三春「中村三春のテクスト文芸学（第8回）太宰治『新ハムレット』の「愛は言葉だ」パラドクシカル・デカダンス（2）」『iichiko』二〇一四年春号。
13　李在錫「「ポーズ（POSE）」考――太宰治『新ハムレット』の場合（二）――「演技」「公私」の問題を論じつつ――」『九大日文』二〇〇四年四月。
14　問題提起にとどまっているものの、テクストに刻印された時間の政治性はすでに指摘されている。服部康喜は、「作家自身が当面の関心において作品と向き合う共時的な位相と、作家のまさに変化しつつある関心において作品に向き合う通時的な位相とを厳密に分別して考察する必要」を問いながら、「敗戦という圧倒的な事実と東京裁判へと向かう占領体制の強化および戦争責任という社会的心理的要因を視野におさめ」たうえで「あとがき」を理解せねばならないと主張した（「悲劇としての「新ハムレット」（上）――思念（意識）と存在の弁証劇」『活水日文』二〇〇四年一月）。戦後の文脈の重要性は、小泉浩一郎によっても繰り返し強調された（「太宰治と歴史小説」『資料と研究』二〇〇五年三月）。
15　日高昭二「声の戦争」『太宰治全集5　月報4』筑摩書房、一九九八年八月。
16　同時代において正宗白鳥（「空想と現実」『日本評論』一九四一年九月）は、太宰が「国王に好感が寄せられてゐるやうだ」と述べていた。正宗白鳥のみならず、『新ハムレット』が刊行されてから戦後に再録されるまでの間、少なくとも「あとがき」で作者が表明した「もくろ」み通りの批評は見当たらない。
17　石川巧は、レーゼ・ドラマが「普段は地の文やト書きに吸収されてしまいがちな非音声的部分をできる限り台詞化し、集団の中で無意識裡にされてしまっている領域を発話行為のレベルに引き上げようとする方法」であることを指摘し、この形式によって「それまでの受け身の姿勢を逃れ、聞き手として能動的な意味を担っていく」読者の役割の拡大が可能になったと指摘した（「方法としてのレーゼ・ドラマ」『日本近代文学』一九九四年一〇月）。李在錫は、『新ハムレット』が「ト書きを排除することによって発話に制約または指示性を廃止することであり、それによって読者の自由な読書行為――読書の乱脈を招来する側面をももつ」と指摘した（註13に同じ）。

18　無論、ポローニヤス自身、二つ目の噂に起因する一家の没落を防ぐため、一つ目の噂の利用を試みている。噂の真実を確かめる劇中劇を仕組み、クローヂヤスとハムレットの間で駆け引きをしている。

19　王はポローニヤスに「このまま、わしが自らを責めて不徳を嘆いているだけでは、いよいよ噂も勢いを得て、とりかえしのつかぬ事態に立ちいたるかも知れぬと思い、この噂の取締りに就いて、君と相談してみたいと考えていたところでした」と述べた。

20　ジャック・デリダ、堅田研一訳『法の力』法政大学出版局、一九九九年、一五二頁。

21　『朝日新聞』一九四一年三月八日、東京、朝刊、二面。

22　『朝日新聞』一九四一年二月四日、東京、朝刊、一面。

23　『朝日新聞』一九四一年四月一三日、東京、朝刊、二面。

24　『朝日新聞』一九四一年五月一〇日、東京、夕刊、三面。

25　『朝日新聞』一九四一年五月一六日、東京、夕刊、二面。

26　『朝日新聞』一九四一年五月一七日、東京、夕刊、二面。

27　『朝日新聞』一九四一年六月二六日、東京、朝刊、五面。

28　『読売新聞』一九四一年六月四日、朝刊、二面。

29　『読売新聞』一九四一年六月二六日、夕刊、二面。

30　一九三八年、戦場から帰ってきた石川達三の「生きてゐる兵隊」を掲載した『中央公論』が発禁になり、石川達三や編集長らは新聞紙法違反の罪で起訴された。まさに小説そのものが、戦争に関する造言飛語とみなされたこの事件に関しては、河原理子（『戦争と検閲——石川達三を読み直す』岩波書店、二〇一五年）が詳しく検討している。

31　山口浩行は、再録の際にクローヂヤスの台詞に「わしは、殺した。」という言葉が加筆されることで「クローヂヤスは先王暗殺を告白したことになる」と理解した（「「新ハムレット」考」『稿本近代文学』一九八七年一二月）。だが、中村三春は、「わしは、殺した。」の挿入について、「完全に明確になったとは言いがたい」「結局、兄王殺しについては、初版でも再録版でも曖昧なままであると言うべき」と主張した（註12に同じ）。

32　一九四五年冬、天皇制のコンテクストに関しては、第9章で詳しく言及している。

## ●第8章　占領地を流れる時間――井伏鱒二「花の町」（一九四二）を中心に

＊――本文引用は『井伏鱒二全集第十巻』（筑摩書房、一九九七年）に拠り、「連載日：連載回数」を引用の末尾に表示する。小説のタイトルは「花の町」に統一して記す。

1　平野謙「解説」『戦争文学全集第二巻』毎日新聞社、一九七二年、一八頁。

2　東郷克美「戦時下の井伏鱒二――流離と抵抗」『国文学ノート』一九七三年三月。後に『井伏鱒二という姿勢』（ゆまに書房、二〇一二年）に再収録された。

3　川本彰「太平洋戦争と文学者――軍政下における火野葦平・井伏鱒二について」『明治学院論叢』一九八〇年三月。

4　都築久義「『花の町』」『国文学　解釈と鑑賞』一九八五年四月。

5　神谷忠孝「戦争体験」『国文学　解釈と鑑賞』一九九四年六月。

6　野寄勉「井伏鱒二『花の町』論――軍政下の遠慮と屈託」『芸術至上主義文芸』一九九五年一二月。

7　滝口明祥「占領下の「平和」交錯する視線――井伏鱒二『花の町』」『国文学研究』二〇一一年六月。後に『井伏鱒二と「ちぐはぐ」な近代――漂流するアクチュアリティ』（新曜社、二〇一二年）に再収録された。

8　楠井清文「マラヤにおける日本語教育――軍政下シンガポールの神保光太郎と井伏鱒二」神谷忠孝・木村一信編『〈外地〉日本語文学論』世界思想社、二〇〇七年。

9　塩野加織「井伏鱒二「花の町」――「普及セシムベキ日本語」をめぐって」『繍』二〇〇八年三月。

10　塩野加織「問われ続ける「日常」の地平――井伏鱒二「花の町」論――」『日本文学』二〇一〇年九月。

11　B・アンダーソン、白石隆、白石さや訳『定本　想像の共同体――ナショナリズムの起源と流行』書籍工房早山、二〇〇七年、六一～六二頁。

12　『東京日日新聞』『大阪毎日新聞』一九四二年八月一七日、朝刊、二面。注目すべきは、第一回の連載紙面におけるこの記事内容が否定される過程として小説内容が進行していくことである。たとえば、記事には「日の丸の下隣組も完成」という小見出しの下で「昭南隣組の組織もすつかり整ひ通用に非常な期待がかけられてゐる」と書かれており、小説の最後の方

（「善隣協会」第四一回～五〇回）では、「トナリグミ」に関する「日本の内地の新聞」の記事が言及され、読者に第一回の連載時の記事を思い起こす契機を与えている。しかし、連載が開始される際に戦争の痕跡を消し去った「昭南市」の安定を象徴したはずの「隣組」の整備は、連載の最後に向かっている小説内容によって覆される。「隣のドアもその隣のドアも、みんなノー・マカン、ノー・サラリー」という小説の現状が、「生れ変つた昭南の表情」という記事の大見出しが語っていた状況を否定しているのである。「ノー・マカン」とは、「食べることができないといふ意味」である。

13 『東京日日新聞』一九四二年二月一八日、朝刊、一面。

14 吉田裕『アジア・太平洋戦争』岩波書店、二〇〇七年、六四～六五頁。

15 『東京日日新聞』一九四二年一〇月一日、朝刊、三面。

16 滝口明祥は、二人の相異なる描かれ方に「「日本人」や「日本語」というものの同一性そのものが疑わしくなってくるような経験」を読み取った（註7に同じ）。

17 『東京日日新聞』一九四二年八月二六日、朝刊、三面。

18 塩野加織は、すでにこの記事に言及しながら「記事本文が小説と現実世界との境界線を度々踏み越えて」おり、「小説というフィクションの境界線は現実によって侵食される」と指摘した（註10に同じ、四五頁）。

19 『東京日日新聞』一九四二年九月一四日、朝刊、一面。

20 たとえば、野寄勉は、「戦禍の跡に投じられていれば、それは死者への献花と見做し得るし、「幾つも幾つもほの白く見え」る「白魚みたいな花弁を持つた花」は、散乱する人骨のイメージと重なる。となれば大量虐殺された側である華僑のアチャンが穴から拾った花を、日本人である木山の鼻先につきつけるのは、理由のないことではなかろう」と読み解いている（註6に同じ、四七頁）。

21 小説に登場する華僑たちが度々日付をもった報告の形式で出来事を語る場面に注目する際、アチャンが軍曹との出来事を「先日、陰暦十六日の夜、私は貴官の通訳により日本軍人の第一公式的の答へをききました」（第五〇回）と述べている個所も見逃すことはできない。アチャンは、先だって行われた出来事を、そこに居合わせていた木山に対してまで、日付をもって語り直している。同じ日付と出来事を共有していても、立場によってその解釈は異なる。アチャンは、それを明示し、木山に自らの解釈（史実化）を開示しているのである。

22　『大阪毎日新聞』一九四二年九月二三日、朝刊、二面。

23　初出の「七十年」が単行本化の際に「八十年」になっている。実際にラッフルスは一八二六年に没しているので、小説内部の現時点から「七十年前」でも「八十年前」でも存命のはずはなく、歴史的出来事を呼び起こすための数字として用いられているとみた方がよい。

24　註6に同じ、四八頁。

25　『井伏鱒二全集第十巻』筑摩書房、一九九七年八月。

26　註25に同じ。

## ●第Ⅲ部　〈断絶的時間〉に対抗する〈連続的時間〉

1　小笠原克『小林多喜二とその周圏』翰林書房、一九九八年、一五四〜一五七頁。

2　数字は、註1からの引用頁を指すが、前者は、中野重治の講演テープからの引用であり、後者は、講演内容に加筆を行った「北海道の作家たち」（『文学』岩波書店、一九六七年二月）からの引用である。

3　丸山真男「日本の思想」『岩波講座　現代思想　第十一巻』一九五七年一一月。引用は、再収録版の『日本の思想』（岩波書店、一九六一年）に拠った。

4　十重田裕一「内務省とGHQ／SCAPの検閲と文学――一九二〇―四〇年代日本のメディア規制と表現の葛藤」『検閲・メディア・文学――江戸から戦後まで』新曜社、二〇一二年。

5　荻野富士夫『思想検事』岩波書店、二〇〇〇年。

6　このタブーであることすらわからなくする現代、天皇をもつ国の特殊な状況下において小説を書く、読む行為にまつわる問題は、大江健三郎を論じる渡部直己の文章（『不敬文学論序説』太田出版、一九九九年、一九二頁）に詳しい。

7　日高昭二『占領空間のなかの文学――痕跡・寓意・差異』岩波書店、二〇一五年、三九頁。

## ●第9章 〈断絶〉と〈連続〉のせめぎ合い――太宰治『パンドラの匣』(一九四五～一九四六)論

＊――本文引用は『太宰治全集9』(筑摩書房、一九九八年)に拠る。

1 塚越和夫「パンドラの匣」『太宰治　作品論』双文社出版、一九七四年。

2 増田四郎「『お伽草紙』と『パンドラの匣』」『東北文学』一九四七年一月。

3 奥野健男は、「天皇陛下万歳!」という叫びを太宰が「この日本の風土に育って来たうちにいつの間にか培われていた古い尻尾」といい、磯貝英夫もアナクロニズムを指摘する(神谷忠孝・安藤宏編『太宰治全作品研究事典』勉誠社、一九九五年、二四五頁を参照)。しかし、多くの議論は、「保守派宣言」や「新型便乗主義批判」といった戦後日本に対する太宰の批判的な態度から「天皇陛下万歳!」をイロニーとして捉える。代表的な議論は、荻久保泰幸・東郷克美・渡部芳紀「鼎談 昭和二十年～二十三年の太宰治をどう読むか」(『国文学　解釈と鑑賞』一九八八年六月)である。

4 磯貝英夫「「パンドラの匣」――作品論」『国文学　解釈と教材の研究』一九六七年一一月。

5 矢島道弘「『パンドラの匣』論」『怒れる道化師』教育出版センター、一九七九年。

6 饗庭孝男『太宰治論』小沢書店、一九九七年。

7 日本近代文学会東北・北海道地区合同研究集会『シンポジウム――太宰治　その終戦を挟む思想の転位』双文社、一九九九年。

8 安藤宏「太宰治・戦中から戦後へ」『国語と国文学』一九八九年五月。

9 佐藤秀明は、作品成立の事情のため、「作家論の観点からしばしば扱われてきたが、作品内容の読解の上からもこの事情は明らかにされなければならない」と指摘している(「『パンドラの匣』」『太宰治全作品研究事典』勉誠社、一九九五年)。

10 菊田義孝は「冒頭からして、いちいち自分に呼びかけられている気がした」と回想を述べている(『太宰治と罪の問題』審美社、一九六四年)。

11 「次の小説予告」『河北新報』一九四五年一〇月二〇日、二面。

12 「十二月八日」の引用は、『太宰治全集6』(筑摩書房、一九九八年)に拠る。

13 開戦の日をめぐるエクリチュールの共通性に関しては、大原祐治『文学的記憶・一九四〇年前後――昭和期文学と戦争の記憶』(翰林書房、二〇〇六年、六〇～六五頁)を参照した。

14　藤原彰「新憲法体制」『体系・日本現代史第5巻　占領と戦後改革』日本評論社、一九七九年、一四七～一八六頁。
15　小森陽一『天皇の玉音放送』五月書房、二〇〇三年。
16　磯貝英夫「パンドラの匣」『国文学　解釈と教材の研究』一九六七年八月。
17　鳩山一郎を総裁として日本自由党の結成が行われたのは、一九四五年一一月九日のことであった。
18　註3に同じ。
19　本章では、『パンドラの匣』が単行本化される過程における改稿の問題は扱わないが、最近の研究において安藤宏は、一九四六年の河北新報社版から一九四七年の双英書房版への改稿における「天皇陛下万歳！」の部分の削除にGHQの検閲の痕跡があったことを明らかにした（「『パンドラの匣』自筆書き込み本の考察」『資料と研究』二〇一〇年三月）。そうだとすれば、「日本国民ノ自由ニ表明セラシタル意思」に基づくポツダム宣言を思い出させながら、「自由の国」である「アメリカ」ならこの叫びを許可するであろうと述べた越後獅子の期待は裏切られたことになる。
20　第8章を思い起こしてほしい。「十二月八日」の開戦以降、シンガポール陥落をうけて開催された「戦捷第一次祝賀式」の日、皇居前広場に集まった十数万の国民の前に、軍服の天皇は白馬に乗って二重橋の上に立ち、国民の万歳の声に挙手の礼をもって応えていた（吉田裕『シリーズ日本近現代史6　アジア・太平洋戦争』岩波新書、二〇〇七年）。
21　天皇と〈母性〉の共犯関係によって戦争が遂行されていたことは見逃せないだろう。加納実紀代が指摘しているように、戦中、〈母性〉賛歌は天皇賛歌と重なり合うことによって国民総合力を強め、「挙国一致」で戦争を遂行させる役割を果たしていた（「「母性」の誕生と天皇制」『新編日本のフェミニズム5　母性』岩波書店、二〇〇九年）。戦局がきびしくなるにつれて、天皇の「大御心」は「一視同仁」国民すべてを「赤子」として慈しみ給うといった母性的天皇賛歌が大々的に流布されたのである。ここから戦中の〈母性〉が含意する「自己犠牲」と「無限抱擁」が小説で「僕」が竹さんに期待する価値と重なると同時に、「一視同仁」や「献身」などを主張する越後獅子の姿が浮かび上がってくる。
22　浅田高明「小説『パンドラの匣』の原資料「木村庄助日誌」をめぐって」『木村庄助日誌』工房ノア、二〇〇五年。
23　村上辰雄「終戦直後の金木町にて」（一九四八年六月二四日）は『太宰治全集9』（筑摩書房、一九九八年）に収録されている。
24　米谷匡史「丸山真男と戦後日本――戦後民主主義の〈始まり〉をめぐって」『丸山真男を読む』情況出版、一九九七年。

## ●第10章　語ることが「嘘」になる時間――太宰治「嘘」（一九四六）論

＊――本文引用は『太宰治全集9』（筑摩書房、一九九八年）に拠る。

1　正宗白鳥「文芸時評　終戦後の文学」『新生』一九四六年五月。

2　岩上順一「文芸時評　嘘を吐く世界」『文学時標』一九四六年六月。

3　細谷博「太宰治『嘘』――寓話的世界の「美談」――」『南山国文論集』一九八六年五月。

4　鈴木直子「太宰治『嘘』論――挫折する〈愛国〉、呪詛される〈女〉」『太宰治研究13』和泉書院、二〇〇五年。

5　一般的に、内部に別の物語をはらんでいるテクストを入れ子構造と呼ぶが、本章では、あえて入れ子逆入れ子という用語を用いる。それは、「嘘」における「女の嘘」という物語がテクストの内部に挿入されるという受動的関係にあるのではなく、物語内部と外部とがメビウスの帯のように互いに反転することでテクストそのものが成り立っているとみなすためである。

6　本章では、戦後の太宰文学における女性表象という問題系に「嘘」を位置づけることを目的にせず、「嘘」の分析を通して非対称的なジェンダー構図そのものがテクストの構造によって反転されることを明らかにすることにとどめる。戦後の太宰文学における女性表象に関しては、女性の批判的な側面が「戦後の文化人」の便乗主義に対する批判とつながっていくことを指摘した荻久保泰幸（荻久保泰幸、東郷克美、渡部芳紀「鼎談　昭和二十年～二十三年の太宰治をどう読むか」『国文学　解釈と鑑賞』一九八八年六月）、戦後、女性表象が変容していく様を「母」的存在を中心に描いた東郷克美（「死に行く「母」の系譜」『太宰治という物語』筑摩書房、二〇〇一年）、敗戦を契機に語りを駆動してきたジェンダーの役割（相対化）が崩壊する過程を明らかにした安藤宏（「太宰文学における〈女性〉」『国文学　解釈と鑑賞』一九九九年九月）を参照した。

7　竹前栄治、中村隆英監修、天川晃、他編『GHQ日本占領史第六巻　公職追放』日本図書センター、一九九六年。

8　竹前栄治、中村隆英監修、天川晃、他編『GHQ日本占領史第一五巻　警察改革と治安政策』日本図書センター、二〇〇〇年。

9　たとえば、「声／警察の民衆化　警察署長の公選」『朝日新聞』一九四五年一二月七日、朝刊、二面。

10 高久嶺之介『近代日本の地域社会と名望家』柏書房、一九九七年。
11 「町村長や助役、名誉職が原則　内政部長会議で説明」『朝日新聞』一九四三年五月一八日、朝刊、二面。
12 「町内会を整備強化　全国市長会実行委員会、国民生活確保へ」『朝日新聞』一九四二年七月一一日、朝刊、二面。
13 吉原直樹『戦後改革と地域住民組織――占領期の都市町内会』ミネルヴァ書房、一九八九年。
14 結果的に、公職追放の拡大適用は、内務省の反対などによって、「名誉職」にまでは及ばなかった。

## ●第11章　いま、「少しもわからない」小説――太宰治「女神」(一九四七)を中心に

*――本文引用は『太宰治全集10』(筑摩書房、一九九八年)に拠る。

1 中国の東北一帯を指す用語は、「女神」に即して「満洲」と統一して表記している。
2 奥出健「『女神』」『太宰治全作品研究事典』勉誠社、一九九五年。
3 菅聡子「太宰治『女神』小論――帝国の亡霊は消滅したか」『太宰治研究15』和泉書院、二〇〇七年。
4 ここでいう作者とは、奥出健がいうような実体としての作者をささない。テクストの中盤に「私(太宰)」と記されることで初めて現れる書き手、それによって一連のテクスト群を喚起させるコンテクストとしての書き手として用いる。
5 ここでいう読者とは、序章で明らかにしたように、現在、「女神」というテクストを前にした読み手をさす。同時代の作者と読者が共有したであろうコンテクストを探り当てながらテクストを読んでいくいまの読者である。
6 菅は、「細田氏の〈狂気〉の言葉のうちにアトランダムにちりばめられた記号」を冒頭の「璽光尊」が「牽引」していることを証明している。「璽光尊」から連想される天照大神は、「女神」の顔が印刷された紙幣のみがインフレーションを防ぐという細田の主張とともに、実際に紙幣に印刷されていた「神功皇后」を呼び起こす。それは、「満洲」にいた細田が経験したであろう南京陥落の日(「昭和十二年十二月十二日」)の記憶と重ね合わせられ、帝国日本の欲望を露わにする。そこで「女神」と三人兄弟が成し遂げる「文化日本の建設」という細田の言葉は「国家主義的母性神話を〈戦後〉の民主主義言説によりそう言葉で表現し直したもの」として捉えられるのである。
7 ジョン・ダワー、三浦陽一、高杉忠明訳『敗北を抱きしめて』下、岩波書店、二〇〇七年。

8　「女神」につづいて発表された太宰の『斜陽』（『新潮』一九四七年七月～一〇月）でも「立川」が戦時中の記憶を呼び起こす場所として描かれていることを見逃してはなるまい。語り手であるかず子の戦争に関する唯一の思い出は、「戦局がそろそろ絶望になつて来た頃」「立川の奥の山」に徴用された時の出来事であった。ここで「立川」という空間は、最後の最後まで戦意を高める、総力戦の本拠地として記憶されているのである。
9　佃参六「皇帝溥儀は何をしたか」『真相』一九四六年九月一日。
10　金子廉三「天皇の軍隊」『人民評論』一九四六年三月。
11　赤沢史朗「戦後民主主義論」『体系・日本現代史　第5巻　占領と戦後改革』日本評論社、一九七九年。
12　『朝日新聞』一九三七年一二月一二日、東京、朝刊。
13　松尾章一『近代天皇制国家と民衆・アジア』下、法政大学出版局、一九九八年。
14　同時期の太宰のテクストにおいて「文化」という言葉はしばしば批判の的になっており、その語の使用に作者が自覚的であったことは、他の作品からも確認できる。たとえば、「女神」と同年に発表された『冬の花火』（『津軽通信』一九四七年七月）の数枝は、「厚かましく国民を指導するのなんのと言つて、明るく生きよだの、希望を持てだの、なんの意味も無いからまはりのお説教ばかり並べて、さうしてそれが文化だつてさ」といい、「文化」を「文のお化け」と茶化しながら戦後日本における「文化」という言葉の矛盾を批判的に捉える。また、「女神」の物語内部の時間と同じく発表された「男女同権」（『改造』一九四六年一二月）の老詩人は、「文化に就いて」という演説を行い、「民の主」と書く民主主義という思想への難解さを面白おかしく表明しながら戦後民主主義への疑問を投げかける。
15　市野川容孝、小森陽一、守中高明、米谷匡史『変成する思考』岩波書店、二〇〇五年。
16　笠原十九司「特集　南京事件と日本社会　日本政府はなぜ南京事件否定論に立とうとするのか――戦後日中関係史に位置づけて」『季刊　戦争責任研究』二〇〇七年。
17　もう一つ可能な読みとして、「莞爾と笑」う細田に「満洲事変」を成功させた石原莞爾を思い当てることもできるかもしれない。
18　豊嶋泰国「偽天皇の系譜」『Gyros』二〇〇四年七月。
19　敗戦直後日本は、後に「神々のラッシュアワー」と言われるほど、多くの新興宗教のリーダーや自称天皇たちが存在していた。そのような現象を、ジョン・ダワーは、世論調査などによって一般的に知らされた天皇への支持とは異なる、現天皇＝裕仁と皇室の権威の失墜の象徴として捉えている（註7に同じ）。一方で吉見俊哉は、「偽天皇たちの族生は、旧来の天皇制的な感情を否定するものでも、天皇身体をめぐる欲望のシステムに根底から変更を迫るものでもな」く、「むしろ、偽天皇たちは天皇という身体に強烈な熱情で同一化しようとしており、人々の天皇制的な感情の構造と同一の地平のなかにいた」と指摘しながら、「天皇制の動揺期」の「カーニバル」的な存在として捉えている（「メディアとしての天皇制――占領から高度成長へ」『岩波講座　天皇と王権を考える10』岩波書店、二〇〇二年）。

20　三田鶴吉編『立川飛行場史』三田鶴吉、一九七六年。

21　このようなコンテクストを共有する読者は、「満洲」から帰ってきた細田が「私」に求めた「握手」を思い出し、細田を「満洲国皇帝」のパロディとして読むことをさらに強化するかもしれない。

## ●第12章　革命の可能性が問われる時間――太宰治『冬の花火』（一九四六）から『斜陽』（一九四七）へ

＊――『冬の花火』の引用は『太宰治全集9』（筑摩書房、一九九八年）に拠り、『斜陽』の引用は『太宰治全集10』（筑摩書房、一九九九年）に拠る。

1　東郷克美「死に行く「母」の系譜」『太宰治の世界』冬樹社、一九七七年。

2　安藤宏「太宰治における〝滅び〟の力学――『斜陽』を中心に」『国文学　解釈と鑑賞』二〇〇一年四月。

3　鈴木貞美「寓意の爆弾――敗戦小説を読む」『文芸』一九八五年八月。

4　高田知波「『斜陽』論――ふたつの「斜陽」・変貌する語り手」『国文学　解釈と教材の研究』一九九一年四月。

5　引用における「歴史的時間」と本書で用いる方法としての〈歴史的時間〉とを区分する。

6　石井洋二郎「第三章　闘争する身体　太宰治『斜陽』を読む」『身体小説論――漱石・谷崎・太宰』藤原書店、一九九八年。

7　山崎正純「斜陽――敗戦後思想と〈革命〉のエスキス」『国文学　解釈と教材の研究』二〇〇二年一二月。

8　越智治雄は、『冬の花火』の「母と娘の変奏を『斜陽』にみいだすことができる」と指摘し（「冬の花火――作品論」『国文学　解釈と教材の研究』一九六七年一一月）、東郷克美は、『斜陽』の母が『冬の花火』の継母であるあさの系譜を、娘のかず子が数枝の系譜を引いていることを指摘した（註1に同じ）。この他にも、『冬の花火』が『斜陽』の「裏ヴァージョン」（青木純一「太宰治／坂口安吾をいま読むための作品ガイド」『ユリイカ』二〇〇八年九月）であるという認識は、研究史において共有されている。

9　実のところ、戦後において「戦時共同体」という名称は、適切ではないかもしれない。研究史のなかでも「日本人」「日本国民」「観念共同体」など、様々な用語が用いられている。本章であえて「戦時共同体」という言葉を選択したのは、テクストに設定された時間において「日本人」の枠組みはまだ定まっておらず、また、天皇の「臣民」と主権の所有者である「国民」を区別する必要があるためである。敗戦直後の日本、登場人物を結び付けているのは、あの戦争を共に経験したという意識にほかならない。

10　越次倶子は、『冬の花火』の「数枝を日本国民とし、継母を天皇と仮定すると、数枝の、絶望は、本物の絶望として受取れる」と指摘し（「冬の花火」『太宰治3』教育出版センター、一九七九年）、安藤宏も『冬の花火』の継母と娘の設定に「どこかで疑似制度としての観念共同体を連想させるものがある」と述べている（「太宰治・「冬の花火」論」『上智大学国文学科紀要』一九九三年一月）。

11　『冬の花火』の研究史において議論の中心であり続けたのは、数枝が思い描いた「桃源境」は、「自分の過去の罪を自覚」し、「おのれを愛するが如く隣人を愛」する場所であるにもかかわらず、数枝は、なぜあさの過去の告白を受け入れられなかったかという問題であった（佐藤秀明「冬の花火」『太宰治全作品研究事典』勉誠社、一九九五年）。

12　越次倶子（註10に同じ）はすでにあさのいう「六年前」が紀元節をさすと指摘している。

13　安藤宏（註10に同じ）は、「〈あさ〉の告白する〈罪〉が六年前のあやまちであったというその設定も、やはり過去の戦争そのものの暗喩を匂わせるもの」として指摘している。

14　『冬の花火』が母の病床の場面で終わって、『斜陽』が病気から立直った母を描き始めるのは、二つのテクストのつながりを強化する。

15　坪井秀人「切断と連続――『斜陽』と天皇」『太宰治研究16』和泉書院、二〇〇八年。

16　北原恵「正月新聞に見る〈天皇ご一家〉像の形成と表象」『現代思想』二〇〇一年五月。北原恵は、戦後の天皇像が確立される過程をメディアのイメージを通して検討するなかで、「戦前は御真影・神格化／戦後は家族像・人間化」という既存の二項対立的認識を捉え直している。

17 B・アンダーソン、白石隆、白石さや訳『定本　想像の共同体――ナショナリズムの起源と流行』書籍工房早山、二〇〇七年、三三三頁。

18 『斜陽』の冒頭は、母が「あ。」という「幽かな叫び声」を挙げるところから始まる。それが、母にとっての「恥づかしい過去」即ち直治への記憶に起因するものであるとかず子は推測する。

19 「道徳革命」の内容が抽象的であり、過去の記憶と他者の範疇に戦時共同体、おそらく「日本人」しか含まれていないという限界は、指摘しておかねばならない。ジョン・ダワーが、『斜陽』が大衆性を獲得した理由は「当時の社会に広がっていた深い被害者意識と強く共鳴した」からであると厳しく批判したのは、注目に値する（三浦陽一、高杉忠明訳『敗北を抱きしめて』岩波書店、二〇〇四年）。また、ジェンダーの観点からかず子が母を反復しているという、坪井秀人（註15に同じ）の指摘は否定しようがない。それにもかかわらず、かず子の革命の可能性の方にあえて焦点を合わせようとする議論の背景に、読者の現在が強く影響していることだけは断っておきたい。

20 古関彰一『日本国憲法の誕生』岩波書店、二〇〇九年。

## ●終　章〈歴史的時間〉の獲得としての読書

1 ジョン・ダワーは、「昭和」という年号が「二十世紀なかばの重大な数十年を結びつけると同時に、過去と現在、「戦前」と「戦後」、戦争と平和がいかに密接に絡み合っているかを、われわれに思い起こさせてくれる」ことを指摘する（明田川融監訳『昭和――戦争と平和の日本』みすず書房、二〇一〇年、二頁）。

2 林淑美『昭和イデオロギー――思想としての文学』平凡社、二〇〇五年。

3 荻野富士夫「『蟹工船』から見えてくるもの――「帝国軍隊―財閥―国際関係―労働者」という一本の糸」『闇があるから光がある――新時代を拓く小林多喜二』学習の友社、二〇一四年。

4 内田博文『刑法と戦争――戦時治安法制のつくり方』みすず書房、二〇一五年。

5 戦争が終わってもまだつづいていた「昭和」の敗戦直後も、「三・一一」以降よく眼にする過去である。その過去が「思い出」となって未来を占領する前に、それを〈連続的時間〉として手に入れねばならない。この意識が第Ⅲ部を書かせた。たとえば、『斜陽』から戦後革命の限界を丁寧に検討していた過去の読者の時空間（研究史）に対して、日本国憲法をはじめとする革命の可能性を強調せねばならなかった現在の読者をめぐる時空間が、『斜陽』の読みには刻印されている。

6　初出は、『群像』二〇一二年一月号〜二〇一三年八月号（うち二〇一二年五月号、二〇一三年二月号および五月号を除く）。

7　『晩年様式集（イン・レイト・スタイル）』（講談社、二〇一三年）から引用した。

8　たとえば、白井聡の『永続敗戦論——戦後日本の核心』（太田出版、二〇一三年）の第一節の題目は「「私らは侮辱のなかに生きている」——ポスト三・一一の経験」になっており、そこで中野を引いた大江の肉声が、「三・一一以来われわれが置かれている状況を見事なまでに的確に言い当てている」と引用されている。

9　木村朗子『震災後文学論——あたらしい日本文学のために』青土社、二〇一三年、二四頁。

10　ベンヤミン、野村修訳「歴史哲学テーゼ（歴史の概念について）」は、今村仁司の『ベンヤミン「歴史哲学テーゼ」精読』（岩波書店、二〇〇〇年）から引用した。

# 参考文献

＊繰り返し引用、参照している文献は初掲載のみ表記する。
＊全集、新聞史料に関しては本論中の註をもって表す。

## ●序　章　小説、時間、歴史

B・アンダーソン、白石隆、白石さや訳『定本　想像の共同体――ナショナリズムの起源と流行』書籍工房早山、二〇〇七年。

W・イーザー、轡田収訳『行為としての読書』岩波書店、一九九八年。

鵜飼哲「ポストコロニアリズム」『〈複数文化〉のために』人文書院、一九九八年。

鍛治哲郎「3　読むことの個別性と社会性――ブース、フィッシュ、イーザーの読者反応論をめぐって」『岩波講座　文学別巻――文学理論』岩波書店、二〇〇四年。

ジェラール・ジュネット、花輪光、和泉涼一訳『物語のディスクール』水声社、一九八五年。

グレアム・ターナー、溝上由紀他訳『カルチュラル・スタディーズ入門――理論と英国での発展――』作品社、一九九九年。

富山太佳夫「歴史への転回」『現代批評のプラクティス――2　ニューヒストリシズム』研究社、一九九五年。

日本近代文学会「フォーラム　方法論の現在Ⅱ」『日本近代文学』日本近代文学会、二〇一四年五月。

ホミ・K・バーバ、本橋哲也、正木恒夫、外岡尚美、坂本留美訳『文化の場所――ポストコロニアリズムの位相』法政大学出版局、二〇〇五年。

ミハイル・バフチン、伊東一郎訳『小説の言葉』平凡社、一九九六年。

ミハイル・バフチン、佐々木寛訳「教養小説とそのリアリズム史上の意義（一九三六―三八年）」『ミハイル・バフチン全著作第五巻――小説における時間と時空間の諸形式』水声社、二〇〇一年。

ミハイル・バフチン、北岡誠司訳「小説における時間と時空間の諸形式――歴史詩学概説（一九三七―三八、一九七三年）」『ミハイル・バフチン全著作第五巻――小説における時間と時空間の諸形式』水声社、二〇〇一年。

ミシェル・フーコー、小林康夫、石田英敬、松浦寿輝編『フーコー・コレクション4――権力・監禁』筑摩書房、二〇〇六年。

## ●第Ⅰ部　〈歴史的時間〉を召喚する〈循環的時間〉

井口時男「山川草木／天変地異」『国文学　解釈と鑑賞』別冊、一九九八年二月。

小田切秀雄『近代日本の作家たち』厚文社、一九五四年。（増補版、法政大学出版局、一九六二年）

佐々木基一「新感覚派及びそれ以後」『岩波講座　日本文学史　第十五巻　近代』岩波書店、一九五九年八月。

東郷克美『井伏鱒二という姿勢』ゆまに書房、二〇一二年一一月。

日高昭二「モダニズムの文法あるいは井伏鱒二」『日本近代文学』一九九七年一〇月。

平野謙『昭和文学史』筑摩書房、一九六三年。

福田清人、松本武夫『井伏鱒二　人と作品42』清水書院、一九八一年一二月。

H・R・ヤウス、轡田収訳『挑発としての文学史』岩波書店、一九七六年。

## ●第1章　小説が書き直される間――井伏鱒二「幽閉」（一九二三）から「山椒魚」（一九三〇）への改稿問題を中心に

佐藤嗣男「井伏鱒二の文体――改稿の問題を中心にして――」『昭和作家のクロノトポス　井伏鱒二』双文社、一九九六年。

滝口明祥『井伏鱒二と「ちぐはぐ」な近代――漂流するアクチュアリティ』新曜社、二〇一二年。

中村明「井伏文体の胎動──『幽閉』から『山椒魚』へ──」『日本文芸の表現史』おうふう、二〇〇一年。

平浩一「「ナンセンス」を巡る〈戦略〉──井伏鱒二「仕事部屋」の秘匿と「山椒魚」の位置──」『昭和文学研究』二〇〇七年九月。

松本鶴雄『井伏鱒二論全集成』沖積舎、二〇〇四年。

## ●第2章 「私」を拘束する時間──井伏鱒二「谷間」（一九二九）を中心に

荻野富士夫『昭和天皇と治安体制』新日本出版社、一九九三年。

小林秀雄「定説是非──井伏鱒二の作品について」『都新聞』一九三一年二月二四日～二六日。

中村政則『昭和の歴史第二巻昭和の恐慌』小学館、一九八二年。

中村政則「天皇制国家と地方支配」『講座日本歴史8　近代2』東京大学出版会、一九八五年。

野中寛子「井伏鱒二「谷間」改稿前後──削除部分の考察と、のちの作品へのつながり」『近代文学論集』三三号、二〇〇七年一一月。

日高昭二「プロレタリア文学という歴史──「所有」という観念をめぐって」『昭和作家のクロノトポス　井伏鱒二』双文社、一九九六年。

山室信一『日露戦争の世紀──連鎖視点から見る日本と世界──』岩波書店、二〇〇五年。

吉見俊哉「ネーションの儀礼としての運動会」『運動会と日本近代』青弓社、一九九九年。

淀野隆三「末期ブルジョア文学批判（1）──小ブルジョア文学としてのいはゆる「芸術派」の文学について」『詩・現実』一九三〇年九月。

ジェイ・ルービン、今井泰子、大木俊夫、木股知史、河野賢司、鈴木美津子訳『風俗壊乱──明治国家と文芸の検閲』世織書房、二〇一一年。

涌田佑『私注・井伏鱒二』明治書院、一九八一年。

和田春樹他『日露戦争と韓国合併──一九世紀末──一九〇〇年代』岩波書店、二〇一〇年。

●第3章　持続可能な抵抗が模索される時間――小林多喜二「蟹工船」（一九二九）と井伏鱒二「炭鉱地帯病院――その訪問記」（一九二九）を中心に

岩上順一「「蟹工船」『小林多喜二研究』解放社、一九四八年八月。

右遠俊郎『文学・真実・人間』光和堂、一九七七年。

木村幸雄「「炭鉱地帯病院」小論」『大妻女子大学紀要文系』二〇〇五年三月。

蔵原惟人「作品と批評」『東京朝日新聞』一九三一年六月一七〜二一日。

佐藤孝雄「『労働』を媒介とする感性と認識をめぐってその三『蟹工船』論」『異徒』一九八三年四月。

副田賢二「「蟹工船」の「言葉」――その「団結」と闘争をめぐって」『昭和文学研究』二〇〇二年三月。

高橋博史「小林多喜二「蟹工船」」『国文学　解釈と鑑賞』一九九三年四月。

日高昭二『文学テクストの領分』白地社、一九九五年。

前田貞昭「「炭鉱地帯病院」管見――「私」の機能と作品構造をめぐって――」『国文学攷』一九八六年三月。

三浦世理奈「井伏鱒二「炭鉱地帯病院――その訪問記――」論――プロレタリア文学への批判意識について――」『別府大学国語国文学』二〇一一年一二月。

渡部直己『不敬文学論序説』太田出版、一九九九年。

●第4章　アレゴリーを読む時間――井伏鱒二「洪水前後」（一九三二）を中心に

大日方純夫、山田朗編『近代日本の戦争をどう見るか』大月書店、二〇〇四年。

加藤陽子『満州事変から日中戦争へ』岩波書店、二〇〇七年。

副島昭一「中国東北侵略と十五年戦争の開始」『十五年戦争史1』青木書店、一九八八年。

萩原得司『井伏鱒二の魅力』草場書房、二〇〇五年。

藤原彰、今井精一編『十五年戦争史1』青木書店、一九八八年。

松浦幸穂「井伏鱒二論――「川」を中心として」『愛媛国文と教育』一九八四年一二月。

## ●第Ⅱ部　小説の空所と〈歴史的時間〉

ウンベルト・エーコ、篠原資明訳『物語における読者（新版）』青土社、二〇一一年。

S・フィッシュ、小林昌夫訳『このクラスにテクストはありますか』みすず書房、一九九二年。

高田知波「治安維持法と文学表現」『日本文学史を読む6（近代2）』有精堂出版、一九九三年。

牧義之『伏字の文化史――検閲・文学・出版』森話社、二〇一四年。

### ●第5章　××を書く、読む時間――小林多喜二『党生活者』（一九三三）

伊豆利彦「『党生活者』の問題」『日本近代文学研究』新日本出版社、一九七九年。

右遠俊郎「『党生活者』私論――ふたたび「私」の功罪について」『民主文学』一九七一年三月。

荻野富士夫『多喜二の時代から見えてくるもの――治安体制に抗して』新日本出版社、二〇〇九年。

蔵原惟人「解説」『独房・党生活者』岩波書店、一九五〇年九月。

小森陽一「解説」『独房・党生活者』（改版）、岩波書店、二〇一〇年五月。

島村輝「『党生活者』論序説――「政治」と「文学」の交点」『国文学　解釈と鑑賞』別冊、二〇〇六年九月。

津田孝「『党生活者』論と愛情の問題」『民主文学』一九七三年二月。

中村三春「反啓蒙の弁証法――表象の可能性について」『国語と国文学』二〇〇六年一一月。

西野辰吉「『党生活者』をめぐっての感想」『年刊多喜二・百合子研究　第2集』河出書房、一九五五年。

平野謙「ひとつの反措定」『新生活』一九四六年四月。

ノーマ・フィールド「女性、軍需産業、そして《私》――「党生活者」はなにを訴えてきたのだろう」『日本近代文学と戦争』

三弥井書店、二〇一二年。

前田角蔵「「党生活者」論——異常空間からのメッセージ」『日本文学』一九八六年一〇月。

吉本隆明「党生活者・小林多喜二——低劣な人間認識を暴露した党生活記録」『国文学　解釈と鑑賞』一九六一年五月。

## ●第6章　小説の書けぬ時間——中野重治「小説の書けぬ小説家」（一九三六）を中心に

大塚博「「小説の書けぬ小説家」論」『文芸と批評』一九七九年七月。

荻野富士夫『思想検事』岩波書店、二〇〇〇年。

荻野富士夫『特高警察』岩波書店、二〇一二年。

金子博「『小説の書けぬ小説家』論」『国文学　解釈と鑑賞』一九八六年七月。

北村隆志「中野重治の戦前「転向」」『民主文学』一九九二年五月。

佐藤健一『中野重治『村の家』作品論集成』大空社、一九九八年。

島崎市誠「中野重治の「文学論」一瞥——転向五部作を眺める視点として」『芸術至上主義文芸』一九八九年一一月。

杉野要吉『中野重治の研究　戦前・戦中篇』笠間書院、一九七九年。

円谷真護「革命的市民の誕生——続・中野重治の転向小説をめぐって」『現代の眼』一九八一年六月。

十重田裕一「内務省とGHQ／SCAPの検閲と文学——一九二〇—四〇年代日本のメディア規制と表現の葛藤」『検閲・メディア・文学——江戸から戦後まで』新曜社、二〇一二年。

戸坂潤「文芸時評：言葉と道徳」『東京日日新聞』一九三五年三月二六日。

中澤俊輔『治安維持法』中央公論新社、二〇一二年。

西勝「中野重治と転向五部作」『明治学院論叢』一九八〇年九月。

平出禾（司法研究第二部第十四回研究員名古屋区裁判所検事）『プロレタリア文化運動に就いての研究』司法省調査部『極秘　司法研究報告書二十八輯九プロレタリア文化運動に就て』一九四〇年三月。

本多秋五「転向文学論」『岩波講座　文学　第五巻』岩波書店、一九五四年。

森山重雄「中野重治――転向五部作――」『文学としての革命と転向』三一書房、一九七七年。

李正旭「中野重治の転向以後の自己認識をめぐって――「小説の書けぬ小説家」」『文学研究論集』二〇〇九年二月。

## ●第7章　疑惑を生み出す再読の時間――太宰治『新ハムレット』（一九四一）論

渥美孝子「『おふえりや遺文』と『新ハムレット』――メタ言語小説の観点から」『東北学院大学論集（人間・言語・情報）』一九九二年九月。

石川巧「方法としてのレーゼ・ドラマ」『日本近代文学』一九九四年一〇月。

磯貝英夫「新ハムレット」論」『太宰治　一冊の講座』有精堂出版、一九八三年。

小泉浩一郎「「新ハムレット」論」『日本文学研究』一九七二年二月。

小泉浩一郎「太宰治と歴史小説」『資料と研究』二〇〇五年三月。

ジャック・デリダ、堅田研一訳『法の力』法政大学出版局、一九九九年。

中村三春「中村三春のテクスト文芸学（第8回）太宰治『新ハムレット』の「愛は言葉だ」：パラドクシカル・デカダンス（2）」『iichiko』二〇一四年春。

日高昭二「声の戦争」『太宰治全集5　月報4』筑摩書房、一九九八年。

光木正和「パロディの脱構築（上）」『クリティシズム』一九九八年一二月。

山口浩行「「新ハムレット」考」『稿本近代文学』一九八七年一二月。

山崎正純「「新ハムレット」論――表現の虚妄を見据える眼」『近代文学論集』一九八六年一一月。

李在錫「「ポーズ（ＰＯＳＥ）」考――太宰治『新ハムレット』の場合（二）――「演技」「公私」の問題を論じつつ――」『九大日文』二〇〇四年四月。

### ●第８章　占領地を流れる時間――井伏鱒二「花の町」（一九四二）を中心に

神谷忠孝「戦争体験」『国文学　解釈と鑑賞』一九九四年六月。

川本彰「太平洋戦争と文学者――軍政下における火野葦平・井伏鱒二について」『明治学院論叢』一九八〇年三月。

楠井清文「マラヤにおける日本語教育――軍政下シンガポールの神保光太郎と井伏鱒二」神谷忠孝・木村一信編『〈外地〉日本語文学論』世界思想社、二〇〇七年。

塩野加織「井伏鱒二「花の町」――「普及セシムベキ日本語」をめぐって」『繍』二〇〇八年三月。

塩野加織「問われ続ける「日常」の地平――井伏鱒二「花の町」論――」『日本文学』二〇一〇年九月。

都築久義「『花の町』」『国文学　解釈と鑑賞』一九八五年四月。

野寄勉「井伏鱒二『花の町』論――軍政下の遠慮と屈託」『芸術至上主義文芸』一九九五年一二月。

平野謙「解説」『戦争文学全集第二巻』毎日新聞社、一九七二年。

吉田裕『アジア・太平洋戦争』岩波書店、二〇〇七年。


### ●第Ⅲ部　〈断絶的時間〉に対抗する〈連続的時間〉


十重田裕一「内務省とＧＨＱ／ＳＣＡＰの検閲と文学――一九二〇―四〇年代日本のメディア規制と表現の葛藤」『検閲・メディア・文学――江戸から戦後まで』新曜社、二〇一二年。

日高昭二『占領空間のなかの文学――痕跡・寓意・差異』岩波書店、二〇一五年。

丸山真男「日本の思想」『岩波講座　現代思想　第十一巻』一九五七年一一月。引用は、再収録版の『日本の思想』岩波書店、一九六一年。

## ●第9章　〈断絶〉と〈連続〉のせめぎ合い――太宰治『パンドラの匣』（一九四五～一九四六）論

浅田高明「小説『パンドラの匣』の原資料「木村庄助日誌」をめぐって」『木村庄助日誌』工房ノア、二〇〇五年。

安藤宏「太宰治・戦中から戦後へ」『国語と国文学』一九八九年五月。

安藤宏「『パンドラの匣』自筆書き込み本の考察」『資料と研究』二〇一〇年三月。

磯貝英夫「パンドラの匣」『国文学　解釈と教材の研究』一九六七年八月。

荻久保泰幸・東郷克美・渡部芳紀「鼎談　昭和二十年～二十三年の太宰治をどう読むか」『国文学　解釈と鑑賞』一九八八年六月。

加納実紀代「「母性」の誕生と天皇制」『新編日本のフェミニズム5　母性』岩波書店、二〇〇九年。

神谷忠孝・安藤宏編『太宰治全作品研究事典』勉誠社、一九九五年。

小森陽一『天皇の玉音放送』五月書房、二〇〇三年。

塚越和夫「パンドラの匣」『太宰治　作品論』双文社、一九七四年。

日本近代文学会東北・北海道地区合同研究集会『シンポジウム――太宰治　その終戦を挟む思想の転位』双文社、一九九九年。

藤原彰「新憲法体制」『体系・日本現代史第5巻　占領と戦後改革』日本評論社、一九七九年。

米谷匡史「丸山真男と戦後日本――戦後民主主義の〈始まり〉をめぐって」『丸山真男を読む』情況出版、一九九七年。

## ●第10章　語ることが「嘘」になる時間――太宰治「嘘」（一九四六）論

安藤宏「太宰文学における〈女性〉」『国文学　解釈と鑑賞』一九九九年九月。

鈴木直子「太宰治『嘘』論――挫折する〈愛国〉、呪詛される〈女〉」『太宰治研究13』和泉書院、二〇〇五年。

高久嶺之介『近代日本の地域社会と名望家』柏書房、一九九七年。

竹前栄治、中村隆英監修、天川晃、他編『GHQ日本占領史第六巻　公職追放』日本図書センター、一九九六年。

竹前栄治、中村隆英監修、天川晃、他編『GHQ日本占領史第一五巻　警察改革と治安政策』日本図書センター、二〇〇〇年。

東郷克美「死に行く「母」の系譜」『太宰治という物語』筑摩書房、二〇〇一年。

細谷博「太宰治『嘘』――寓話的世界の「美談」――」『南山国文論集』一九八六年五月三号。

吉原直樹『戦後改革と地域住民組織――占領期の都市町内会』ミネルヴァ書房、一九八九年。

## ●第11章　いま、「少しもわからない」小説――太宰治「女神」（一九四七）を中心に

赤沢史朗「戦後民主主義論」『体系・日本現代史　第5巻　占領と戦後改革』日本評論社、一九七九年。

市野川容孝・小森陽一・守中高明・米谷匡史『変成する思考』岩波書店、二〇〇五年。

奥出健「『女神』」『太宰治全作品研究事典』勉誠社、一九九五年。

笠原十九司「特集　南京事件と日本社会　日本政府はなぜ南京事件否定論に立とうとするのか――戦後日中関係史に位置づけて」『季刊　戦争責任研究』二〇〇七年。

菅聡子「太宰治『女神』小論――帝国の亡霊は消滅したか」『太宰治研究15』和泉書院、二〇〇七年。

ジョン・ダワー、三浦陽一、高杉忠明訳『敗北を抱きしめて』上・下、岩波書店、二〇〇七年。

豊嶋泰国「偽天皇の系譜」『Gyros』二〇〇四年七月四号。

松尾章一『近代天皇制国家と民衆・アジア』下、法政大学出版局、一九九八年。

三田鶴吉編『立川飛行場史』三田鶴吉、一九七六年。

吉見俊哉「メディアとしての天皇制――占領から高度成長へ」『岩波講座　天皇と王権を考える10』岩波書店、二〇〇二年。

## ●第12章　革命の可能性が問われる時間――太宰治『冬の花火』（一九四六）から『斜陽』（一九四七）へ

安藤宏「太宰治・「冬の花火」論」『上智大学国文学科紀要』一九九三年一月。

安藤宏「太宰治における〝滅び〟の力学――『斜陽』を中心に」『国文学　解釈と鑑賞』二〇〇一年四月。

石井洋二郎「第三章 闘争する身体 太宰治『斜陽』を読む」『身体小説論――漱石・谷崎・太宰』藤原書店、一九九八年。

越次倶子「冬の花火」『太宰治3』教育出版センター、一九七九年四月。

越智治雄「冬の花火――作品論」『国文学　解釈と教材の研究』一九六七年一一月。

北原恵「正月新聞に見る〈天皇ご一家〉像の形成と表象」『現代思想』二〇〇一年五月。

古関彰一『日本国憲法の誕生』岩波書店、二〇〇九年。

鈴木貞美「寓意の爆弾――敗戦小説を読む」『文芸』一九八五年八月。

高田知波「『斜陽』論――ふたつの「斜陽」・変貌する語り手」『国文学　解釈と教材の研究』一九九一年四月。

坪井秀人「切断と連続――『斜陽』と天皇」『太宰治研究16』和泉書院、二〇〇八年。

山崎正純「斜陽――敗戦後思想と〈革命〉のエスキス」『国文学　解釈と教材の研究』二〇〇二年一二月。

## ●終　章〈歴史的時間〉の獲得としての読書

内田博文『刑法と戦争――戦時治安法制のつくり方』みすず書房、二〇一五年。

大江健三郎『あいまいな日本の私』岩波書店、一九九五年。

大江健三郎『晩年様式集（イン・レイト・スタイル）』講談社、二〇一三年。

荻野富士夫「『蟹工船』から見えてくるもの――「帝国軍隊―財閥―国際関係―労働者」という一本の糸」『闇があるから光がある――新時代を拓く小林多喜二』学習の友社、二〇一四年。

木村朗子『震災後文学論――あたらしい日本文学のために』青土社、二〇一三年。

小森陽一『歴史認識と小説――大江健三郎論』講談社、二〇〇二年。

白井聡『永続敗戦論――戦後日本の核心』太田出版、二〇一三年。

ジョン・W・ダワー、明田川融監訳『昭和――戦争と平和の日本』みすず書房、二〇一〇年。

ヴァルター・ベンヤミン、野村修訳「歴史哲学テーゼ（歴史の概念について）」今村仁司『ベンヤミン「歴史哲学テーゼ」精読』岩波書店、二〇〇〇年。

林淑美『昭和イデオロギー――思想としての文学』平凡社、二〇〇五年。

# あとがき

本書は、一つひとつの小説を読む私の時空間、その都度その都度の私の問題関心が露わになるような小説の読みの集合である。過去を思い起こし、過去の小説から探り当てる現在、そして未来への想像が時々刻々変わっていく。博士論文を執筆する間、それをまとめて終章を書く間、提出してから幾度か修正する間、それを書籍化する間、〈歴史的時間〉が目まぐるしく変化する。

本書の一つの軸であった法をめぐる変化が特にそうだ。「安保法制」、「特定秘密保護法」、「共謀罪」、そしてこれから「憲法」の修正へと行き着くのだろうか。脱稿して出版されてから私の小説を読む時空間はどのようなものになっているだろうか。小説の読みがそれを提出した当初からだいぶ異なるものになっていきそうだ。

本書は東京大学に提出した博士学位論文『小説と〈歴史的時間〉――井伏鱒二、中野重治、小林多喜二、太宰治を対象に』を基にしており、「東京大学学術成果刊行助成制度」による助成を受けて刊行されたものである。

指導教官の小森陽一先生には、適切なお礼の言葉が見つからない。博士論文を書く間、先生は貴重な時間を惜しみなく使い、ほぼ毎週一対一のセッションで論文指導をしてくださった。紛れもなく小説を読む私の時空間に最も強烈な影響を及ぼしたのは、小森先生であった。今後の研究をもって少しずつご恩を返していきたい。

博士論文の審査に携わった先生方には大変お世話になった。小説の空所が自分自身をさらけ出すような場にほかならないということを私の論文の根幹として読み取ってくださった品田悦一先生、それ故の書きづらさに共感し、英文学研究の側から問題意識を共有してくださった田尻芳樹先生、読みの方向を確定してしまう私の書き方に警戒を呼び起こしてくださった武田将明先生に深く感謝する。そして私が扱った多くの小説に関してすでに先駆的な読みを提示してきた日高昭二先生を審査員の一人として迎えたことはこのうえない光栄であった。

また、太宰治から日本文学に入門した私にとって安藤宏先生からご鞭撻をいただきながら研究を進めたことは、貴重な経験であった。博士論文をまとめる段階で渡米した際、ボストン大学の J. Keith Vincent, Yoon Sun Yang のお二人の先生方にも研究・教育の両面から強く影響された。それから学位取得後、論文がこのような形で書籍化するまで、温かい言葉と支援をして下さった十重田裕一先生にも心からお礼を申し上げたい。

三・一一以降の留学生活を振り返ると、いつも私の研究活動を見守ってくれた小森ゼミや博士論文研究会の先輩、仲間、後輩の顔が浮かぶ。特に力不足の後輩の文章が送られるたびに何度も読んでアドバイスをくれた村上陽子さん、村上克尚さんのお二人の先輩がいてこそ私は研究者の端くれになれたと思う。他にも研究会や学会でコメントを下さった多くの先生方、そもそも日本に留学する基礎を作っていただいた李志炯先生をはじめとする韓国淑明女子大学の日本学科の先生方……到底ここにすべてを記すことができないことをお許しいただきたい。

なお、本書は既発表の論文に大幅に加筆・修正を施している。以下に初出となった論稿を掲げる。

序　章　「小説、時間、歴史」書き下ろし。

第Ⅰ部

第1章　「小説が書き直される間——井伏鱒二「幽閉」（一九二三）から「山椒魚」（一九三〇）への改稿問題を中心

に」(原題「閉ざされていく「幽閉」の可能性――井伏鱒二「幽閉」から「山椒魚」への改稿問題を中心に――」)『日本文学』二〇一四年九月。

第2章 「「私」を拘束する時間――井伏鱒二「谷間」(一九二九)を中心に」(原題「一九二九年、治安体制と文学テクスト――井伏鱒二『谷間』を中心に――」)『言語情報科学』二〇一六年三月。

第3章 「持続可能な抵抗が模索される時間――小林多喜二「蟹工船」(一九二九)と井伏鱒二「炭鉱地帯病院――その訪問記」(一九二九)を中心に」(原題「一九二九年、持続可能な抵抗のために――小林多喜二「蟹工船」論――」)『社会文学』二〇一六年八月。

第4章 「アレゴリーを読む時間――井伏鱒二「洪水前後」(一九三二)を中心に」書き下ろし。

第Ⅱ部

第5章 「××を書く、読む時間――小林多喜二『党生活者』(一九三三)」(原題「「××が始まつてから」――小林多喜二『党生活者』論――」)『昭和文学研究』二〇一六年三月。

第6章 「小説の書けぬ時間――中野重治「小説の書けぬ小説家」(一九三六)を中心に」(原題「特集・発禁・検閲・自主規制:治安維持法体制下における中野重治の転向五部作と伏字問題――「小説の書けぬ小説家」を中心に――」)『日本文学』二〇一五年一一月。

第7章 「疑惑を生み出す再読の時間――太宰治『新ハムレット』(一九四一)論」(原題「国家と戦争と疑惑――太宰治『新ハムレット』論――」)『JunCture 超域的日本文化研究』二〇一六年三月。

第8章 「占領地を流れる時間――井伏鱒二「花の町」(一九四二)を中心に」書き下ろし。

第Ⅲ部

第9章 「〈断絶〉と〈連続〉のせめぎ合い――太宰治『パンドラの匣』(一九四五～一九四六)論」(原題「〈断絶〉と〈連続〉のせめぎ合い――太宰治『パンドラの匣』論――」)『日本近代文学』二〇一四年五月。

第10章　「語ることが「噓」になる時間——太宰治「噓」（一九四六）論」（原題「語るという「噓」——太宰治『噓』論——」）『国語と国文学』二〇一四年九月。

第11章　「いま、「少しもわからない」小説——太宰治「女神」（一九四七）を中心に」（原題「戦後テクストの方法論的可能性——太宰治『女神』を中心に——」）『社会文学』二〇一四年七月。

第12章　「革命の可能性が問われる時間——太宰治『冬の花火』（一九四六）から『斜陽』（一九四七）へ」（原題「文学テクストと〈歴史的時間〉——太宰治『冬の花火』から『斜陽』へ——」）『言語態』二〇一五年三月。

終　章　「〈歴史的時間〉の獲得としての読書」書き下ろし。

＊

拙論の刊行を快諾して下さった世織書房の伊藤晶宣さんには大変お世話になった。これからもたくさんお世話になるように、新しい研究に励みたい。また、北山敏秀さんをはじめ、本書の校正にご協力をいただいた方々に、お礼を申し上げる。

最後に、私の最大の擁護者である逆井聡人、小説を読む未来を想像させてくれたいま一歳の逆井唯、いつも私を支えてくれた両親、義父母に感謝の気持ちを表したい。

二〇一七年一二月二四日

著者

## 索　引

〈人名＋事項＋作品・雑誌・新聞〉

### あ行



### か行

## さ行

## た行

## な行



## は行

## ま行

## や行



## ら行



## わ行

〈著者プロフィール〉
金ヨンロン（KIM, Younglong）
1984年、韓国ソウル市生まれ。2017年2月、東京大学大学院総合文化研究科言語情報科学専攻博士課程修了、博士（学術）。専門は、日本近現代文学。ボストン大学客員研究員を経て、現在、早稲田大学文学学術院客員次席研究員（研究院客員助教）、津田塾大学非常勤講師。
論文に「〈断絶〉と〈連続〉のせめぎ合い――太宰治『パンドラの匣』論」（『日本近代文学』2014年）、「語るという「嘘」――太宰治『嘘』論」（『國語と國文學』明治書院、2014年）、「（特集・発禁・検閲・自主規制）治安維持法体制下における中野重治の転向五部作と伏字問題――「小説の書けぬ小説家」を中心に」（『日本文学』2015年）、「「××が始まつてから」――小林多喜二『党生活者』論」（『昭和文学研究』2016年）などがある。

小説と〈歴史的時間〉
――井伏鱒二・中野重治・小林多喜二・太宰治

2018年2月15日　第1刷発行 ©

| | |
|---|---|
| 著　者 | 金ヨンロン |
| 装幀者 | M. 冠着 |
| 発行者 | 伊藤晶宣 |
| 発行所 | (株) 世織書房 |
| 印刷所 | (株) ダイトー |
| 製本所 | 協栄製本 (株) |

〒220-0042　神奈川県横浜市西区戸部町7丁目240番地　文教堂ビル
電話 045-317-3176　振替 00250-2-18694

落丁本・乱丁本はお取替えいたします　Printed in Japan
ISBN978-4-902163-96-4